有爱的青春陪伴者

沉着
Menu
菜单
苏幸安 著
江苏凤凰文艺出版社
JIANGSU PHOENI LITERATURE AND
ART PUBLISHING

图书在版编目（CIP）数据

沉入春光 / 苏幸安著. -- 南京：江苏凤凰文艺出版社，2022.10
ISBN 978-7-5594-7016-4

Ⅰ. ①沉… Ⅱ. ①苏… Ⅲ. ①长篇小说－中国－当代 Ⅳ. ①I247.5

中国版本图书馆CIP数据核字(2022)第125103号

沉入春光

苏幸安 著

责任编辑 王昕宁
特约编辑 周丽萍
出版发行 江苏凤凰文艺出版社
南京市中央路165号，邮编：210009
网　　址 http://www.jswenyi.com
印　　刷 长沙鸿发印务实业有限公司
开　　本 880mm×1230mm 1/32
印　　张 9
字　　数 240千字
版　　次 2022年10月第1版
印　　次 2022年10月第1次印刷
书　　号 ISBN 978-7-5594-7016-4
定　　价 39.80元

目录

Contents

目 录 Contents

Prologue. 玫瑰的暗语是爱意

大家好呀，我是苏幸安。

算起来，现在大家手上拿的这一本，应该是我上市的第七本书了。我不是一个高产的作者，码字速度更是慢得惊人，有时候为了一句话、一个动作，甚至一个形容词，能纠结好久。我反复思考，喝掉数不清的咖啡，但是，当拿到书的那一刻，又觉得一切辛苦都是值得的。

因为，通过这些故事、这些故事里的人，让你们认识了我，也让我认识了你们。

多美好。

编辑联系我，让我为这个故事写一则自序时，我有些茫然，一时间不知道该从哪里说起比较好。我坐在电脑前发了很久的呆，久到气泡水里的冰块都融化了，脑袋里突然冒出这个句子——

玫瑰的暗语是爱意，故事也是。

没错，这是一个饱含爱意的故事，也是我送给你们的第七份礼物。

可是，在爱意之外，在幸福和美好之外，我还希望这个故事能让你们感受到另一种力量——自救的力量。

我喜欢性格温柔的男人，他们总是很包容，目光柔软，同时，也很坚韧——顺时不狷介，逆时不气馁，就算深陷绝境，艰难狼狈，也从未放弃，于创痛之中竭力自救。

盛言臻便是这样的人，一直在自救的人。

所以，他遇见了江意，遇见了应得的完满。

如今，生活节奏加快，有多少机遇就有多少压力，年轻一辈似乎都在焦虑。

自我怀疑，自我厌弃，那些暗黑的情绪让一切安慰和鼓励都失去作用，喝再多热牛奶，也暖不透冰冷的掌心。这个时候，你只能自救。

是我否定我，也是我拯救我。

没有人做你的救赎者，那就自我救赎。

当天重新亮起来，当黑暗全部退去，相信我们都会得偿所愿，平安如意，百福齐臻。

玫瑰的暗语是爱意，故事也是。

一定有很多人在爱你，我也是。

给你诚挚祝福的苏幸安

Chapter.01

平安如意，百福齐臻

(1)

江意赶到华庭苑时，刚好是晚上八点整。

下过雨，玻璃上凝着水汽，灯光一晃，满目金灿。

穿旗袍的女服务生将江意引进包厢，江铭宵坐主位，对着门，一眼看到她，立即招手："珞珞，到这边来。"

"珞珞"是江意的小名，家里人都这么叫她。

江意一双月牙眼，涂着淡妆，盈盈润润，笑着叫了声"爸爸"。

江铭宵生意做得大，饭局上这些人，多半要靠抱他大腿讨生活，江意一入席，少不得被奉承几句。

不熟悉江意的，只夸她漂亮；稍微了解一些的，夸她聪明。

小姑娘跳级读书，十六岁参加竞赛保送进了Z大物理系，今年刚过完十八岁生日。别人家的孩子还在备战高考，她已经快要念大三，不出意外，过段时间就能顺利保研。

Z大物理学院号称学术界的"疯人院"，遍地超级学霸，一半是各地的高考尖子生，一半是通过竞赛保送，还有一部分自主招生。能进这种地方读书，可见小姑娘有多厉害。

在场的都知道江铭宵是个"女儿控"，话题一个劲儿地往江意身上绕，气氛也热闹起来。

江意在外人面前话不多，低着头安静吃东西的样子看起来很乖巧。

席间，有一道小点心卖相很好，离江意有点远，她多看了两眼，立即有人用公筷夹了一块放到她面前。

夹菜的是个男生，大概二十岁出头，江意觉得眼熟，但是叫不出名字。江铭宵在旁边给她介绍："这是华恩，你陈伯伯的儿子。"

江意笑着向陈华恩道了声谢，那块点心却一直搁在她盘子里没动。

接下来，陈华恩一直跟江意搭话，他扭着脸，肩膀斜过来，几乎要撞在江意身上。江意躲都躲不开，只能借口去卫生间，起身离开了包厢。

华庭苑是一家中式音乐餐厅，装修雅致，走廊尽头用绢素质地的屏风隔出休息区。屏风后摆了几张座椅，还有个半米高的陶瓷鱼缸，青白釉的，里头游着几尾玻璃红鲤。

江意去卫生间补了点妆，出来后没急着回包厢，绕到休息区去看养在陶瓷鱼缸里的红鲤。她刚在鱼缸边站定，陈华恩就跟了过来，手里还拿了一件外套，对她说："雨后风凉，多披件衣服吧，小心感冒。"

陈华恩身上洒了不少男士香水，江意不喜欢那味道，也不想和他多做纠缠，摆手说了句我不冷，低着头认真看鱼。

江意穿了条系带的小裙子，裙摆堪堪拂过膝盖，灯火薄薄地落下来，泛着碎光。她皮肤白，眉眼半垂着，睫毛又长又密，唇上涂着丝绒质地的口红，浓丽饱满。陈华恩的目光顺着那抹颜色一路向下，肩膀、锁骨，然后是腰身和小腿……

果然，处处精致。

陈华恩轻咳一声，忽然问："做学霸是不是很有意思？"

江意跳级读书，都念到大三了，才刚满十八岁，无论哪个阶段，都是班上最小的孩子。

年纪小，又聪明，全班都拿江意当小妹妹，江意的性格也一直很简单，甚至有点耿直。

陈华恩问，她就实话实说："没意思，都没人抄我的作业和卷子，随堂测验的时候也没人跟我传小字条。"

这句抱怨听起来有点可爱，陈华恩笑着问："为什么啊？"

江意用眼尾余光扫了他一下："因为准确率太高，谁抄我的，老师一眼就能识别出来。"

小姑娘眼形生得好，一个眼神轻飘飘地扫过来，连空气都染上了桃花色。

陈华恩脑袋里"嗡"的一声，他一把握住江意的手腕，恳切道："珞珞，我很喜欢你！"

"这很正常。"江意抽回手，看都不看他，"我这么可爱又聪明，谁会不喜欢我呢？"

陈华恩被噎了一下，还不死心："珞珞，我的意思是……"

"你知道声致发光的原理吗？"江意一只手撑在鱼缸边沿，目光清透，瞅着他，"或者数理方程，量子电动力学？"

陈华恩有点跟不上她的思路："什么？"

江意耸了下肩，无奈道："你看，我们的知识结构差这么多，聊天都接不上话，怎么发展其他关系？"

潜台词是，你回家多看点书吧，文盲！

陈华恩彻底说不出话了，空瞪着一双大眼睛。

江意笑了一下，慢慢地说："珞珞是我的乳名，亲近的人才能叫，我跟你不算熟悉，不喜欢听你这样叫我，所以，请你叫我江小姐或者江意。"

陈华恩是陈家独子，也是被宠大的，鲜在外人面前做小伏低。江意一点情面都不留，他有点下不来台，咬牙道："江意，你别太拿自己当回事儿！"

这话一出口，不等江意反应，屏风后的楼梯上传来一声轻笑。

一个温润的声音横插进来——

“小朋友，风花雪月讲求一个你情我愿。追得到，皆大欢喜；追不到，就各自保重，翻脸撂狠话可有点不大体面。”

（2）

踩着那点话音，有人自楼梯走下来，绢素屏风映出些影子，影影绰绰。

陈华恩恼羞成怒，公子哥的做派翻上来，转头便骂：“你吃饱了撑的吧，管什么……”话没说完，硬生生地断在了喉咙里。

两道人影一前一后自屏风后绕过来，江铭宵走在前面，他右腿微跛，一手拄着手杖，一手半背在身后。江铭宵常年身处高位，气场非常人可比，而他身后还跟着一个丝毫不逊色于他的年轻男人。

那样清越的嗓音，不可能出自江铭宵之口，刚刚说话的，必然是后面的年轻人。

江意抬眼去看，不由得轻叹了一声。

现下时节多雨，那人穿着衬衫和西装长裤，高个子，长腿，身形紧实瘦削，发色深黑，瞳仁却淡，像蒙着一层清浅的雾。鼻梁很高，骨相卓绝，整个人介于疏离和儒雅之间，顶好的样貌和气质。

四个人聚在屏风后的休息区，其中最尴尬的就是陈华恩了，表白不成当众骂街，还被人家亲爹撞见，要多丢人有多丢人。他涨红了脸，想解释两句，江铭宵却懒得听，只说：“先跟盛老师道歉。”

江意听见这一句，眸光轻轻一动，心想，难怪这人气质这样好，原来是老师。她脱口而出：“盛老师，你在哪里执教？中学还是大学？”

她问得直接，神情却是懵懂的，看上去就是一个不谙世事的漂亮小女孩。

江铭宵和那位盛老师对视一眼，齐齐笑起来。江铭宵伸手去敲江意的脑袋，无奈道："说话前也不过过脑子！盛老师是昆曲名家，业内鼎鼎大名的'金嗓子'！"

江意被敲得眼花，心想，金嗓子？那他是不是还有个外号叫"胖大海"？

"胖大海"，不是，盛老师闻言连连摆手，客气道："江先生过誉了。"

说完，他转头看江意，笑着伸出手，一把好嗓子，音沉而色清："我姓盛，盛言臻，百福齐臻的'臻'。"

盛言臻和江意说话，目光自然也要落在她身上。被那双雾气昭昭的浅色眸子看着，江意莫名有些不自在，掌心里都隐隐泛起潮湿。

她悄悄用纸巾擦了擦手，才与盛言臻相握，微笑着说："江意，平安如意的'意'。"

平安如意，百福齐臻。

都是吉利又好听的名字。

两人说话的间隙，陈华恩往旁边退了两步，想寻个机会悄悄离开。江铭宵忽然开口，说："华恩，你先别急着走。"

江铭宵这一声直接把陈华恩原地定住，他两只手垂在身侧，不自然地握了握拳。

江铭宵看着他，说："论年纪，珞珞比你小几岁，她被我宠坏了，不懂事，但是你该懂。你是陈家的儿子，一言一行都代表着陈家，遇事要三思而后行！"

这两句话敲打得挺狠，陈华恩脸色难看至极，却也不敢还嘴，规规矩矩地朝江铭宵和盛言臻分别鞠了一躬，说了句"多有冒犯"，便转身走了。

盛言臻早就听说这位赫赫有名的企业家是个地道的"女儿控"，生意场上有多杀伐决断，面对小女儿时就有多护短。他不由得一笑，打趣道："江总的脾气真是一点都没变。"

江铭宵无奈地摆手："年轻人容易冲动，让盛老师看笑话了。"

盛言臻和江铭宵也是偶然碰上，各自有不同的饭局，只能在休息区简单聊聊。江意安静地站在父亲身后，并不插话，目光却情不自禁地朝盛言臻看去。

江意对昆曲了解不多，一些零散的影像，也都是在电视里看的。相貌绝伦的花旦和小生，戴头面，画油彩，一席唱腔哀婉动人。好看虽好看，但是时间久了，难免沾上一些脂粉味儿，盛言臻却不一样。

他身上有股贵气，清隽挺拔，仿佛用传世的好玉裁了这周身骨骼，一言一笑俱是儒雅，沉致而稳练。

看小说时经常能读到"玉树临风"这个词，以前江意总想象不出那该是什么样子，如今见了盛言臻才知道，原来是这样子。

包厢里还有客人，江铭宵不能在外面多留，闲聊几句后与盛言臻握手告别。江意也想打声招呼，结果话没出口先低头打了两个喷嚏。

江意自觉失仪，脸有点红，揉着鼻子嘀咕："一想二骂三念叨——准是姓陈的在背后骂我呢！"

江铭宵无奈，斥了一句："不许胡说！"

盛言臻倒是笑起来，一双眉眼温和清朗，说："早就听说江总有个又聪明又漂亮的小女儿，读书很厉害，是个小学霸，没想到性格也这么有趣。"

江意那股耿直劲儿又上来，她眨了下眼睛："严格地说，我不是学霸。"

不等盛言臻开口，就听江意接着说："普通学霸厉害达不到我这种程度，所以，同学一般都叫我学神。"

盛言臻静默了两秒，再次笑起来。

这股实话实说的劲头，确实挺好玩的。

饭局过了十点才散，离开华庭苑时，一群人簇拥着将江铭宵送到门口。

江意留心四下看了看，没再见到盛言臻，大概是先走了。

江铭宵常坐的车是辆宾利，款式并不张扬。司机技术很稳，江意坐在后排，靠在玻璃上看窗外灯火。过红绿灯时，她想起什么，扭头问江铭宵：“爸爸，那位盛老师今年多大？”

江铭宵有些微醺，正闭眼假寐，含混不清地说：“差不多二十八岁了。他很小的时候就出名了，拿遍了业内所有有分量的奖项，代表性传承人。有一年瑞恒剧团封箱演出的剧目是《牡丹亭》，那时候盛言臻才十八岁，小小年纪上台唱柳梦梅，一时轰动，甚至到了一票难求的地步。行里有句话叫‘昆曲之雅，可见言臻’，说的就是这位盛言臻盛老师。”

二十八岁，不算小了，放在那个“名家”的称号下，却又显得太年轻。

戏曲行业最吃功夫，基本功不练个几年根本上不了台，上台后还要经历无数打磨，才能进入炉火纯青的境地。十八岁一曲轰动，二十八岁业内封神，除了盛言臻，恐怕很难找出第二个。

这大概就是传说中的祖师爷追着喂饭吃。

“戏曲行业冷淡，”江意说，“这位盛老师倒是通身贵气。”

“贵气都是钱养出来的。”江铭宵笑了笑，言语间不吝赞赏，“盛言臻不单在戏台上厉害，做生意也有一套，他名下的个人工作室经营范围涉猎很广。去年那部大热的科幻电影，就有他的投资，分账收入足够让大部分同行眼红！据说电影里的某个女演员还倒追过他一阵，闹出不小的动静，不过，也都不了了之了。”

年轻、英俊、身价不菲。

几个关键词悉数堆叠在同一个人身上，怎么可能不耀眼。

江意忍不住又多问了一句：“他还没结婚吧？”

江铭宵倒是没多想，抬手挥了一下，说：“结什么婚！搞艺术的都清高，女朋友都没见他正经交一个，跟谁结婚！”

单身好单身好，江意想，单身使人快乐！

车厢里光线昏暗，浮着极淡的冷调香气，江意困了，靠在玻璃窗上慢慢睡着了。意识模糊时，她又想起那人眉眼含笑的样子，温文疏朗，儒雅蕴藉。

盛言臻，百福齐臻的臻。

名字可真好听啊。

人也长得好看！

那一年，盛言臻二十八岁，唱过很多戏，也拿过很多奖，提起他，业内无人不知。

那一年，江意十八岁，读大三，她跟在父亲身后，在最天真的年纪，遇见了最耀眼的人。

那人气质太好，周身风雪清寂，无论台上还是台下，他的存在都是一种惊艳。

一眼即难忘。

（3）

江意离开华庭苑时，盛言臻也才离开不久。他名下的工作室与德庆楼剧场签了长期合作协议，每周演一次晚间场。今天上台的演员里有几个刚毕业的新人，盛言臻不放心，酒局一结束，就让司机送他去德庆楼。

时近深夜，演出已经散了，演员都在后台卸妆。盛言臻推开门，视线越过排列整齐的化妆台，落在一个小生扮相的男演员身上。

男演员年纪不大，盘腿坐在一口枣红色的戏服箱子上，头戴文生巾，身上却穿了件对襟大领的女帔，扣子敞着，也不穿搭衬的中衣，露出清瘦的锁骨和半个胸膛，对着手机屏幕眯眼皱眉，忸怩作态，应该是在拍摄短视频，发布到网络上博取点击和关注。

盛言臻迈步进去。演员们看到他，顾不得卸了一半的残妆，纷纷起身打招呼，有的叫“盛老师”，有的叫“盛总”，声音里都透着尊敬的味道。盛言臻面无表情，英俊之外平添冷肃，径自走到那个男演员身后，抬手摘掉了他的耳机。

男演员皱着眉毛回头，嘴里嘀嘀咕咕：“谁啊？真讨厌，我录视频呢，你……”

后半句话横断在喉咙里。

男演员脸惨白，立即从箱子上跳下来，手忙脚乱地拢紧半敞的衣襟，急得连手机都丢出去，摔碎了半块屏幕。

盛言臻很少发脾气，更遑论疾言厉色，永远带着几分不容进犯的距离和分寸。他抬手点了下那个枣红色的戏服箱，问面前的男演员：“大衣箱上不得睡觉、不得坐人，这规矩上专业课的时候老师没教过你？”

男演员第一次亲眼见到盛言臻，这位在业内大名鼎鼎的人物，没想到本人竟然比电视上看到的还要英俊，气场十足，顿时紧张得话都说不出，滚了一头的冷汗。

“你身上的衣服又是怎么回事？”之前在酒局上被劝了不少酒，盛言臻的语速依然不疾不徐，继续问，“宁穿破，不穿错——这规矩也没人教你？文生巾配女帔，脑袋演梁山伯，身子是杜丽娘的？穿错也就罢了，不穿水衣，露着胸膛又是什么意思？晒身材？六百余年的戏曲文化就让你这样糟蹋吗？”

这时候化妆间里静得针落可闻，一众演员皆面色惴惴。一个辈分稍高的老演员端着泡着枸杞的杯子站出来打圆场，笑着说：“年轻人不懂事，回头我把戏班后台那些老规矩写出来，一条一条地盯着他们背。盛老师宽宽心，犯不着动肝火。”

“这不是不懂事，而是毫无敬畏。”盛言臻五官清隽至极，脸上并没有太多情绪，平静道，“惧则思，惧则慎，心怀敬畏才会有思考，才会谨慎而不轻率。很遗憾，在你身上我没有看到这些东西，只看到你把百戏之祖当作哗众取宠的工具。作为戏曲演员，一个从业者，连你都学不会尊重这门艺术，还能指望谁来珍视它、传承它？”

男演员头上的冷汗已经滚到了脖颈处，他动都不敢动一下，哽咽着道歉认错。

“年轻演员心思活络，想法多，想搞出点新花样，这是好事，但不能胡来。”

化妆间里灯光开得足，盛言臻立在其中，背直腿长，像雨后的修竹。他面色浅淡，气势却强，有种凌厉的味道，目光缓慢地掠过屋内的一众演员，继续说：“做人有品德，学戏有艺德——上了台，衣冠整齐，好好唱戏。不许胡搅，不许误场，不许笑场，不许随意顿足，更不能互相拆台；下了台，要谨言慎行光明磊落，规矩做人。我可以坦白地告诉各位——戏曲这一行，只能捧出演员，捧不出明星。踏实演戏，勤于练功，才是正路，幻想‘一夜爆红’的，不妨趁早解约，另谋高就。”

近几年盛言臻势头迅猛，行里几乎把他当成年轻一辈的领军者，台前幕后，不知道有多少双眼睛在盯着他。名气大，压力也大，他必须时时敲打，才不至于惹出乱子，给教导过他的一众名家脸上抹黑。

话点到这里，负责演出统筹的经理站出来，让男演员停演三个月，扣发当月奖金，以示惩戒。

盛言臻没再多说，转身走了。经理跟在后面一路将他送到停车场，边走边简单介绍这几天的演出状况。

经理说：“新签进来的几个演员基本功都不错，状态也好，年轻人嘛，难免浮躁。”

“他们不是浮躁，是着急。”盛言臻叹了口气，“急着成名，急着赚钱。时代发展迅速，人心反而越来越浅，都想走捷径。可戏曲这一行，不下苦功是练不出东西的。”

直到坐进车里，盛言臻才觉得酒劲上涌，头晕得厉害。他让司机先别开车，仰靠在后座椅背上缓了好一会儿。

司机是新聘进来的，对盛言臻了解不多，试探着问他要不要喝杯热饮。

盛言臻摆了下手，声音里难得带上几分醉意，含混地说：“不能喝，要控制饮食和身形，不然上台不好看，从小就控制，这么多年习惯了。”

司机没再多说，又等了一会儿，见盛言臻似乎睡着了，才把车子开出去。

（4）

江意最近在放暑假，空闲时间很多。除摄影和做物理题外，她没有太多消遣，于是把时间都用在了看专业文献上。

沈珈玥打来电话时，江意刚看完一篇德语资料，她把有用的段落高亮标注，触控笔在屏幕上点来点去，发出微弱的声音。

“江湖救急啊宝贝，”沈珈玥在电话里说，“十万火急！”

沈珈玥是江意的学姐，大学读到第四年，觉得生活平淡，索然无味，于是退学经营了一家螺钿漆器的手工坊。

螺钿漆器是中国传统的漆器品种之一，精美至极，但制作工艺冗繁复杂，鲜有人以此为生。沈珈玥亲手制作的螺钿首饰盒在展览上一经亮相，就引起了不少关注，她经营的那家手工坊也成了本地的网红店铺。

前几天，朋友介绍了一个客户——德国来的收藏家，想从沈珈玥的店里收几样东西。

“宝贝儿，我认识的人里，只有你会说德语，”沈珈玥语速偏快，听上去清脆利落，“你帮忙做回翻译，生意成了，姐店里的东西随你挑！”

沈珈玥的店开在购物商场附近，一个独立门面，布置得像艺术馆，十分雅致。

江意推门进去，刚好碰见沈珈玥从楼上走下来。两人打了个照面，沈珈玥细眉一抬，笑着说：“几天不见，小江意又变漂亮了！”

江意穿了条及膝的半身裙，搭配浅色衬衫，长发散在肩上，看上去干净温柔。沈珈玥则是黑眸红唇，身上一件缎面旗袍，风情万种。两个人站在一处，各有各的韵味，一幅活色生香的当代美人图鉴。

那位德国收藏家年近天命，穿三件式西装，短发理得整整齐齐。陪他一同来的还有一位中国男人，自我介绍说是助理和向导，也兼职翻译。

收藏家拿着一个龙凤纹的嵌螺钿捧盒看了许久，自称是助理的男人主动询价，沈珈玥报了个数字。助理嘴角一歪，用德语对收藏家说：“这个女店主衣着奔放艳俗，难登大雅之堂，肯定不是良善之辈，您一定仔细斟酌。谁知道这东西究竟是手工做的，还是小商品城批发来骗人的。中国人素来狡猾，品行堪忧，和他们合作一定要小心谨慎！”

助理知道沈珈玥听不懂德语，连声音都不屑压低，格外肆无忌惮，但他没注意到沈珈玥身边还站了个江意。

听完助理的话，江意没生气，反而笑了一声，笑声引得众人都朝她看过来。

“巴泽尔先生，恕我直言，”江意看向那位收藏家，一口纯正的高地德语，不疾不徐，“您的助理出门时似乎有些匆忙，只记得喷洒过多的廉价香水，却忘了带上他的修养和素质，竟用如此恶意来揣测一位女士！”

江意一开口，助理的脸色就变了。江意并不理他，只看着那位收藏家，继续说：“店里的东西品相如何，以巴泽尔先生的品位，自有评断，我不必多言。但是，在选人用人方面，我还是要提醒您一句——

“品行卑下者，是为小人。中国有句古语，叫‘小人得志，君子道消’，意思是，若坏人得势，那好人必然受损。作为一位有远见的绅士，我想，您一定不屑于留一位卑劣的小人在身边！”

不等江意的话音彻底落下，助理的脸色彻底白了，忙不迭地向她们道歉。

沈珈玥什么都没听懂，扯了扯江意的衣袖，低声问："那假洋鬼子说啥呢？"

江意简明扼要："小助理怀疑你的螺钿盒子是从义乌批发来的，还说中国人品质不行。"

沈珈玥没退学时就是院系里有名的人美脾气火暴，如今年纪长了，可性格还是那个性格，当即翻脸，说这单生意我不接了，二位眼光"太高"，我一手艺人，实在伺候不起。

收藏家神色尴尬，用英语解释了几句。沈珈玥摆出一张"不听不听，老头念经"的冷漠脸，叫来店里的服务生送客，顺便拿块"休息中"的牌子挂在门上，暂停营业，请勿打扰。

江意在旁边看得直笑，说："姐姐，你这生意做得也太随意了！"

沈珈玥整一整旗袍领口的盘扣，说："一口一个中国人素质堪忧，还想买我的东西回去装门面？美死他！姐姐做的东西未必是最好的，但是那两人绝对配不上！"

江意嘴里咬着颗服务生给她的樱桃，认真地点头："暖风熏得游人醉，不配不配他不配！"

这话一出，店里的服务生都笑起来。

沈珈玥原本一肚子火，忍不住也乐了，伸手捏了一把江意的脸，笑着说："我们小江意真是太可爱了！又聪明又可爱！"

（5）

手工坊占地上百平方米，有会客室也有休息区，沈珈玥让江意去休息区的沙发上坐一会儿，晚上她请客吃日料。

天青釉的莲瓣纹小熏炉里不知焚了什么香，香味馥郁撩人，袅袅烟雾中，江意听见沈珈玥咦了一声，有些惊讶地说："那个人……好像是盛言臻啊！”

休息区的落地窗对着一条步行街，江意看见几个年轻男人从对面的咖啡厅里走出来，其中一人肩宽腿长，西装外套拎在手里，身上是一件黑色衬衫，高而瘦，清隽挺拔。

有人同盛言臻说话，他半转身，这个角度，江意刚好看到他的侧脸。

鼻梁很高，眉目深浓，有种说不清的疏离感，也不知是对众生，还是对俗世。

看他的气质就知道，他是个不太好接近的人。

江意愣怔一瞬——还真是盛言臻。

她回头看沈珈玥，问："你认识他？"

"我最近在追一个国风综艺，叫《古韵韶华》，"沈珈玥倒了两杯咖啡端过来，"有一期的考核主题是'昆曲·《长生殿》'，节目组请了盛言臻来做专业指导。"

江意没看过这档综艺，下意识地追问："效果好吗？"

沈珈玥有些玩味地眨了下眼睛："怎么说呢，他不来还好，这一来，全场二十多个参赛选手，让这位盛老师'秒'得灰都不剩！"

江意神色疑惑，沈珈玥又在她脸上捏了一把，笑着说："盛言臻气场太足了，人又帅，修养和气质都很好，从小唱戏，舞台上长大的，面对镜头从容自然。那些刚出道的毛头小子哪里是他的对手，一个学霸吊打一群学渣！"

沈珈玥边说边笑，一大滴水珠忽然砸在面前的玻璃上，江意这才发现外面下雨了。

雨下得很急，雨势也大，天边黑压压的一片。这个位置离商圈的停车场有点远，盛言臻没带伞，被浇了个猝不及防。

江意隔着落地窗看得清清楚楚，她来不及细想，向店里的员工要了两把雨伞，一把撑开一把抱在怀里，推门往外跑。

沈珈玥一脸莫名其妙，问江意干什么去，江意顾不上回答，只是挥了挥手。

手工坊和咖啡厅之间隔了条步行街，江意正要横穿街道，一个中年女人拖着一辆平板车从她面前走过去。平板车上堆放着好几个大纸箱，雨天路滑，女人的力气不够，没稳住车子，摞在上面的纸箱重重一晃，眼看着要倒，江意丢下雨伞伸手扶了一把。

中年女人也吓了一跳，江意身上的裙子和首饰一看就很贵，她生怕碰坏或者碰脏了人家，一边道歉一边又道谢，说话都结巴了。

江意倒是不在意，抹了把溅到脸上的雨水，说："您别害怕，没碰着我，没事的。"

小插曲耽误了些时间，等江意再去找盛言臻的时候，刚好看见他从年轻女孩手里接过一把透明的伞。

女孩穿着咖啡厅的条纹工作服，跟盛言臻说了些什么。盛言臻笑了笑，他微垂着头，额前黑发细碎，单是侧脸都能看出英俊的轮廓。

雨还在下，路面水光凌乱，有些泥泞。

雨伞还抱在怀里，江意提了提湿答答的裙摆，忍不住苦笑。

天不遂人意，让她来迟一步。

江意有些遗憾地多看了盛言臻几眼，两人分别站在步行街的两侧，距离不远不近，偏偏就差了那么点缘分。盛言臻似乎有所觉察，朝江意的位置看了一眼。江意立即垂下雨伞挡住自己，往路边的指示牌后躲了躲。

她现在这样子，裙子湿了，鞋脏了，妆也有点花，还是不要让他看见了。

沈珈玥得知江意急匆匆地跑出去，居然是为了给人送伞，还连人家的面都没见到，自然少不了一番嘲笑。

她拿了条干净的毛巾递给江意，边递边说："我们小江意长大了，有心事了！”

生活在宠爱和保护中的小女孩长大了，也会为了某个人悄悄心动。

江意慢吞吞地用毛巾擦着头发，小声说：“我才不要长大。”

十八岁多好啊，刚刚成年，一切都是明亮的，热烈又美好。一旦长大，就会有烦恼，变得不开心。

她希望自己永远开开心心的。

（6）

日料到底没吃成，江意淋了雨，有点着凉，身上的裙子也皱了，她让沈珈玥送她回家，饭局改天再约。

家里请的保姆是个中年阿姨，阿姨告诉江意，江铭宵有应酬，要晚些回来，问江意晚餐想吃什么。江意揉着不太通气的鼻子说想喝奶油菌菇浓汤。

江意有写手账的习惯，洗过澡，等待开饭的间隙，她坐在书桌前打开手账本，顺便把沈珈玥提到的那部综艺找了出来，直接跳到盛言臻做指导的那一期，用投影仪播放。

《古韵韶华》是一档以弘扬传统艺术为宗旨的创新型唱演秀综艺节目，通过不同的训练和任务，在二十余位参赛选手中选出排名最高的三位，组成国风偶像团，成团出道。盛言臻参与的那期节目，栏目组要求选手以“昆曲·《长生殿》”为主题设计一段才艺表演，在公演时向现场观众展示，排名在末尾的两位选手离开舞台。

沈珈玥说盛言臻出场即惊艳，一点都没夸张。他身上的光环实在太亮，别说那二十多个初出茅庐的参赛选手，就是坐在评委席上的四位当红明星都没能把他比下去。

集体培训那天，盛言臻给选手们大概讲了讲昆曲的艺术特点，还有《长生殿》的故事主线以及曲目信息。说到《长生殿》，免不了谈起自己，盛言臻说他十岁那年，就是凭借在《长生殿》的开场戏《定情》里饰演唐明皇，拿到了入行以来的第一个金奖，叫响名号，成了业内年纪最小的“角儿”。

这话一出，现场响起一片掌声，还有欢呼，盛言臻笑了笑，五官俊朗至极，表情却很淡。

矜贵而疏离，那样子实在迷人。

有选手问他：“盛老师，年少成名是什么感觉？”

伴随这句提问，镜头在盛言臻身上定格，一个清晰的特写。

舞台上长大的人，即便被对着脸拍，五官和表情也挑不出半分缺陷。盛言臻目光变得很深，悠长而邃远，半晌，气息轻缓地吐出一个字——

“累。”

“很累，”盛言臻说，“那种被寄予厚望的感觉并不轻松。”

“诸位对昆曲可能还不太了解，”盛言臻眸色漆黑，他斟酌着，慢慢地说，“它是中国最古老的剧种之一，发展于宋元时期，鼎盛于明末清初，有着六百年的历史。可惜，厚重的文化积淀改变不了它的式微和颓败，到如今，这个剧种，这门艺术，正在被淡忘。”

“我六岁入行，十岁成名，每天练功超过十八个小时，吃过很多苦，也被寄予过很多期待。人家都在盼着我长大，希望我能为这门颓势明显的艺术带来更多活力。”

星点灯光落在盛言臻眼睛里，染出几分深邃，几分旷远，他继续说：“但是，只靠我一个人，是救不回一个剧种的，独木不成林，百花齐放才是行业兴盛。所以，我来参加节目，也有私心。我想借助贵平台，借助诸位的人气和热度，让更多的观众知道，有一种艺术形态叫作昆曲，它的唱词和演员的妆面、扮相都极美，故事也很动人，它需要更多的从业者，也需要发展和传承。能参与这期节目的录制，是我的荣幸。同时，我也要感谢诸位，给了我一个介绍昆曲、展示昆曲的机会。”

说到这里，盛言臻站了起来，面对现场的参赛选手，也面对着镜头，弯下腰，深深鞠躬。

他身形挺拔，修长而清瘦，腰身弯下的那一瞬，似竹临风，谦逊儒雅，隽永蕴藉。

所谓，君子挟才以为善，善无不至矣。

大概便是这样的情形吧。

昆曲之雅，可见言臻。

镜头切换到直播中的公演现场，评委席上，看过这段影像资料的几位明星评委纷纷起身，以掌声致意。

一位知名的娱乐节目制作人转头同身边的搭档说了些什么，那句话被现场的收音设备捕捉，并保留在了节目里。

那人说的是——

“年纪轻轻能有这样的思想和修养，实在难得。这声‘盛老师’，他担得起。”

江意在这时点了暂停键，制作人的话以字幕的形式停留在屏幕上。

没了播放综艺的声音，餐厅里很安静，江意有种错觉，盛言臻那深深的一个鞠躬，好像穿透了她的心脏。

心跳先是停了半拍，接着又莫名加速。

很奇怪的感觉，她从未有过。

江意关掉视频，切换到网页，看了一些关于那期节目的资讯。

盛言臻态度诚恳，一席话也点出了《古韵韶华》“引领国风，弘扬传统”的节目主旨。

节目上线后收获大量好评，播出当晚就在微博上占了两个热搜，一度位列热搜榜前三。

话题下的广场里，至今依然有人在讨论盛言臻，那个英俊儒雅的专业指导，一身君子骨，谦谦而立的年轻艺术家。

盛言臻没有自己的微博，只有一个叫“言臻昆曲艺术工作室”的官方账号，由运营人员负责打理。

江意点开主页，最新的一条动态是张宣传图——

“妙音无双”——青溪市昆曲主题艺术展即将开幕

策展人：盛言臻

主办单位：青溪市文化厅、言臻昆曲艺术工作室

江意单手托着下巴，视线停在“盛言臻”三个字上，停了很久。之后，她拿起手机，把展览的地点和时间存进了备忘录。

存完备忘录，江意关掉投影仪，开始写手账——

今日已完成事项：

1. 胖了两斤。家里阿姨做的饭菜太香了，希望学校食堂的掌勺师傅集体忏悔，论“养猪”，他们比我家阿姨差远了。

2. 去珈玥的店里帮忙，见到了一个非常讨厌的德语翻译。很想当场揍他一顿，但是我不敢，因为警察叔叔说了，打架嘛，打输要住院，打赢会坐牢。我去坐牢，物理学院就没有天才小美女了。

3. 还见到了盛言臻，他没看见我，当着我的面收了别人的雨伞。不太开心，但又没什么好办法。如果有机会再见面，我要用脑袋撞他一下，让他彻底记住我。

4. 看了一期盛言臻做特邀嘉宾的综艺，他真帅他真帅他真帅！

5. 物理学教会了我计算瞬时速度，却没教会我该如何控制心跳加速。

（7）

江意抵抗力有点差，容易生病，白天在沈珈玥那里受了点凉，夜里发起烧来，体温一度升到 39.5℃。

阿姨吓坏了，一面打电话给家庭医生，一面把在外应酬的江铭宵叫了回来。

江意穿着睡裙，阿姨又给她披了件外套，江铭宵才推门走进卧室。量体温，喂药擦汗，这种贴身的事江铭宵不方便插手，只能由阿姨来做，折腾到天都亮了，温度才退下去。

江意满脸困倦，揉着鼻子说让爸爸操心了。江铭宵帮她掖了掖被角，温声说："你是我女儿，我不操心你，要去操心谁？"

阿姨在江家工作多年，和雇主关系亲近，私下里也曾劝过江铭宵，如果有合适的，不妨再结一次婚，家里有个女主人也方便些。

江铭宵的腿受过伤，走路略跛，他单手撑着一根玫瑰木的手杖，摇头说："离婚那会儿，我刚开始创业，手上没有积蓄，车和房都给了前妻，才要来珞珞的抚养权。这些年，我拼命往上爬，就为一个念头——我吃过的苦，我女儿不必再吃。她可以一直无忧无虑，不用看任何人的脸色，不会受一点委屈。有我在，不需要什么女主人。"

阿姨叹气："珞珞是个好孩子，从小被你宠大，一点不骄纵，又懂事又聪明，多难得。"

窗外的天光透进来，一片晴朗，江铭宵想起自己办理离婚手续那天，也是这样的天气。

前妻带着他全部的家当，头也不回地上了新男友的车。小江意才四岁，一双大眼睛，脸颊肉嘟嘟的。小姑娘不哭不闹，拍了拍江铭宵的肩膀，奶声说："爸爸，别难过，以后我照顾你！"

多可爱的小姑娘，那么乖。

那时候江铭宵很年轻，高大英俊，有着山脉般的脊梁。他抱着小女儿，眼底泅着一线深重的红。

时间过得真快啊，一晃就是那么多年。

一夜过去，江意的体温退到了正常值，但还是觉得身上没劲，提不起精神。沈珈玥打电话来跟她约饭，她也没去，躺在家里睡了两天。直到第三天中午，江铭宵养的两只杜宾犬实在看不过去，钻进卧室，一只掀被子，一只蹭头蹭脸，硬生生地把江意从床上刨了起来。

阿姨泡了杯花果茶送上来，江意睡眼惺忪，说："阿姨，你知道正在睡觉的'旺旺雪饼'被人掀了被子，会变成什么吗？"

阿姨只当她睡迷糊了，说梦话。

江意翻了个身，揉着大狗的脑袋，自问自答："会变成'旺旺仙贝'呀！掀被！我现在就是一包新鲜出炉的'脆仙贝'！"

阿姨做了蟹黄汤包和平桥豆腐羹，味道绝佳。吃饭时，江意又接到沈珈玥的电话，约她晚上去一家新开的饭店吃潮州菜。沈珈玥这几天异常活跃，江意边喝豆腐羹边笑着问她是不是又被家里安排相亲了。

沈珈玥一声长叹，说："别提了，三天相五场，场场生死局，有个男的问我能不能接受他有个不到六个月的孩子。我问他是男孩还是女孩，他告诉我要等生出来才知道。"

江意："等等……"

沈珈玥苦笑："你没听错，不是六个月的孩子，而是六个月的胎儿，他说孩子一出生，他马上跟前女友一刀两断，和我组成三口之家。而且孩子还小，容易培养感情，从小由我来带，跟亲生的没区别，无痛当妈！"

江意："有什么方法能让他无痛去世吗？"

那家主打潮州菜的饭店位置有点偏，路上又堵车，等江意赶到时，沈珈玥已经喝了几杯酒。她酒量差，有些微醺，神色迷茫地问江意："你说爱情到底是什么？”

江意盛了碗鳗鲡汤，让沈珈玥喝点热汤醒醒酒，说：“喝了酒少思考哲学问题，不然明天会头疼得想死！”

沈珈玥凑到江意面前捏了捏她的脸，笑着说：“小可爱，如果有一天你要结婚了，必须是因为遇见了很喜欢的人，千万不要为了结婚而结婚，更不要将就！我们都是小仙女，头顶光环，脚踩祥云，怎么能将就呢！”

不等江意作声，沈珈玥脸上的笑容慢慢淡下去，喃喃：“你说，靳远现在在做什么啊？他过得好不好？”

靳远是沈珈玥的前男友。两人是高中同学，前后桌，相约考同一所大学。靳远成绩很好，性格也温柔，大二那年被确诊为运动神经元病，也就是所谓的渐冻症。靳远离开前向沈珈玥提了分手，一贯温柔的少年站在秋末金色的阳光下，眉眼盈盈带笑，没有任何哀怨或绝望的味道，嘱咐沈珈玥要好好保重。

他说：“以后上早课前一定要吃饭，不能贪睡饿肚子。高数也要记笔记，错题反复重温，有助于数学思维的形成，好好上课，好好照顾自己，不要联系我，也不要来看我。”

沈珈玥眼里蓄满了泪，她上前一步想要再抱一抱他，靳远却退开了。

少年仰头看着停落在树上的小鸟，像是要阻止什么东西从眼睛里掉出来，侧脸弧度分外清瘦，透出几分病态的疲惫。过了好一会儿，他才开口，说：“珈玥，能遇见你，我很开心，真的很开心。”

他一连说了好几声“开心”，到最后声音都哽咽了。

靳远刚离开时，沈珈玥整夜睡不着，疯狂想他，甚至订了车票，想去探望靳远，哪怕只是远远地看上一眼。沈珈玥的爸妈本就嫌靳远出身贫寒，如今雪上加霜，他们去学校给沈珈玥请了假，没收她的电脑和手机，把她锁在卧室里，甚至商量着要送她出国。

沈珈玥被关了整整十一天，大病一场后终于妥协，彻底断了和靳远的联系。

这件事让沈珈玥和父母结下了心结，大四那年她提出退学，她爸妈没有激烈阻拦，也是想借此缓和关系。

三年过去，沈珈玥成熟许多，也平静许多，开始接受家里安排的相亲，不排斥认识新的异性朋友，可江意从未见过她谈恋爱。

沈珈玥换了个姿势，靠在江意的肩膀上，江意听见她低微的声音，说："我答应过靳远不再想他，也不再喜欢他，我不能食言而肥，对不对？"

江意心中酸涩，却不知该如何安慰，只能牵起沈珈玥的手，用力握住。

后来两个人继续吃饭，沈珈玥再没提靳远的名字，倒是给江意讲了不少她相亲时遇见的奇葩。沈珈玥喝酒，江意喝茶，两个人边吃边聊，说到好玩处笑成一团，气氛轻松融洽。可江意总觉得沈珈玥的笑容里缺了份明亮，她的笑意未达眼底，她的开心也是，都浮在表面上，一戳即破。

（8）

饭吃到一半，江意起身去卫生间。

饭店建在一条巷子里，仿园林式设计，锦鲤池边的小亭里有人在弹古筝，"叮叮咚咚"的琴声配合着假山上倾泻而下的潺潺流水，也算别有意境。

江意从卫生间出来后在外面的廊檐下站了一会儿，透透气，正要转身回去，忽然听见自回廊转角的另一侧传来一道清越的嗓音："好好一首《渔舟唱晚》，弹得七零八落。"

视线被转角挡住，江意没看到说话的人，只是觉得这声音耳熟，接着，她又听到有人附和着说了一句："我记得盛老师也弹得一手好琴。"

那道清越嗓音似乎有些不耐烦，随意应了一句："我已经好多年不弹，早就荒废了。”话音顿了顿，又说，“你能不能把烟掐了，或者到别处去抽，我闻不惯那味道。这种廉价又容易上瘾的东西，到底有什么好，让你时时刻刻都想叼一根在嘴上？”

旁边的人讪讪地笑了一声，忽然话音一转：“其实，我有件事想请盛老师帮忙，您先别急着推拒，好歹听我详细说完。这事儿对您也不是全无好处，您看……”

江意在这时从转角处走出来。

廊檐下有两个男人，一站一坐，站着的那个江意没见过，相貌普通，下巴上留着些许胡子；坐着的那个倒是一身好气质，五官英俊利落，肤质如瓷，眉眼间透出几分疏冷味道，像冬日里大雪过后的薄寒月色，正是盛言臻。

江意人还未到高跟鞋的声音倒先传了过来，生生打断了小胡子的话。小胡子面色不悦，蹙着眉转过头，看清江意的模样时，眸光倏地一亮，脱口而出：“好漂亮的小妹妹。”

江意穿着修身款的针织衫和短裙，露出一双纤细的小腿，新雪一般，白得近乎晃眼。黑色长发柔软垂落，拂过肩膀，漂亮得舒适而自然，毫无攻击性。

盛言臻也循声看过来，见到江意，脸上并没有太多意外的神色，笑着同她打招呼：“真巧，又见面了。”

江意没理会小胡子，径自走到长椅边挨着盛言臻坐下。她打开手包拿出一样东西：“盛老师喝酒了吧，要不要吃颗梅子？舌头发苦的时候吃这个很管用。”

说着，一颗独立包装的蜜饯递到盛言臻面前。

盛言臻的目光落在江意身上，短暂停留，然后伸手接了过来。他直接撕开包装，将梅子塞进嘴里，舌尖先尝到酸意和紫苏的味道，回甘清爽。

江意歪头看他，笑眯眯地说：“盛老师很久没吃过这种小零食了吧？”

盛言臻浅笑着，说：“家里管得严，我小时候也很少吃零食。”

“我还有巧克力和小饼干，”江意说，“要不你都尝尝吧，弥补一下童年遗憾。”

两人自顾自地闲聊，直接把小胡子晾在了一旁。那人脾气也挺冲，皱眉道：“小姑娘，你懂不懂事啊？我跟盛老师要单独说话，你搅和什么？”

不等江意开口，盛言臻倒是笑了一声，对小胡子说：“我劝你最好对小姑娘客气一点，这位是江铭宵江总的独生女儿。”

江铭宵的名号，青溪市谁人不知？小胡子脸色发僵，江意笑着说：“我爸爸的确有点保护欲过剩，总担心我在外面被人欺负。”说到这里，话音倏地一转，“不过，我也有几句话想单独跟盛老师聊……”

这话相当于递了个台阶，小胡子翻脸像翻书，一改先前的不耐烦，客气道：“二位先聊，我就不打扰了。”

然后转身绕过拐角，走远了?

小胡子一走，回廊中立即安静下来，能清晰地听见弹奏古筝的声音，“叮叮咚咚”，曲子也从先前的《渔舟唱晚》变成了《银河碧波》。

盛言臻身上沾着点酒气，他似乎很累，坐姿有些歪，一条手臂弯曲着搭在身后的护栏上。江意借着庭院里的灯光端详他，目光直白，毫不避讳，越看越觉得这人长得真是好。

五官分明，鼻梁高挺，一身不染烟火似的清绝气息。

难怪能少年成名。

盛言臻自然能感受到江意的目光，他抬了下眼睛，一把沉沉的好嗓子，问：“你是见我被人缠住了，专门跑过来替我解围的？”

小胡子就像块狗皮膏药，若不是江意突然出现，盛言臻恐怕还得与他再磨叽一会儿。

江意点头：“就当是还了那天盛老师帮我赶走陈华恩的人情。”

“知恩必报。”盛言臻笑了笑，声调懒洋洋的，“小姑娘年纪不大，倒是有几分侠气。”

江意看着他，忽然问：“盛老师是不是很累？”

“在饭局上多喝了几杯，头疼。跑出来透气，还遇见个攀交情的。”盛言臻脸上带着点笑，眼神却没什么温度，问江意，“你是不是觉得我这副样子不够清高，像个市侩的商人，玷污了‘艺术家’的名头？”

江意摇了摇头，说：“我爸爸说，空有清高不讲利益的人，不是骗子就是傻子，没人跟傻子做生意，也没人跟骗子交朋友。”

盛言臻大概是酒喝得太多，不清醒，情绪过于外放，被江意逗得大笑。他转过头，在庭院灯的光芒下看见江意的眼睛。

那是一双剔透如星又充满灵气的眼睛，形似倒悬的弯月，描画在冷白调的皮肤上，十分精致秀气。

廊檐外草木清幽，铮铮琴音下，两人沉默地对视着。

江意没有立即移开视线，她骨子里有种罕见的勇敢，行事洒脱坦荡，更直白，也更大胆。

她想，盛言臻笑起来的样子也极好看，眼尾线条修长，微微上挑，似初开的桃花。

气质清绝，眉眼却多情，这样的人注定该活在戏台上，饱受仰慕与追捧。

先移开视线的人，是盛言臻。

他用指节抵住眉心，给自己提了提神，起身对江意说：“和你聊天很有趣，小姑娘，但是里面还有朋友在等我，我不能久留，后会有期吧。”

说完，盛言臻转身要走，江意迈步跟上来，又往他掌心里塞了两颗蜜饯。

“梅子味重，”江意说，“想吐或者头疼的时候，在舌底压一颗会舒服一些。”

盛言臻挑了下眉，笑着说：“算上今天，我们才见过两次，江小姐对我似乎有些太好了。若让江总知道，恐怕会误以为我居心不良，仗着自己年长几岁，就胡乱哄骗小女孩。”

他故意将“年长”二字咬得略重，存了提醒与警告的意思。

“盛老师别多心，”江意也笑，眸光温温柔柔，“我只是见不得清高者被迫市侩。”

方才他亲口说过的话，被她原样还了回来，像是挑衅，又像是某种撩拨。

盛言臻眯了下眼睛，没再说话，绕过江意走了进去。

江意在原地站了一会儿，不知想到什么，忽然笑了。

（9）

那天晚上，江意和沈珈玥喝酒喝到将近凌晨。家里的阿姨打来电话，问江意要不要派司机去接她。沈珈玥醉得不省人事，身上的外套滑下去，露出细腻的肩头。江意一边替她整理衣服，一边告诉阿姨饭店的地址。

在大堂等车时，服务生拎着一个小袋子走到江意面前，笑着说：“您是江小姐吧？盛先生为您订购了本店自酿的青梅酒，让我代为转交。”

盛先生是谁，不言自明。江意接过服务生递来的袋子，看见里面还有张卡片，白底黑字，一行漂亮的行楷——

青梅煮酒，甚为开怀。

落款一个笔势更加张扬的签名——言臻。

她给他几颗梅子，他还她一瓶青梅酒，也算互不相欠。

可是，在“煮酒论英雄”的故事里，曹操以酒宴试探刘备，却被刘备巧言瞒过。那么，她和盛言臻之间，是否也有人言不由衷？

江意把沈珈玥带回家，丢进客房，让阿姨找了套睡衣帮她换上。沈珈玥醉得彻底，睡得又香又沉，半点反应都没有。

江意洗过澡钻进被窝，却失眠了，可能是茶水喝得太多，躺在床上翻来覆去，烙饼似的。

闭上眼睛，是盛言臻抿唇浅笑的样子；睁开，又是他目光灼灼地看过来的样子。

疯了疯了……

江意拉高被子蒙在头上，耳边蓦地闪过沈珈玥的那个问题——

你说，爱情到底是什么？

好不容易挨到天亮，江意跑到客房把沈珈玥推醒，一脸严肃地说："珈玥，下次家里再安排你去相亲，你带上我吧！"

沈珈玥睡得稀里糊涂，揉着眼睛问她是不是想谈恋爱了。

江意第一反应是用力摇头，顿了顿，又点了下头。

沈珈玥被她搞糊涂了："既想谈又不想谈？薛定谔的恋爱？"

江意没说话，心里却想着，我只是想试一试，还会不会有其他人能给我留下如此深刻的印象，甚至到了彻夜无眠的地步。

沈珈玥酒喝得太多，赖床赖到了中午。吃午饭时，阿姨提醒江意晚上有个聚会。

江意虽然读书很厉害，有天分，也够勤勉，但生活琐事上还像个小孩，爱生病，忘性大，这种社交性的聚会不多提醒几次，她转头就能忘得干干净净。

生日宴的主人公叫庄婧冉，江铭宵与庄家合作过几单生意，关系还算亲近，江意作为江铭宵的独生女儿，自然也被庄婧冉纳入了社交圈，偶尔点赞个朋友圈，或是约个下午茶，典型的塑料闺密情。

庄婧冉比江意年长，今天是她的二十岁生日。庄家一贯讲究排场，这么重要的日子更得摆足仪式感。

星级酒店的江景宴会厅，粉白相间的花艺装饰随处可见，背景墙的主体是一只羽毛装饰的独角兽，四周光影环绕。庄婧冉的生日尾数是六，庄家就准备了一个六层的粉白渐变的生日蛋糕。寿星在众人的歌声中闭眼许愿，吹灭蜡烛的同时落地窗外飞起数百台无人机，在夜空中拼写出庄婧冉的名字，浪漫至极。

江意课业忙，平时很少参加圈子里的社交和聚会，在场的年轻人她都不熟悉，无人机表演结束后，她独自走到自助餐台拿了杯饮料。远远看见陈华恩正和庄婧冉的父母聊天，江意也没多想，在角落里的圆桌旁坐下，点开邮箱，翻看订阅期刊的每日推送。

阅读专业期刊和阅读社会新闻不同，注意力要高度集中，直到肩膀被人拍了一下，江意才发觉身边站了个人。

庄婧冉穿着粉红色的及膝小礼服，妆容也是蜜桃系的，甜美精致，像个漂亮的公主娃娃。她揽住江意的手臂，挨着江意坐下来，笑着问："你在看什么？那么认真。"

江意收起手机，回答说："可控核聚变方面的资料、托克马克装置，还有环形磁场，很有意思。"

庄婧冉眨了眨眼睛，实在没办法把那堆奇怪的名词和"有意思"三个字联系起来，于是又笑了一下，低声说："珞珞，我能……跟你聊聊吗？"

四周人来人往，说话不方便，江意跟在庄婧冉身后，朝人少的地方走过去。

大理石柱刚好掩住两人的身形，庄婧冉低声开口："珞珞，我想我应该向你道个歉，关于……关于华恩……"

庄婧冉说得吞吞吐吐，不等江意开口，她又说："我答应和华恩在一起时，并不晓得你也喜欢他，还跟他告白过，我不是故意要和你争的！”

江意越听越糊涂，脸上的神色也越发茫然。

告什么白？争什么争？

大姐，你是不是被核聚变辐射过脑前额叶？

庄婧冉看了眼江意的表情，声音压得更低：“当我知道华恩拒绝了你时，我真的很难过，你是我的好朋友，我不能眼睁睁看着你受到伤害！我试图离开华恩，把他还给你，但是……”

听到这里，江意终于品出点名堂，只觉被迎头泼了一身脏水加狗血，恶心透了！

她打断庄婧冉诗朗诵似的剖白，问：“我跟陈华恩之间的事，是他亲口对你说的？”

庄婧冉也不知道是太傻，还是太天真，握着江意的手臂火上浇油地解释了一句：“珞珞，你不要生气，华恩不是故意宣扬你的隐私，他只是太在乎我，不习惯对我有所隐瞒。”

用这种方式秀恩爱，你不觉得很尴尬吗？

真的好尴尬啊！

江意哭笑不得，她不想跟庄婧冉多做纠缠，挣开庄婧冉的桎梏，转身要走，忽然想到，就这么走了，这俩神经病指不定又要在背后编排出多少故事。于是她收回脚步，回过头，直直地看向庄婧冉——

宴会厅里璀璨通明，水晶吊灯投映出流动的金色光芒，如同置身一场迤逦的梦。

江意穿了条斜肩款的小裙子，露出漂亮的肩线和锁骨，皮肤新雪般莹白。她不似庄婧冉那般扭捏，语言和声音都落落大方，曼声说：“庄小姐，我并不想破坏你和陈先生的感情，也无意在背后讲人是非，只是想纠正两个错误的地方——首先，我和陈华恩之间，告白的是他，被拒绝的是他，然后翻脸泼脏水的人也是他。如果你执意要和这样的人谈恋爱，我只能说——祝你好运。”

江意的声音被乐队现场演奏的声音掩盖了一些，并不突兀，但依然有人循声向她看来。

庄婧冉脸色急变，听到江意继续说：“其次，我和你不过泛泛之交，算不上多么要好的朋友，不必摆出一副闺密情深的样子，你演着不难受，我看着难受，牙疼！再者，我若真的看上了什么人，也不需要你来退让或成全，你对我来说，构不成威胁，也没有那么重要！”

说完，江意转身走开，乌黑长发随着她的动作滑过肩头，落向臂弯，发色仿佛被月光润过，光泽盈盈。

（10）

宴会厅的入口处站着两个穿制服的侍应生，见江意走过来，立即替她拉开了门。

门板高大厚重，嵌着金色扶手，一拉一放间，音乐和喧闹都被关在身后。

江意走得头也不回，陈华恩追上来时，她正站在酒店外等司机来接。

大概要下雨，气温偏低，风吹过来，江意只觉裙摆下的小腿一阵阵发凉。

江意呵欠打到一半，就看见陈华恩踩着门廊下的灯光快步走来，微型假山上流水潺潺，映出陈华恩一脸的气急败坏，张口便是指责：“江意，你非要闹到所有人都下不来台，才肯罢手，是不是？你读太多书读傻了吧！”

这手倒打一耙可谓打得理直气壮，江意再次被气得差点笑出来，心想，回家之后我一定要在手账本上写满骂你的脏话！不低于八百字！你个神经病！

江意心里的吐槽摞了三米厚，表面上却丝毫不显。她抬起眼睛看着陈华恩，平静地说：“陈先生，你这话可说得太没有道理，难道就许你混淆黑白，不许我出言澄清？任由你们一唱一和地把脏水泼到我头上？”

陈华恩噎了一下，整个人变得焦躁，咬牙道：“江意，作为一个女孩子，我劝你不要有那么强的报复心，把圈子里的人都得罪光了，对你没什么好处！”

江意抿了下嘴唇，微笑着说：“这句话，陈先生与其送给我，不如留给自己。晚上睡不着的时候，用你那个发生过范性形变的大脑好好琢磨琢磨——告白不成，反口诬陷女孩子，到底是不是一种体面的行为！难道你们圈子里流行这个？”

陈华恩被怼得说不出话，脸色难看至极。

江意看他一眼，忽然露出一点疑惑的表情，低声说：“你该不会连什么是范性形变都不知道吧？”

陈华恩不知该怎么接话。

江意再度笑起来，眼睛弯亮如月，碎光盈盈：“读书少真是可怜啊，连挨骂都要百度一下才能听懂。”

说完，她转身要从台阶上走下去。

陈华恩脸色半青半白，不知怎么想的，居然探手去抓江意的肩膀。

江意身上是一件斜肩礼服，剪裁十分精致，肩膀与手臂俱暴露在空气里，皮肤细白如雪。陈华恩的动作失礼且冒犯，江意立即将他挥开，脸上愠色明显。

再怎么聪明冷静，江意也刚十八岁，接连被唐突，眼底控制不住地泛起了红，快要被气哭了。

僵持间，身后忽然响起一声鸣笛。

一辆黑色奔驰从停车坪的方向缓缓驶来，在江意面前停下。

车灯光线雪亮，江意觉得晃眼，抬手挡了挡。就在这时，奔驰后排的车窗降下来。

江意蹙着眉头看过去，不由得一愣，喃喃：“盛……盛老师？”

怎么这样巧，又碰见了你。

戏曲表演讲究“手、眼、身、法、步”，其中，眼神是精髓。行里的老师常说，看一个人有没有天赋和灵气，就看他那双眼睛。眼睛里要有戏，有感情，有内容，不能空，往台上一站，一个眼神就能罩住全场。

盛言臻能在年轻一辈里独占鳌头，那双眼睛自是罕见的漂亮，胜过三月时的人间春色。

瞳仁颜色深黑，却不浊，眼形修长，尾端微微上挑，本是一副多情的面相，却被他身上清雅矜贵的气质压住，演化成一种书卷里才能读到的玉树临风。

蓦然与盛言臻视线相撞，江意只觉心忽地一跳。

风渐渐大了，路边树木枝叶摇晃。

隔着半降的车窗，盛言臻只看江意，并不理会一旁的陈华恩，眉眼声音里都带了浅浅的笑。

他叫她珞珞，叫得熟稔且自然，说：“晚上温度低，怎么在风口站着？也不怕着凉。上车吧，我送你回去。”

江意已经打过电话，家里的司机很快就会赶到，这个理由足够她礼貌地推掉盛言臻的邀请。

然而，月色落下来，在盛言臻脸上照出一种白瓷般的质地，冷淡细腻，清寒如霜。

这个人，这份气质和相貌，都戳在江意的审美神经上，毫无偏差。

就这样推拒掉，似乎有些太可惜了。

江意想起自己警告庄婧冉时说过的那句话——

“我若真的看上了什么人，也不需要你来退让或成全，你没那么重要！”

似乎，一语成谶。

江意稍稍犹豫了一下，只是片刻，然后她笑着说："麻烦盛老师了。"

不等江意走到车前，后排处的车门已经打开，盛言臻朝里面移了移，给江意让出位置。

陈华恩在一旁冷眼看着，忽然嗤笑一声，说："盛老师不愧为艺术名家，撩起小女孩来果然得心应手！"

江意动作一顿，下意识地抬头去看盛言臻的表情，却见他神色如常，瞳仁里噙着点笑意，儒雅清绝，器宇不凡。

江意收回视线，探身坐了进去。

车厢里飘着点冷调的香气，闻着很舒服。江意舒了口气，再度向盛言臻道谢。盛言臻笑了笑，越过江意去看仍站在台阶上的陈华恩。

车窗半降着，陈华恩注意到他的视线，也笑了一声，故意问："盛老师还有指教？"

"指教谈不上，"盛言臻看着他，说，"建议倒是有一些——作为成年人，言行要端正得体，进退适度，与女士交谈相处时，更要注意分寸，这是礼貌和教养，不是撩。希望小陈先生早日明白个中差别，不要再做出让人难堪的事。"

盛言臻的声音里总像是带着笑意，音质清和，声息略沉。

天生一把唱戏词的好嗓子。

"你……"

陈华恩理亏词穷，带着一腔怒气转身走了。

车厢里，江意坐姿端正，手却偷偷伸下去，在小腿上狠掐了一把，努力控制自己别笑出声来。同时，脑袋里闪过一个武侠小说中读到的句子——

兵不血刃，刀刀封喉。

盛老师怼人那也是专业级的！

（11）

窗外车灯如河，显得车厢内分外静谧。

盛言臻穿着衬衫和西装裤，除了腕表再没有其他装饰，简单干净，清绝至极。江意低头发消息给家里的司机，通知他不必来接了。

手指敲击手机键盘，发出细微的按键音，在一片沉静的车厢显得分外突兀。江意一边发消息，一边用余光瞄了盛言臻几眼，心下闪过几个念头。

盛言臻忽然轻笑一声，说："你想看就正大光明地看，瞄来瞄去的，眼睛不累吗？"

信息发送成功，江意收起手机，对盛言臻说："盛老师应该知道，我读的是物理专业，是一个坚定的唯物主义者。不过，最近三次与盛老师巧遇，我倒是有些相信缘分这东西了。"

熟悉的"江意式"的直白。

盛言臻靠着身后的椅背，坐姿很放松，没接江意的话，另起了个无关风月的话题："你本科选了物理，以后是要读研吧？方向呢？想选择哪方面？"

眼见话题被扯开，江意也不急着往回找，顺势和他聊下去，介绍说："我想做核物理方面的研究，粒子加速器技术或者核技术应用。职业规划也很简单，读完研究生，再继续读博士，然后进入科研单位。"

盛言臻对物理方面的专业知识了解不多，但是，与核物理相关的学科分类下，免不了会涉及那些具有大规模杀伤性和破坏性的东西，对普通人来说，那是只有在国际性的新闻中才能读到的词汇。

无尽的神秘，同时，也无尽的残酷。

这真是个有意思的情形，盛言臻想，一个家境优渥的小女孩，漂亮又乖巧，穿着精致的小裙子，可能刚参加过一场宴会，无忧无虑地坐在他身边，却告诉他，她的目标和梦想是读很多书，然后进入科研单位，工作和研究方向可能会涉及一些异常危险的东西。

“为什么会想做这方面的研究？”盛言臻的兴趣被勾起来，追问，“它们也许很危险。”

江意没答，反问：“盛老师，你知道我的偶像是谁吗？”

盛言臻半转过身，看着她，笑着摇头。

江意同他对视一眼，眼神明亮坦然，笑盈盈地说：“是邓稼先院士。”

如果说最开始只是随口攀谈，这一刻，盛言臻是真的有些好奇了。

江意身上似乎有很多神奇的地方，看上去不谙世事，像个漂亮的小仙女。率性天真的同时又格外聪明，小小年纪就进了名校，却不图名利，立志要投身科研。

盛言臻又问：“你能说说理由吗？”

江意向后靠了靠，放松身形，看向窗外，满城灯火落在她眼中，浮动如金色的海。

她说：“邓院士是中国核武器研究工作的开拓者，也是奠基者，隐姓埋名二十八年，亲手给我们的国家铸就了一根钢铁般的脊骨。正是这根脊骨支撑着我们，一步一步，走出弱小孱羸的困境。”

江意语气诚挚，盛言臻不由得收起玩笑的神色，静静地看着她。

“多伟大啊！”江意轻声说，“那个年代的很多人，都特别伟大。如今的安稳和幸福，不是凭空出现的，是很多人以生命为代价，筑下了基石。然后一代又一代人前赴后继。”

街灯透过车窗洒进来，江意刚好坐在那片明亮里，裙摆散在椅子上，像冰原上的花。她侧脸染着光影，细如青瓷，眉眼中有莹润的光。

她继续说：“小时候，在课本上读到邓院士的生平事迹，老师总告诉我们，要铭记，要致敬。可是，相比‘铭记’和‘致敬’，我更希望自己做到‘成为’——成为像他，像他们那样的人。”

“听起来有点大言不惭，还有点自不量力，对不对？”江意转头看向盛言臻，嫣然一笑，“可我就是这样想的！人啊，越是在年轻时，越要心怀敬畏，去热爱，去做梦，热血与朝气并存，才不枉这惊鸿般的好时节，所谓‘前途似海，来日方长’！”

这话若是由别人来说，盛言臻也许不会放在心上。少年意气浓，谁没许过要做科学家、宇航员的心愿，可是后来啊，幻想与热情被生活消磨殆尽，渐渐地，都活成了平庸的样子。

平庸无罪，可终是遗憾。

但，同他说这番话的人是江意。

十六岁就能进名校，读王牌专业，头脑聪明，家境优渥，性格善良又健全。

她现在还小，再过三年五载，幼苗变成参天的树，定能撑起一方天地，即便孤身一人，也如同千军万马。

盛言臻想起自己十岁那年第一次参加比赛时，唱的是《长生殿》里的唐明皇，长须蟒袍，仪表赫赫，有个做评委的老艺术家看了他很久，然后说——

“有些人，生来便是有光的。挽雕弓，射天狼，风霜不会使他蒙尘，只会让他更有斗志，加倍圆满。”

那光是什么？是天赋，是赤血，是志存高远。

有些感情是相通的，只需寥寥数语，哪怕只有一个眼神，也会觉得似曾相识。

盛言臻看着江意，恍惚觉得像是看到了当年的自己。他们行业不同，却有着相同的野心，秉承着一份近乎纯挚的信念，不求名利，一路勇往，无惧无畏。

盛言臻没出声，江意以为是自己把话说得太过高远，让人家没法接，于是羞赧地捏了下耳垂，说：“我一直被家人保护得太好，没经历过什么挫折，有点异想天开，盛老师别笑我！”

盛言臻心里闪过很多念头，表面上却丝毫不显。他有一副顶好的皮囊，也相当于有了绝妙的伪装，喜怒哀乐都埋在里头，旁人很难窥见。

他伸过手去，拿捏着尺度和分寸，搁在江意头顶，很轻地拍了拍，像兄长表扬小妹妹，微笑着说：“我不觉得你异想天开，正相反，我觉得你很优秀。小小年纪能有这样的志向和抱负，非常难得。快点长大吧，小朋友，你会有很好的未来，就像刚刚说的——前途似海。”

“我十八岁了，”江意撩了一下滑到耳边的碎发，小声纠正，“不是小朋友。”

窗外恰巧响起一声鸣笛，把江意的话音盖了下去，盛言臻没听清，问她：“你说什么？”

“我成年了，不是小朋友！”江意的脚尖朝盛言臻所在的方向偏了偏，她看着他，弯着一双眼睛，强调，“可以做很多大事！”

盛言臻被她逗得想笑，挑眉：“比如？”

司机还在前头坐着呢，总不好太明目张胆，江意声音含混，故意咬字不清，哼道：“比如谈恋爱啊，什么的……”

盛言臻其实听见了，但是这话不好接，他没作声，笑着在江意的脑门上弹了一下。

（12）

盛言臻名下除了艺术工作室，还有几个公益性质的昆曲兴趣班，教小朋友学习昆曲，了解昆曲。各班都配了专业的授课老师，盛言臻不忙时也会去给小朋友上课，教他们咬字和发音，还有腿功、扇子功。

跟小朋友相处，难免有些小动作，拍一下脑袋，弹一下额头。所以，本质上讲，盛言臻还是把江意当小孩，不自觉地带上了几分纵容。

盛言臻的指尖碰到江意的额头，很轻的一下，触感微凉，像风，又像落了片雪花。

江意只觉心跳怦地一乱，乱得脸都红了。盛言臻没注意到她的异样，问她和陈华恩之间是不是有什么误会，还是那人单方面地纠缠她。

这事儿细究起来真是羞耻感爆炸，江意和盛言臻说了说，说到最后自己都听不下去，幼稚至极，也无聊至极。

盛言臻没说话，倒是开车的司机开了口："小妹妹，你做得对，那种人就不能惯着！表白不成反手泼一盆脏水，什么玩意儿！我跟你说我哥这几年修身养性，脾气好了，这要是放到前两年……"

"郑决，"盛言臻的视线在后视镜里和那个叫郑决的司机对上，不悦地皱了下眉，"好好开车，少说话。"

江意坐在后排，看不到郑决的脸，只能看到一颗刺短的寸头，耳朵上方的位置剃着心电曲线的图案，露出青色的头皮。

这人说话的声音很有活力，年纪应该不大，最关键的是他对盛言臻的称呼。

不叫老师不叫先生，直接喊哥……

郑决似乎知道江意在想什么，扳过后视镜朝她挑了下眉，说："自我介绍一下——我叫郑决，决胜千里的'决'，你们盛老师的师弟，一个老师带出来的亲哥俩。盛老师毛病多，不乐意听我叫师兄，说显老。你看看，表面上阳春白雪的一个人，背地里瞎臭美！"

阳春白雪是这么用的吗……

江意默默吐槽了一句，不过，她真没想到郑决也是唱昆曲的。这人不仅头发剔得露出青皮，还有图案，一点都看不出来跟传统文化有联系。

江意很是震撼，迟疑地问：“你是工哪一行的呀？”

工哪一行是行话，意思是“生旦净末丑”里你唱哪一个行当。

“小生啊。”郑决答得痛快，“我哥唱什么，我就唱什么，我跟着我哥走。我跟你说，虽然我水平一般，但是我哥的巾生业内一绝。《牡丹亭》知道吧，昆曲里的镇山之宝，我哥十八岁就能挑大梁，撑起一台大戏，演《牡丹亭》里的柳梦梅，一场戏救活了一个昆剧团。那个身段那个功底，唱腔一开，行里的老先生们惊得下巴都掉了，满地找后槽牙！”

郑决这人说话不仅贫，语速还快，像个成精的拖拉机，好一顿突突。江意边听边笑，多和他聊了几句。

这个时间有点堵，奔驰卡在车流里，半小时挪了不到三百米。等路面稍稍畅通了些，江意才发现盛言臻居然睡着了。

车厢里的温度和光线都很舒服，他仰靠着椅背，脖颈延出漂亮的线条，眉目隐没在暗处，显得鼻梁很挺，五官俊朗分明。

车子在路口处转弯，街灯透过车窗照进来，刚好映着盛言臻搁在膝盖上方的手。

那是双男性的手，五指修长，骨节清晰分明，带着很强的美感和力量感。

郑决还要说话，江意在他身后的椅背上拍了拍，提醒：“盛老师睡着了。”

她声音压得很轻，像是怕吵醒了盛言臻。

郑决叹了口气，说：“下个月市里要办昆曲艺术展，是个国际性的大展，我哥名下的言臻昆曲艺术工作室接了主办方的活，大到场地布置、展演流程，小到人员安排、场券设计，全得操心。各方协调，还得应酬喝酒，那帮人嘴上有多客气，倒酒的时候下手就有多黑。我哥都要忙碎了，这一阵他就没睡过几个安生觉。”

提到艺术展，江意立即想起她在微博上看到的海报，她还在备忘录里存了开幕的时间和地址，计划着到时候去看展。

仗着当事人睡着了没反应，江意索性大大方方地盯着人家看，从手表的品牌，看到衬衫领口处细微的皱痕。她轻声说："传统戏曲的基本功都是从小练起来的，一定很辛苦吧？"

郑决抬手抓了把刺短的寸头，说："苦不可怕，可怕的是同行相忌。老先生们隐的隐，退的退，都不爱操心了，年轻一辈里我哥名头最响，树大招风，人红遭恨，多少人等着盼着，就想看他崴进泥里。我哥倒了，他们就能站起来似的，一个个歪瓜裂枣，也不看看自己什么斤两！"

江意发现郑决的性格很有意思，又直又愣，还护短，最大的爱好就是替他师哥吹牛，还有吐槽同行。

手机连连振动，江意打开手包拿手机时，一支眼线笔从里面掉出来，滚到了座位底下。

她拢着裙摆弯腰去捡，意外地摸到一张明信片。哑粉纸的材质，上面印着以昆曲为蓝本的手绘图案，还有言臻昆曲艺术工作室的名字和标志，应该是工作室为了搞宣传推出的纪念周边。

江意捡到的这张画的是《牡丹亭 · 惊梦》一折，柳梦梅手持折柳，倚树而立，气宇风流，儒雅倜傥。

则为你如花美眷，似水流年……

刚刚，郑决是怎么说的——

"我哥十八岁就能挑大梁，撑起一台大戏，演《牡丹亭》里的柳梦梅。"

真巧啊，她遇见他时，也是十八岁。

十八岁大概是一生中最奇妙的年纪，再大上几岁，就学会了世故圆滑，小几岁，又显得太过懵懂稚拙，不辨风月。

这样好的年纪，这样惊艳的人。

江意恍惚片刻，心念一动，用眼线笔在明信片的背面写下了一串数字。

（13）

不知不觉已到了江家别墅门前，车子减速，停在路边。

江意伸手去拉车门，那点细微的声音惊醒了盛言臻。

他有些迷糊，神情里带着明显的疲惫，开口先道歉："对不起啊，我睡着了。"

江意已经下了车。她站在路边，一手撑着车门，先说了声没关系，又说："盛老师哪天有时间，一起吃个饭吧？我们都给彼此解过围，多难得的缘分。更何况，盛老师之前还夸我知恩必报，我总要维持下人设的，不能说崩就崩。"

江意爱笑，说话时一直笑吟吟的，眼神清透明亮，让人舍不得拒绝。

盛言臻却没立即应下，他沉吟片刻，笑着说："最近有个昆曲艺术展要开幕，后续还有很多演出要安排，我实在太忙，短时间内恐怕匀不出空。之前我喝了酒，开玩笑没分寸，不过是些举手之劳，哪里算得上什么恩情，你也不必放在心上。"

江意料到他会这么说，也早有准备，抬手将那张明信片递过去，依旧是笑吟吟的模样，说："艺术展的事我刚刚听郑决说起过，也猜到盛老师最近会很忙。这样吧，我把我的联系方式留给你，等你有时间了，再联系我，我请你吃饭！"

江意的性格随了江铭宵，敢冲敢拼，有勇气，但是不莽撞，懂得留有余地。她将选择权又交回到盛言臻手上——要不要继续联系，还是断在这里，盛老师说了算。

盛言臻真没想到江意居然还留了一手，不由得垂眸去看。

哑粉纸做的明信片，品牌名称和标志上用了烫金工艺，看上去很高端。

自家工作室做出来的东西，盛言臻不可能不认得，眉梢微微一挑。

他坐直了探身去接，江意却没放手，两人分别握住卡片的一角，隔着不足半掌宽的距离，在半空中滞了一瞬。

盛言臻抬眼看过去。

江意身后亮着盏路灯，暖黄的光线落在她身上，长发乌黑蓬松，皮肤细白，眼妆化得精致浅淡，碎光盈盈。

盛言臻看过来时，江意的视线刚好迎上去，两个人短暂对视，目光里仿佛有什么东西轻轻波动了一下，像湖面上层层晕开的涟漪。

月光绵绵如烟，安静地散在周围。连风都是软的，空气里有冷调香水的味道，说不清究竟是谁身上的。

对视过后，江意松开了握着明信片的手指，同时，她听见盛言臻笑了一声，声音又低又轻，几乎不可分辨，质感却莫名磁性。江意下意识地抬手揉了下耳朵，觉得耳根隐隐发痒。

盛言臻看着她，忽然说："不如，我们来打个赌吧。"

江意一怔："赌什么？"

盛言臻坐在车厢里，沉暗光线雕琢着他的五官，显得深邃英挺。他指骨修长，将明信片夹在食指和中指之间，抵着膝盖轻轻一磕，说："就赌你请我吃饭那天会不会是个好天气。"

听他这样说，江意下意识地抬头去看。

起风了，月光柔和，星星夹在云层之间，明天应该会是个不错的天气。

江意想了想，说："我猜那天一定会下雨。"

盛言臻挑了下眉："为什么？"

江意看着他，眼神清透明亮，说："坏天气让人懒得出门，只想待在家里，但是，和盛老师吃饭例外。”

陈华恩之前说的那句话，其实说对了一半，江意和盛言臻之间，的确有一个人撩起来得心应手，道行十足，只不过那个人不是盛言臻。

江意点到即止，她退后一步关上车门，隔着车窗对盛言臻挥手道别，然后站在原地看着那辆黑色奔驰慢慢开走。

郑决虽然嘴碎又话痨，但不是个没分寸的。直到车子开进主路，离江家有段距离了，他才从后视镜里瞥了盛言臻一眼，贱兮兮地调侃：“什么情况啊盛老师？老铁树这是要开花了？你给句准话，我提前做个思想准备！”

“她叫江意，这名字你或许没听过，”盛言臻说，“但是，‘江铭宵’这三个字你总该知道吧。”

青溪市赫赫有名的富商，幼年丧父，白手起家，经历堪称传奇。

郑决露出一个惊讶的表情。

盛言臻继续说：“江铭宵的独生女儿，聪明、漂亮、家境优渥，多出色的小女孩。我呢？我有什么？”

“哥，”郑决皱眉，声音里透着不悦，“你有多厉害，需要我一样样地数给你听吗？我不想听那些乱七八糟的，只想要你一句准话——你动没动心？如果动心了，她就算是天上的仙女，咱也得想办法让她下凡！大男人谈恋爱利索点，别那么婆妈！”

“到了我这个年纪，除了动不动心，还要问问合不合适。”盛言臻靠在椅背上，看着窗外流水般的霓虹，低声说，“她才十八岁，那么小，感情和世界观都不够成熟，容易冲动，也容易任性，难道我也要跟她一块冲动任性？小女孩可以不懂事，但我得懂。”

郑决还要说话，盛言臻直接打断他，说：“上个月星云大剧院演出，

《铁冠图 · 撞钟分宫》那一场，你出的官生吧？我在下面看了不到半个小时，就看出来你腰上功夫退步了，腰眼比地板都硬，基本功用葱油饼卷着吃了？”

言臻昆曲艺术工作室旗下的演员每个月都有商演，郑决的经纪约签在这里，演出自然少不了。

郑决莽归莽，专业方面从来不和盛言臻顶嘴。他跟在盛言臻身边十几年，比任何人都清楚盛言臻的能力，也更清楚这位师哥的才华。

当年，他刚进戏校，台步都走不明白的时候，盛言臻已经拿到少儿组擂台赛的冠军，是圈子里有名的“小票友”，唱腔里带着与生俱来的力度和灵气。

那时候，各种赞誉纷至沓来，不要钱似的往盛言臻身上贴，赞他是“神童”是“天才”能堪大任的是那些人，后来，在他最难的时候，唱衰他，挖苦他，说他不过如此的，好像也是那些人。一个又一个，瞪着阴鸷的眼神，苍蝇似的搓着手，等着看一场天才陨落的戏码……

什么东西！

郑决有点走神，盛言臻伸手在他那颗刺短的寸头上揉了一把，说：“明天开始，五点半起床练功，再不练，你连腿都劈不开了，走圆场像老大爷遛狗！”

“专业方面，我都听你的，你怎么说我怎么改，但是感情上，哥，你得听我一句劝——”郑决吸了下鼻子，眼睛盯着前方的路面，慢慢地说，“在我看来，感情这东西，没有那么多条条框框，只需要搞清楚自己到底想不想要。人活一辈子，能遇见个特别喜欢或是特别想要的人不容易。哥，你吃了那么多苦，承受过那么多伤害，老话常说，苦尽甘来，善恶有报，你应该幸福，也必须幸福。”

（14）

郑决和盛言臻谈心的时候，江意已经洗完澡，阿姨端了杯牛奶给她。江意从小养成的习惯，睡前必须喝一杯牛奶，也因为这个习惯，住校时室友都拿她当小孩，熄灯睡觉前总会半开玩笑地问一句：“小江意今天喝牛奶了吗？”

江意床上围着条纹的遮光帘，她从帘子后头探出脑袋，说：“喝了喝了！多喝牛奶身体好，能长个儿！”

搁在小桌上的手机“嗡嗡”一振，是沈珈玥的语音消息，那丫头一贯语速快，几乎没有停顿：

“珞珞，庄婧冉到处跟人说你毁了她的生日派对，给她难堪，让她下不来台！”

“风言风语的都传到我这儿来了，到底什么情况？”

“你看看，她说话可够难听的！”

语音消息下，还有几张截图，江意放下杯子逐一点开。

截图页面是一个微信群，成员有四十多个，庄婧冉一口气发了十多条文字消息，控诉江意在她的生日派对上发脾气、摆臭脸，甚至纠缠她新交的男朋友。图上还截到几条别人的回复，都是些不痛不痒的安慰，让她别生气，庄婧冉回复说：“放心吧，宝贝，我已经不生气了。听我爸爸说江意是单亲，缺爱的孩子情商都不高，也不能怪她，我原谅她了。”

我需要你原谅吗？

江意将前因后果简单地同沈珈玥说了说，沈珈玥一向脾气火暴，又护短，顿时火冒三丈，让江意把庄婧冉约出来，沈老板要亲自跟她聊聊——一米二的身高，长个两米长的舌头，也配说自己是灵长类？我看她就是个发育不良的啮齿动物，只会在背后嚼舌根！

江意原本有点生气，沈珈玥这一通念叨反倒把她逗笑了，笑过之后又觉得打嘴仗什么的实在无聊，有这时间，干点什么不行！

江意点开通讯录，把庄婧冉的所有联系方式都拖进了黑名单，然后发了条朋友圈——小朋友，你知道吗，编瞎话是会折寿的！

庄婧冉和江意有不少共同好友，这点指桑骂槐不愁传不到当事人耳朵里。

动态发送成功，沈珈玥第一时间赶来点了个赞，还评论了好长一排“咒骂”的表情。

江意捧着手机笑了半天，又一条新消息跳出来，是另外一个朋友，叫桑桑，问江意最近有没有时间，能不能陪她参加一个聚会。

江意初中时开始接触摄影，除了解物理题，她最大的爱好就是拍片修片，书房里存着各种型号的镜头和机身，认识桑桑也是在半年前的一场影展上，过程十分戏剧性。

那是一场纪实摄影的影展，很特别，以“抑郁症”为主题，名字叫《走失的活力》。

那天是工作日，看展的人不多，展厅里很安静。摄影师并没有把片子处理成黑白色增加凝重感，因为“抑郁”这个词本身，已经足够让人难过。

零落散落的药片，跳满雪花噪点的电视屏幕，望向窗外的空洞目光。

每一张照片都能让人感受到孤独，坏情绪像一只黑色气球，剥夺了所有绚烂和活力。

影展入口处的宣传板上有一句话，是摄影师亲自写上去的——

他们不是想太多，也不只是不开心，而是病了。

江意在展厅里慢慢观看，走到转角处时，似乎有人在背后贴了她一下。她立即回头，一个体型偏胖的中年男人正站在她身后，见她看过来，反瞪了她一眼，恶声恶气地说：“你看什么看？有毛病是不是？”

男人一边嘟嘟囔囔，一边从口袋里摸出一根烟，顺手弹开打火机的盖子，作势要点燃。

“先生，”江意皱眉，“你没看到墙上的禁烟标识吗？这里是禁烟场所，不能吸烟！”

男人面色不善，继续点烟的动作。

江意头没想到这人水泼不进，就在这时，一道纤瘦身影走过来，高跟鞋踩着瓷砖地面，发出阵阵清脆声响。

江意循声看过去，先是看到半张侧脸，然后是剪成公主切的黑色长发，细白的脖子上有一枚天鹅绒质地的项圈——是个很有个性的小美女。

小美女穿了件抹胸款的短上衣，露出细窄的腰身。她径自走到江意身边，睨了中年男人一眼，淡笑着说：“先生，美术馆的确是禁烟场所，有需要的话，我可以向您推荐规范的戒烟门诊，那里提供的临床戒烟服务还不错！”

话一出口，中年男人脸色变得十分难看，指着小美女的鼻尖不停叫嚷着“要你多管闲事”之类的话。

江意被中年人的动作吓了一跳，却看见小美女精准地抓住男人的手指，反向一掰，动作干净利落，透出股狠劲。

中年男人一声惨叫，展馆的保安和工作人员匆匆赶来，简单了解事情经过后，劝中年男人先行离场。男人不依不饶，嚷嚷着要报警，要起诉索赔！

“报警？好啊，现在就报，最好把媒体也一并叫来。”小美女神色淡然，说，“采访一下，这位先生为什么要在美术馆里随地吐痰，还用手机偷拍女性。你拍别人的时候我在拍你，取证视频都录好了，你等着坐牢吧，垃圾！”

话音落地，周遭一片安静，所有人都愣了，谁也没想到这事还藏着个转折。

江意意识到什么，顿时心一沉。

中年男人则气势全无，难以置信似的干瞪着眼睛，嘴巴都忘记闭上。

（15）

涉及偷拍，事情的性质彻底变了。

江意和小美女都去警局做了份笔录，江意这时才知道，小美女叫桑桑，在本地一所重点高校的新闻系念书。

桑桑手机里的取证视频正是江意被偷拍的过程。

虽然已经有了心理准备，但是亲眼看到男人无声无息地自背后贴上来，手机背部朝上，猥琐地将镜头伸向短裙的裙底时，那种愤怒又恶心的感觉简直难以形容。

江意闭了闭眼睛，似乎还能闻到男人身上的汗臭，混杂着劣质烟酒的气息，胃里一阵抽搐般痉挛。

做笔录的警察见江意面色不好，倒了杯热水给她，安慰说："请放心，这件事我们会立案调查，严肃处理。以后再碰到类似的事情，一定要及时报警，需要心理疏导的话，也可以联系我们。"

江意唇色苍白，眼圈却是红的，双手握着杯子，半晌没有说话。

桑桑坐在江意旁边，忽然靠过来，她伸出手，掌心细软温暖，带着柑橘调的香水味，搁在江意的额头上，轻轻贴合。

干净的清香气冲淡了些许阴霾，江意睁开眼睛，有些迟疑地看着她。

桑桑歪了下头，笑着说："摸摸脑袋，宝贝不怕——小时候，我做噩梦吓得睡不着，家里的阿姨就会这样哄我——摸摸脑袋，宝贝不怕；摸摸耳朵，坏蛋走开。"

说着，桑桑也在江意的耳朵上捏了一下。

耳垂有点痒，江意忍不住笑了一下，濒临崩溃的情绪也渐渐稳定。她呼出一口气，向桑桑道了声谢。

"不客气。"桑桑也笑，"女孩子一定要学会彼此保护，这比反复提醒她们多加小心要有用得多，会让那些试图伤害我们的人有所忌惮，也会让一份微弱的勇气成倍放大成无限的勇气。”

“女孩子要彼此保护……”江意垂着眼睛，喃喃重复着这一句，半晌，重重点头，“你说得对，我会记住这句话。”

说这话时，江意的眼睛还红着，表情却无比诚挚，就像小兔子立誓要单挑大灰狼。

桑桑被江意逗笑了，抬头摸了下她的头发，说：“你怎么这么乖啊！”

两个女孩又漂亮又可爱，旁边整理资料的警察不由得多看了她们几眼。

离开警局时已经是傍晚，桑桑用手机叫了车，问江意去哪儿，顺路的话可以捎她一程。

江意看了下时间，说：“今天的事多亏有你帮忙，我请你吃个饭吧！”

桑桑也是不忸怩的性格，痛快地点头：“好啊。”

两个人的口味差不多，都爱吃辣，江意在一家渝派川菜馆订了位，然后又和桑桑互相加了微信。江意手机的屏保和壁纸用的同一张图，桑桑刚好看到，咦了一声，问她：“这张图是谈也的片子吧？”

谈也是个很年轻的男摄影师，毕业于青溪市最好的美术学院，凭借一套人文纪实类的照片在圈里打开了知名度。《走失的活力》摄影展，就是他的作品展，展览热度很高，微博上称谈也是最值得期待的新锐摄影师。

谈也最出名的那套人文类片子，拍的是大凉山腹地，那个相对贫瘠的地方。

泥灰脱落的墙角下，瘦骨嶙峋的小男孩和小狗互相依偎。小女孩衣衫褴褛，笑容却淳朴，手上抱着一个比脸都大的破海碗，还有双目失明的老阿妈，面容粗糙苍老，饱经风霜，“看”向朝阳升起的方向……

片子构图简单，画面也并不阴暗，大多数都有着浓烈的阳光。然而，灿烂的日光与破败的环境对比鲜明，仿佛有一种无声的力量，凝固而沉重，光刃一般，钉住看客的每一寸呼吸。

江意就是通过这组《凉 · 山》知道谈也的。

桑桑的神情忽然有些玩味，她问江意：“你很喜欢谈也？”

江意点头，说：“‘谈神’是我‘爱豆’，他的片子我都喜欢！”

桑桑挑了下眉，又问：“你见过谈也吗？”

江意摇头：“只在杂志上看过几张照片。”

谈也初出茅庐时势头就很强劲，片子的构图和风格，都有种独辟蹊径的味道。去年又在国外拿了个颇有分量的摄影奖，名气越来越大，一些杂志在采访他时，甚至打出了“新锐视觉艺术家”“未来的摄影大师”之类容易吸引眼球也容易讨骂的标签。

谈也片子拍得野性，人却很低调，安静而平和，反复跟采访他的记者解释——我不是艺术家，也很难成为什么大师，只是一个活在世俗里的普通人。别人用嘴巴去表达，而我习惯用镜头。

随采访稿一并刊登在杂志上的，还有谈也的照片。

落满阳光的中式庭院，年轻男人单手扶着支在三脚架上的相机，大概在思考如何构图，食指松松地搭着快门，小臂肌肉绷起漂亮的线条。

他身形偏瘦，腿很长，白 T 恤牛仔裤，穿着简单干净。槭叶悬铃木的树枝越过栅栏探进来，刚好挡住他的脸，半长的灰蓝色头发被风微微吹散。

这种灰蓝发色，谈也保持了很多年，据说他读高中的时候就开始这么弄了，为此还挨过处分。这发色很扎眼，也很好看，搁在谈也身上，有种诱惑又冷淡的味道，格外撩人。据说，一个拍古装剧出身的女明星很喜欢谈也身上那股偏冷淡的味道，和他传过些花边绯闻，还跑去染了个同款发色，一度闹上热搜。

这头灰蓝的头发成了谈也的代名词，谈也的粉丝自称“灰蓝”，别名“小灰灰”。黑粉嘲他的时候，也是一口一个“灰蓝老师”，搞得路人十分迷惑——这人到底是姓灰还是姓蓝?

桑桑撇了下嘴，嘀咕："冷淡个小茶壶！谈也这厮外表看上去是个文艺青年，实际就是个挑剔的怪胎。不吃辣，不吃姜，不喝饮料不爱唱K，胡同里遛鸟的大爷都没他作息规律！性格更差劲，要么阴郁要么暴躁，一点都不可爱，搞不懂你们究竟喜欢他什么！"

说这话时两人已经进了餐厅的包厢，江意正往杯子里倒水，听到这里也没多想，只当桑桑也是谈也的粉丝，顺嘴调侃了一句："你怎么对我'谈神'的兴趣爱好这么了解？"

桑桑竖起一根手指，故作玄虚地晃了晃，说："天机不可泄露！不过，你要是想多了解点谈也的情况，可以多请我吃几顿饭。吃人嘴软，我嘴巴一软，指不定能说出什么来！"

江意有点无奈："你这么一说，我好像一个窥探别人隐私的变态。"

等待传菜的间隙，江意看见谈也的微博主页上传了几张新图——雄鹰、河滩，雪山上的金顶寺庙，野马奔驰于黄沙的尽头，远处天地辽阔……

片子的构图都很简单，却透出一股近乎邪气的冷艳感。

谈也惯有的风格，剑走偏锋。

短短几分钟，动态下就有了近百条留言，多数是夸赞，当然也少不了挑毛病的。其中一个说谈也的片子没内涵没灵魂，哗众取宠罢了，毫无艺术鉴赏能力的人才会上赶着追捧！

这话说得就有点难听了，江意顺手回复对方："大师说得好有道理啊！但是，如果我没记错，大师设置为主页封面的那张图，是我'谈神'去年拍的片子吧？别以为加个单色滤镜就看不出来谁是原创！"

对面那人也没争辩，直接把江意拉黑了。

江意哼了一声，指着手机屏幕对桑桑说："一边奚落我'谈神'，一边用着'谈神'的图，这叫什么？这叫忘恩负义倒打一耙！"

桑桑听她一口一个“谈神”叫得还挺亲，不由得笑起来，点着手机发了条消息出去。

服务生进来上菜时，桑桑收到了回复：

什么神不神的，别瞎叫。

（16）

江意和桑桑都是偏外向的性格，边吃饭边聊天，从学习生活聊到兴趣爱好。当说到江意十六岁就上大学，还是名校保送的时候，桑桑啃排骨的动作停了。

她是文科生，数学对她来说就是一场醒不过来的噩梦，还有个甚为心酸的总结——

学习数学总共分几步？两步！第一步，打开书；第二步，开始哭。

桑桑咬了下嘴唇，问江意：“上学那会儿，你的数学成绩是不是特别好？”

江意想了想：“我读了两年高中，数学只考过一次140分。”

桑桑眨了下眼睛：“其他时候呢？”

江意笑起来：“都不低于148分。那些题型，初中参加培训的时候我就做过了，换汤不换药，多读几遍题干，就能大致估算出答案了。”

桑桑在智商和成绩上被双重吊打，心碎一地，端起装酸梅汤的杯子，朝江意举了举，说：“向‘学神’致敬。”

江意也举杯，同桑桑碰了碰，说：“向彼此保护的女孩子们致敬！”

一顿饭吃得很愉快，结束时两人都觉得亲近了不少，能把对方划分到“关系不错的朋友”那个分类里。

后来，桑桑又约江意吃过一次火锅。吃饭时，聊起近况，桑桑说自己在做一个和“绿色化学”相关的专访作业，需要采访一些从业人员。江意说巧了，我有一个博士师兄，毕业之后做的就是绿色工程方面的科技类产品，你可以找他聊聊。

江意跟师兄打过招呼后，把微信推给了桑桑。师兄的头像用的是本人照片，桑桑点开看了看，贼兮兮地凑到江意身边：“你这师兄长得不错嘛，瘦瘦高高的……”

“别惦记了，”江意打断她，“已婚，俩孩子。前几天师兄在校友群里哭诉，说他们家平均学历博士起步，结果生出来的孩子连三加二都算不明白，还得借助计算器。”

桑桑笑得一口茶直接呛住。

江意嘴里咬着半颗肉丸，脸颊一鼓一鼓的，说：“养娃之后，我们师兄有一句响当当的名言——古有凌迟车裂，今有辅导作业！”

这上下两句不仅押韵，还对仗得挺工整。

桑桑笑得更厉害，伸手在江意脸上捏了一下，说：“小江意，你真可爱！”

“别以为夸我两句，就能把人情还了！”江意敲了敲桌面，“我帮了你这么大的忙，你打算怎么谢我？”

桑桑单手托着下巴，笑得有点坏，低声说：“你不是稀罕谈也吗？我送你几张他的照片吧！只穿内裤的那种，露胸露腹肌，还露人鱼线……”

服务生在这时推门进来，大概听到点话音，神色诧异。

江意连忙去捂桑桑的嘴，脸都红了，嗔她：“我的姐，你快做个人吧！”

桑桑这姑娘外表看上去精致高冷，实际心大得厉害，说好听点叫不拘小节，说穿了就是大大咧咧，劲头上来，桌子一拍，豪气干云。

江意越脸红，她笑得越欢，贴在江意耳边允诺：“好姐妹的核心价值是什么？互相帮助呀！尤其是遇到帅哥的时候！你放心，我一定把谈也拎到你面前，让他给你个说法，不能让小美女白白惦记他一场！”

江意：谁惦记了！

你不要凭空污人清白！

桑桑还要说话，江意连忙拿起筷子，蘸着炼乳往她嘴里塞刀切，一连塞了三块。

吃饭吃饭，多吃饭，少说话。

自上次“火锅局”之后，江意有小半个月没见到桑桑了，冷不丁收到桑桑发来的消息，问是否可以陪她参加聚会，江意还真有点诧异。江意刚刚在庄婧冉的生日会上沾了一身是非，还被造了一头的谣，现下单是看见“聚会”两个字都觉得眼睛疼。

江意问她是什么局，友情局还是社交局？

桑桑直接拨了通电话过来，笑着说：“友情个小茶壶！我跟她没有友情，只有一个寝室里睡出来的不共戴天之情！”

聚会的组织者是桑桑的大学室友，入学第一年就背了不止一个处分，迟到早退、考试作弊、霸凌同学，校规校纪上那点条款，被她犯了个遍，人送绰号——违规小达人。后来，达人姐姐主动退学，被家里送去了国外，一年的工夫，不晓得在外面镀了什么神奇的矿物质，居然成了半吊子油画家。

上个月，油画家衣锦还乡，组了场聚会，请的全是大学旧友。

明眼人都看得出，这是来炫耀的。

桑桑自然也收到了邀请，这丫头一针见血——

“镀金？我看她镀的是锌！防锈用的，怕她那掺了水的茶壶脑袋彻底锈死！”

“当初我跟她住一个寝室，”桑桑在电话里说，“这妞天天把我当假想敌，小到香水、口红，大到竞选社交，什么都要跟我比，比完了还要酸我两句，说我品位不好！唯独专业课她实在没辙——姐姐院系第一！”

江意乖乖地鼓掌：“姐姐好棒！”

“先别拍马屁，话没说完呢。”桑桑喝了口水，继续说，“大一那年，系里搞新闻摄影评选，获奖者有高额奖学金。这妞到处吹嘘，说自己拍了张顶好的片子，肯定能获胜。评选那天，大家一看——片子拍得的确不错，但这是谈也的片子呀，跟你达人姐姐有什么关系？”

江意听傻了：“盗……盗图？”

“神奇吧。”桑桑笑着说，“二十一世纪，还有人用这种上不得台面的手段！所以我才说她应该给她那个茶壶脑袋镀镀锌——防锈！”

听桑桑说话就像听单口相声，江意笑得手脚发软，说：“这种情况，你应该带个男伴去呀？英俊帅气的那种，撑场面！”

“逻辑不对哦，小姑娘！”桑桑说，“当初达人姐姐为什么看我不顺眼？因为我漂亮！现在呢，我不仅自己漂亮，带出来一起玩的姐妹更漂亮，还是超级学霸，王者无敌！我们两个往那里一站，不用说话都能气死她！没听过那句话嘛——只有魔法能打败魔法，同理，只有大美女才能打败美女！”

江意哭笑不得，说：“这么水火不容，你何必去参加她的局？”

“不去？为什么不去？”桑桑声音拔高一度，“难得有这么隆重的热闹可以看，谁不去谁损失！我——桑女士本人——愿永远走在吃瓜看热闹的第一线！更何况，我和我的小伙伴们下半年的夜聊素材，都得从这里面找呢，必须要去！”

“谈也是你‘爱豆’吧？我是你的好姐妹吧？”桑桑逐条分析，“她针对你好姐妹在先，盗你‘爱豆’的图在后，新仇旧恨似海深啊！”

“我去就是了！”江意打断她，“再说下去，就要你死我活，势不两立了！太吓人。”

不过，在参加聚会之前，江意看着手机里的备忘录，心想，她先去看一场艺术展。

昆曲艺术展。

Chapter.02 烟花燃放的时间里，我记住你

（17）

盛言臻筹备的昆曲艺术展主题名为“妙音无双”，规模很大，黄金商区的艺术中心，占了整整两个楼层，整体的场馆设计融入了大量的东方古典文化和戏曲元素，非常有格调，内行和外行都挑不出毛病，都喜欢。

私下里有人打听，这个场馆设计是哪个外包团队做的，也太漂亮了！

郑决眼睛一瞪，看着有点凶，瓮声瓮气地说：“除了我哥谁能做得出来？”

活是外包团队做的，但是主要的设计思路和风格方向，是盛言臻给的。

沾上“艺术家”三个字，多多少少会带点曲高和寡的味道，太清高，不够圆滑。盛言臻不一样，他身上既有阳春白雪的艺术性，也有下里巴人的商业感，上得了神坛，入得了市场，撑得起一台戏，也能撑起半个行业。

除了常见的词曲拓本、道具乐器、影像资料等展品，盛言臻别出心裁，言臻工作室的签约戏曲演员全部出动，按照分工和不同的唱本，装扮上全套的戏服头面，蟒袍云肩，栾带旗鞋，一应俱全，活色生香地站在那里，最直观地体现出了昆曲之美。

其中一个扮杜丽娘的闺门旦戏妆极美，眉眼灵动，巧笑倩兮，还因为朝观众比心上了热搜，在网络上迅速走红，表演视频的总播放量高达上亿次，名声大噪。更多观众和游客慕名而来，安保公司不得不在现场拉起警戒线，热度也随之越攀越高。

有了演员就得有展出台，盛言臻不惜本钱，将布景和光影效果结合，利用投影光雕、裸眼3D等数字新媒体技术手段，将《牡丹亭》的园林春色、《长生殿》的月宫桂影沉浸式地展现了出来，光影迷蒙间，扮相绝美的演员更迭登场，如梦似幻。

中州韵柔曼悠远，一词一句，一腔一调，都带着极致的美感。

最好的角度，最好的氛围和设计。

绵延百年的昆曲美学，繁复华丽的东方文化，在这一刻，彻底活了。

钱砸得是真多，广告商和赞助商掏钱包掏得要急眼，但效果也是真好。

艺术展年年都有，大同小异，这一次，盛言臻和他背后的艺术工作室横空出世，给了业内一个不小的惊喜。

他把昆曲艺术的美学年轻化，也直观化，以最惊艳的方式传递到众人面前。

展会口碑走高，热度发酵，无论线上还是线下，都引发了广泛讨论。各家媒体的门户网站纷纷刊登相关报道，设计和摄影界的多位知名博主也参与到讨论之中，高度赞扬艺术展和主办方的美学品位。仅在微博上，#青溪市昆曲艺术展#这一话题的阅读量就高达上亿次，展票和后续的演出门票都陆续售空。

这对式微已久的昆曲艺术来说，无异于一针效果显著的强心剂。

热度越高，盛言臻越是冷静，他细化了看展人数和分流时间，尽可能地提供一个安静的氛围给真心热爱这门艺术的人。

与走马观花式的看热闹相比，他更希望那些视觉上的震撼，能在每一个看展人心里留下痕迹，让他们知道，也让他们记得，还有昆曲这样一门艺术。

它历经百年，亟待传承。

江意去看展时，没在展会现场见到盛言臻，也没联系他，一个人安静地看完了全部展览。

展厅里有个很大的背景屏幕，上面播放的不再是老一代名家的演出视频，而是各地昆曲团最新录制的当家曲目，无论是演员阵容还是团队配置，都呈现出明显的年轻化。

婉转唱腔盈盈在耳，展台上，小花旦水袖半拢，眉眼灵动。

独一无二的东方美学。

一位业内很有名望的老艺术家看完整场展览后，很久没有说话，直到离场前，才握了握身边工作人员的手，握得很紧，感慨万千："你们赶上了好时候，技术、政策、扶持，什么都有了，好好唱戏，好好做人，这一切都来之不易，要珍惜啊年轻人。"

江意当时也在附近，隔得稍远，对话听得断断续续，她听见有人说："论年纪，我们的确年轻，可站在我们背后的，是绵延了六百余年的曲艺传承，不敢不尽心，不敢不刻苦。穿上戏服，就要有戏中人的样子，上了台，更要有控场的底气和实力，松懈一分，都是对观众对艺术的不负责。"

这个态度，老人家十分欣赏，连连夸赞。

说话的人立即解释："您别误会，这话不是我说的，是盛老师，盛言臻老师。"

"盛言臻啊，"老先生默念着这个行内无人不知的名字，幽幽一叹，"那是个厉害角色，少见的厉害。"

听到盛言臻的名字，江意脚步一顿。

在展厅里流连得越久，她越能感受到一种野心。

盛言臻的野心。

他不仅仅把自己当成一个演出者，唱好一台戏，拿到一个奖，还在自己肩上搁置了一份与传承有关的责任。

授予为传，担负为承。

当一个人真正热爱一个行业，就会有更大的野心，也会有更多的希冀。

他希望这个剧种，这门艺术，后继有人，历经岁月蒙尘之后，能迎来新的生机。

有些人能在一个领域里独占鳌头，不单单是因为他有天赋，够勤勉，更重要的原因在于，他足够强硬和强大。

一种由内而外的力量，让他拔类超群，凌驾于平庸之上。

江意有些走神，没注意到有个梳双马尾的外国小孩正倒着往后退。两个人撞在一起，小女孩手上的奶茶飞溅出来，在江意的衣角处留下一道浅色的污渍。小姑娘面露惶恐，立即鞠躬道歉，中文夹杂德语，说了好长一串，江意被逗笑了，用德语跟她说了一句没关系。

见对方也会说德语，小女孩眼睛都亮了，握着江意的手让她先不要走，转身跑到妈妈身边说了些什么，再回来时，手里多了一朵玻璃纸包裹的黄玫瑰。

她将玫瑰递给江意，用稚嫩的童音和中文磕磕绊绊地说："女士，这个送给你，代表我的歉意和祝福。你的发音很好听，我很喜欢你的国家，也欢迎你到我的国家来玩。"

江意接过花，行动间，露出手腕上糯冰种的翡翠美人镯。镯子底色净而透，溪水一般，点缀着些许白棉状的纹样。

小女孩的目光在镯子上停了一瞬，仰头对江意说："女士，你们的首饰真漂亮，你们展出的那些衣服也漂亮！"

小女孩的中文说得不太好，词汇量也不足，翻来覆去，只会用一个词——漂亮。

你们的衣服和鞋子真漂亮，你们的文化也漂亮。

几句称赞简单却真挚，江意心里忽然升起几分自豪。

是啊，我们的传统，我们的文化，有多少独一无二的漂亮东西，随便拿出一些，便足以让人热泪盈眶。

所谓文化输出，正是要把漂亮的、美丽的东西拿出来，展示给更多的人看，让更多的人知道，传统精粹之所以会被奉为经典，就是因为它们足够惊艳。

那是时光和尘埃都无法淹没的美，它曾走过太漫长的岁月，几经起落，秉持着一份星火微明，走到众多看客面前，等待着开启全新的章节。

自豪的同时，江意心里还有隐秘的渴盼——

她很想见见盛言臻。

上次，江意将写在明信片上的联系方式交给盛言臻时，盛言臻也回了张名片给她。两人的交流仅止于互相交换了号码，连微信都没加，如果贸然找过去，似乎会显得太唐突。

思忖间，江意的手机响了，是沈珈玥打来的。

之前江意说想参加沈珈玥的相亲局，见见世面，刚好这周五就有一场，对象是个外企高管，很有看头。沈珈玥说她可以帮江意安排个好位置，让江意坐在两人附近，暗中观察。

江意推拒了沈珈玥的邀请。

沈珈玥也不意外，笑着说：“小公主，你真是没长大啊，一会儿一个主意，现在又不想谈恋爱了吗？”

江意心想，不是不想谈恋爱，而是不需要去验证了。

世界上能让她印象深刻的人或许很多，但是能让她惊艳至此，充满向往的，只有一个。

挂断电话，江意手上还拿着小女孩送的黄玫瑰，手指绕着花束上的丝带把玩半晌，她忽然想到，道歉可以送花，庆祝办展成功一样可以送花呀。

送花给盛言臻吧！

（18）

江意联系相熟的花店，预订了七天的鲜花，每日一束。展会宣传册上有言臻昆曲艺术工作室的地址，她让花店的员工直接送到工作室去。

店员问江意需要什么类型的花束，江意犹豫了一下，在各色花卉中间选了扶郎花。

二十八朵橙色的扶郎花，搭配尤加利叶和泽兰，还有一点雪珠花，用雾面纸包裹，扎成鲜艳的一束，送给二十八岁的盛老师。

店员是个年轻女孩，对江意说："店里有优惠活动，赠送小玩偶，您要不要挑一个？配送的时候，玩偶和花束我们会一并送到客人手里。"

花店准备了不少玩偶，都摆在进门处的展示柜上，江意视线扫过去，看中一个立耳朵的毛绒小狐狸。

《小王子》里狐狸对小王子说："你的头发是金色的，麦穗也是金色，它会让我想起你。请你驯化我，每天都要离我更近一点。"

还有比小狐狸更撩人的吗？

第二天下午两点，江意预订的第一束花准时送到了言臻昆曲艺术工作室。

工作室的地址在商圈附近，一栋一千多平方米的小楼，上下四层，有练功房还有办公区，传统的中式家具配合现代化格局，分外幽静清雅。

盛言臻不在，助理签收后拍了张照片发到他微信上，开玩笑说，又有小迷妹给盛老师送花啦！

展会热度持续走高，本身的收益和后续的无形利益都十分可观，盛言臻收到的工作邀约直接翻了一倍。展会上，有个扮杜丽娘的闺门旦戏妆极美，还因为朝观众比心而上了热搜。小花旦叫宋楹，学戏七年，容貌和仪态都不输正当红的女明星，一些小成本的节目组请不到盛言臻，就打起了宋楹的主意。盛言臻一贯秉持独木不成林，很乐意提携年轻演员上位，特意从工作室的宣传部门抽调出一位职业代理人，负责宋楹的个人宣传和工作接洽。

不少人暗地里嘲笑盛言臻太傻，小花旦一旦成名，翅膀硬了，怎么可能继续留在戏曲舞台上，唱那些老掉牙的东西，肯定会转行攀高枝，姓盛的枉为他人做嫁衣，白忙一场。

那些嚼舌根的是非盛言臻并没有放在心上，只在接受采访时说了这样一段话。

他说："年轻人才是行业的希望，我不肯给年轻人机会，相当于断了整个行业的前程。没有昆曲就没有今天的盛言臻，昆曲式微，我又能从中获得什么好处？一损俱损，一荣皆荣。"

宋楹刚毕业不久，身上还带着稚嫩的学生气，十分感谢盛言臻的提携，专门备了份厚礼。礼物盛言臻没收，只告诉宋楹："无论今后你会选择什么样的道路，成为什么样的人，我希望你能记住——你是从昆曲舞台上走出去的。是这门艺术、这个舞台，给了你实现梦想的机会。不忘初心，必果本愿。"

盛言臻并不介意年轻演员伺机上位，谋求更多，少年多盛气，年轻人就该野心勃勃。他介意的是上位的手段和方法，像先前那种披着戏服搔首弄姿，打擦边球的行径，他坚决容不得。说白了，盛言臻生来一副傲骨，即便往上爬，也要爬得堂堂正正，做不来吃相难看。

与此同时，几位颇有声望的制作人也找了上来，想和盛言臻合作，策划一档与传统戏曲有关的观察类真人秀。现下"国风"元素正流行，圈子里很多知名演员都有过戏曲表演的学习经历，戏曲之美与学戏之苦，再加上明星光环，多方结合，很有卖点。

盛言臻的野心却不仅止于此。

昆曲的特点是“雅”，水磨腔，转喉压调，字正腔圆。它的短板恰巧也是“雅”，节奏缓慢，唱词晦涩，与快节奏的市场需求背道而驰，渐渐地让它被抛弃在了观众的视线之外。

盛言臻想把它们带回来，让观众重新注意到还有这样一门绵延百年的古老艺术，独一无二的东方美学。

筹划展览，增加昆曲演出场次，只是第一步。保留精华的基础上推陈出新，打造更具代入感的舞台设计和场景也将提上日程。此外，跨界合作，真人秀、话剧、舞台剧，乃至院线电影，盛言臻会逐步去尝试，为戏曲艺术探索一条全新而长远的发展之路。

盛言臻手上积压的工作越来越多，他是真忙，几乎抽不开身，等他看到助理发来的消息，已经又过了几天。

合作方把一份挺重要的合同寄到了工作室，盛言臻去找，路过办公区时，隐约觉得气氛不对劲。做新媒体运营和视频剪辑的几个年轻男生聚在一块，瞅着他笑，眼神和表情十分暧昧。

盛言臻莫名其妙，问：“你们看我干什么？”

运营趴在格子间的小隔断上，指了指老板办公室的门，说：“有惊喜啊盛老师，您自己去看吧，好大一堆呢，可壮观！”

工作室的氛围一直很好，员工处得像朋友，闹起来没大没小的。

盛言臻按住运营小男生的脑袋晃了晃，说：“语文跟谁学的？‘惊喜’按‘堆’算？你当过冬囤萝卜呢？”

小男生顺势往后一倒，笑着坐回到电脑前，鼓捣工作室的公众号去了。

最近盛言臻一直在外面跑，有一阵没进办公室了。他一边看手机，一边伸手推门，里头窗明几净，迎面一排插在花瓶里的扶郎花，足有好几十多朵，颜色饱和度太高，晃得眼睛疼。

运营没瞎说，还真是好大一堆！

郑决跟在盛言臻身后，也看到这一幕，“哟”了一声，转头问小助理：“几天不在，办公室改花房了？”

小助理是个女孩子，大学刚毕业，带着满身的热情活泼，跟郑决解释：“这些花都是同一个人送的，叫江意，每天一束！花店小哥说，人家预订了一星期的，以后还有呢！”

哟，江意啊——

听到这个名字，郑决眉梢一抬，耳朵上的蓝钻耳钉微微反光，显得神色玩味。

小助理察言观色，凑过来跟郑决咬耳朵，兴冲冲地问：“决哥，送花的人你见过吗？是不是女孩子啊？咱盛老师的春天要来了？”

盛言臻的俊美在行里是出了名的，再加上如今的地位和声望，惦记他的人不少。年少成名，长得又帅，气质更是出挑，这样的人搁在哪儿都是活靶子。

但是，惦记归惦记，像江意那样敢上手撩人，还撩得坦荡又不加掩饰的，的确不多见。毕竟艺术家的高冷人设立在那儿，一记眼神扫过来，半是温和半是清冷，那股子不容进犯的距离感就足够劝退大部分人。

早些年网络上有个挺火的流行语叫“高岭之花”，比喻人精致完美，高不可攀。

如今来看，这个词简直是为盛言臻量身打造的，太契合了。

不等郑决作答，今天的花也送到了。送花小哥还是先前那个，怀里照旧抱着一大束热烈盛开的橙色扶郎花，站在办公区门口问盛老师在不在。

小助理听见动静要出去签收，郑决一把将人拽住，坏笑着说：“人家找的是盛老师，你姓盛吗？”

小助理恍然大悟，和郑决一道笑眯眯地看向盛言臻，示意——请吧，盛老师。

盛言臻神色无奈，指了指郑决：“你安生点！”

和花一起送来的，还有狐狸玩偶和赠言卡，卡上写着“祝贺艺术展圆满成功”的客套话，末尾有一句祝福——平安如意，百福齐臻。

“意”和“臻”，两个字的字体比其他的要大一些，写得既好看又醒目。

单看这两个字，都能感受到一些微妙的小心思。

盛言臻手拿鲜花往办公室一站，熊孩子们更疯了。负责营销宣传的小哥举着相机过来，说要拍几张照片放到微博上，鲜花配帅哥，这图发在微博上，粉丝都得疯，一准能出圈！

盛言臻笑着抬手把人轰走了，让他们少起哄。

小助理看着盛言臻手上艳艳的一捧鲜花，格外羡慕，说：“真浪漫啊，我也希望有人每天都给我送花！”

郑决撩闲上瘾，故意说：“让盛老师分你几朵呗，他那一桌子呢，都要放不下了！”

小助理眨眨眼睛，觉得此话甚是有理，一脸期待地朝盛言臻看过来。

盛言臻笑了笑，神色很淡，说：“这样不好，不礼貌。”

小助理吐了下舌头，背着盛言臻和郑决对视一眼，两人同时笑起来——你看看，还舍不得了！

郑决还要调侃，被盛言臻一记眼神扫了回去。

盛老师大部分时间都很温和，知书明理，但不是没气势。性格里强硬的成分被教养包裹着，平时并不显露，一旦肃起脸色，郑决和小助理立刻安生了。

“你们可以闹我，大男人脸皮厚，不怕这些。”盛言臻说，“但是，不要随便拿女孩子开玩笑，她还小呢。再者，人家送花来，是为了祝贺我们办展成功，没那么多乱七八糟的剧情，一番好意，不要曲解。”

小助理挨了训斥也不难过，反而钦佩盛老师的人品。她腼腆一笑，说我记住了，然后拉着郑决出去了。

关门声先是响了一下，紧接着，郑决又绕了回来，从门缝里探进一颗脑袋。

郑决天生不怕死，踩着盛言臻的逆鳞又突突了两句，说：“哥，你放心，就算嫂子比我年轻比我小，看在你的面子上，我一样会把她当成长辈，用心去尊敬和爱护！你就放心大胆地去谈恋爱吧！我们办公室的人都给你撑腰！”

盛言臻原本要去拿喝水的杯子，听见这话，方向一转，抄起文件夹对着郑决砸过去！

你闭嘴吧！

郑决连忙将门关紧，文件夹砸中门板，嘭的一声。

（19）

郑决和小助理一对熊孩子，在盛言臻的办公室里闹了半天，吵得盛言臻头疼，这会儿都出去了，周围总算安静下来。

临走前，小助理把几个小狐狸玩偶摆在了盛言臻的桌子上，一字排开，列队似的。盛言臻拿起一个揪了揪耳朵，半晌，很轻地叹了口气。

所有精怪故事里，小狐狸最善蛊惑人心，它们总是灵动多情，眼神湿润慧黠。而那个叫江意的女孩，大概生来就是一只小狐狸。

懂情趣，知礼数，活泼勇敢，却不冒失，手上清晰地拿捏着一条叫作分寸的线。

太聪明的人容易市侩，利益得失计算透彻，每一份付出都夹杂着考量。江意许是太小，也可能是一直被优渥家境保护着，没有经过风雨摧折，所以她真诚。

聪明又真诚，就像那些颜色饱满的扶郎花，热烈盛开，漂亮得让人不敢轻易触碰。

盛言臻二十八岁，他在戏台上长大，从小吃苦练功，名利是非里打滚，什么样的心意没见过，什么样的算计没见过，正因为见得太多，胸腔里的那颗心早就冷了。

他外表看着温文尔雅，进退有度，其实就是心冷，跟谁都隔着一层，不交心。

不敢轻易交付真心，也不敢随心所欲。

这是他和江意最大的区别。

也是二十八岁和十八岁的区别。

小女孩简单天真，不谙世事，他不能不懂。

真诚善良的女孩子，就该自由自在的，没有烦恼，不必忧愁，住在有旋转木马的游乐园。而克制和隐忍，这些沉黯又压抑的东西，本就该是他来承担的。

写着联系方式的那张明信片，就收在办公桌下的抽屉里，盛言臻的指尖抵着桌面，轻轻敲了两下。这是他发呆或思考问题时，惯有的小动作。

随心所欲，多奢侈的词啊。

以前他不敢，因为一无所有，必须处处小心，不能得罪人，不能做错事。现在他依然不敢，是因为肩膀上的责任太沉太重，多少人在依靠他，又有多少双眼睛在盯着他……

江意是明艳的，永远自由，而冷静和谨慎已经刻在了他的骨血里。

天气很好，盛言臻在窗前站了一会儿，周身明亮而寂静。他不抽烟，有吃润喉糖的习惯，呼吸间沉着薄荷和蜂蜜的味道。

手机响了，屏幕显示号码来自一个备注为“徐阿姨”的人。

看到这个名字，盛言臻皱了皱眉，接通后，他直接问对方：“他又怎么了？”

徐阿姨在电话里沉沉地叹气：“跟邻居吵架，嫌人家养小狗又脏又吵，把小姑娘骂得直哭，警察都来了！每天都生气，每天都骂人，反驳一句就要砸东西，我怎么做都不对……盛老师，之前说过，我只做到月底，您另请保姆来照顾老爷子吧。他真的太……”

徐阿姨的话没说完，盛言臻在心里帮她补全了——

他真的太自私，也太刻薄。

才三个月你就受不了了，盛言臻有些好笑地想，我在他的刻薄中生活了十几年呢。

不是所有人都有资格任性，就像不是所有人都被温暖地爱着。

郑决敲门进来的时候，盛言臻跟徐阿姨的通话还在继续。郑决跟在盛言臻身边多年，太过了解，零星听见些话音就能猜出他在跟谁通话。郑决不由得皱了皱眉，敲着腕表提醒盛言臻，下午还有个会议要参加，时间快到了。

盛言臻朝郑决点了下头，又安慰了徐阿姨几句，才把电话挂断。

郑决走过去，小声问：“叔叔那边又闹了啊？”

“他哪天不闹？”盛言臻笑了笑，“一辈子喜怒无常。”

“哥，”郑决看着他，“要不你别管他了，反正也不是亲生的……”

“我现在已经不怎么管了，一年也未必能见上一面。”盛言臻剥了颗润喉糖压在舌底，慢慢地说，“可我毕竟是他养大的，我欠他的，不能做得太绝。”

“你不欠他！”郑决瞪起眼睛，小豹子似的又凶又精神，“你不欠任何人的！是我跟叔叔亏欠你，尤其是我……”

“胡扯什么！”盛言臻抬手在郑决刺短的脑袋上揉了一把，笑着说，“我不需要一个小孩欠我的人情。好好练功，十月底有个梨园比赛，你提前准备，我……”

“不去！”郑决被盛言臻按着，头抬不起来，瓮声说，“我这水平，出去比赛不够给你丢人的！再者，我也不需要那些。有人说我是你养的狗，这话没错，我就是属狗的，认主，而且护短。你是我哥，我跟着你，你上台，我就上台，你不唱了，我给你当司机，什么金奖、银奖、铝合金奖，我要了也没用，摆在家里都嫌占地方。”

郑决向来主意大，脾气轴，而且话都已经说到这地步，盛言臻也没必要再劝。他又在郑决的脑袋上揉了一下，笑着说：“阿决，你可以不参赛，但是不要质疑自己的水平，你是我一手带出来的，不可能不优秀！”

盛言臻很少夸人，但他的夸奖从不虚伪。

郑决搓了搓鼻梁，低头笑起来。

（20）

江意接到盛言臻打来的电话时，正在陪桑桑去派对的路上。

号码已经提前存进手机，当盛言臻的名字在屏幕上亮起时，江意弯着漂亮眉眼，露出一个带点慧黠意味的笑，小狐狸似的。

拿人手短，吃人嘴软，收了她的花，怎么可能不主动联系她呢！

你看，这不就来了。

按下接听键，江意的手指无意识地捋了捋裙摆，心跳偏快，她觉得自己有点紧张。

盛言臻的声音一如往昔，沉冽清和，他说：“花很漂亮，我都收到了，谢谢你。不过，一天一束太破费，心意我领了，以后，花就免了吧。”

“其他的可以算了，”江意手指细白，揉捏着裙摆处的花纹，轻声说，“我已经预订的这七天，盛老师务必收下。据说，做一件事，只要坚持七天，就可以成为习惯。”

电话那端，盛言臻顿了一下，没有作声。

江意继续说：“我希望这七天的时间，能让盛老师记住我，就像养成一个习惯。”

话音落下时，江意和桑桑乘坐的车子刚好开上跨江大桥。

临近傍晚，天边铺满火烧似的云，从车窗看出去，入目一片壮阔。

江意说完那一句，两个人都没再出声，不知过了多久，江意听见盛言臻笑了一下。

只一下，就把江意的耳朵给烧红了。

天上月，岭间雪，都不及这人的一把好嗓子。

“小江意对自己的认识好像不太准确，”笑过之后，盛言臻慢慢开口，“记住你，并不需要七天的时间。”

偏快的心跳好像又乱了一些，江意抿了抿唇，问他：“那需要多久？”

“三秒钟就够了，”盛言臻说，“不是寻常的三秒，而是倒计时结束前的最后三秒。”

倒计时结束前的最后三秒混杂着激动与期待。

好像身处跨年夜的广场，周围人声鼎沸。

三，二，一——

倒数过后，钟声嗡鸣，无数的烟火升上夜空，重叠绽放，光影斑驳而绚烂。

烟花燃放的时间里——我记住你。

江意恍惚有种心跳停顿的错觉，天边热烈的夕阳在她眼中无尽铺展。

云色绯红，脸颊绯红，也不知究竟哪一处的颜色更动人。

“三秒钟是你的方式，”江意内心悸动，思路却没被盛言臻带跑，唇边勾着浅浅的笑，“七天是我的，我们就用各自的方式记住对方，谁先忘掉，谁就输了！”

果然是只小狐狸，盛言臻淡淡笑着，心想，最聪明也最狡猾，抓住点机会，就想在你心里刻下印子。

“怎么样，盛老师，”江意说，“敢不敢比这一场？”

“不要急着记住我，”盛言臻舒了口气，“你还小，等你再长大一点，经历过更多有意思的事情，就会发现我是个很无趣的人。”

“我参观过你筹办的艺术展，也看过你做艺术指导的综艺节目，我能感受到你的抱负和思想，知道你是一个什么样的人，很清楚你是否真的无趣。”江意习惯性地捏了下自己的耳垂，说，“所以，不要贬低自己，盛老师，尤其不要在我面前这样做，在一个了解你的人面前妄自菲薄，相当于同时藐视了两个人。对我来说，是一种不尊重。”

盛言臻一时语塞，也是在这一瞬间，他意识到自己在江意身上用错了策略。

他小看了这个女孩子。

江意的确还小，未经历练，不熟风月，但她聪明，在洞悉人心方面，是天生的高手。

盛言臻轻笑一声，让步说：“好吧，虽然我没有任何不尊重江小姐的意思，但还是要向你道个歉，以后我会注意，不再犯类似的错误。”

天色渐渐暗下来，窗外亮起灯火，江意靠着车窗玻璃朝外看，温声说：“和道歉与保证相比，我更希望你不要把我放在弱者的位置上。盛老师，在你眼里我可能就是个冲动任性的小女孩，被宠坏了，不知深浅。现在我不妨直接告诉你，你的想法是错的。我比你想象中的要更厉害，也更聪明，我可以对自己的行为和感情负责，千万不要小瞧我。”

江意这话说得不算客气，盛言臻却没有被冒犯的感觉，他只觉得有趣，非常有趣。

这个女孩子身上有意思的特点实在太多，多到盛言臻几乎有些接不住她的招数，三番五次被杀个措手不及。

这种感觉很新奇，也很上瘾，食髓知味。

盛言臻忽然发现自己的想法似乎有些背离初衷，他原本打定主意，要冷着江意，不让她继续向自己靠近，如今反倒是他被对方牵着鼻子走。

他很轻地叹了口气，那声叹气里隐隐透出纵容的味道。

江意和盛言臻都各自有事要忙，这通电话并没有持续太久。挂断电话后，江意听到旁边传来“咔”的一声，是桑桑合上了补妆镜。

车厢就这么大，又不隔音，桑桑被迫从头听到尾，半转着身子看向江意，笑着问：“你老实交代，盛老师是哪一位啊？能让我们天才小仙女这么上心！”

江意帮她理了理歪斜的项链，故意说：“不告诉你！”

“小姑娘长大了哦，”桑桑说了句和沈珈玥一模一样的话，“有心事了！”

江意只是笑，不肯多说。

（21）

跟桑桑不对付的那位“达人姐姐”，也就是派对的主人，叫孙枕秋。

江意小声感慨：“名字真好听！”

“出国后改的，”桑桑朝江意眨了下眼睛，“她原名叫孙秋秋。”

一字之差，天壤之别啊。

派对的地点不在酒店，而是一家私人俱乐部，位置有点偏，在一条小路深处。外表看着普通，其实场地很大，吧台后是一排占据整片墙面的酒柜，高度直抵天花板，摆着各种酒瓶，灯光一照，光彩夺目，漂亮极了。

里面已经聚了不少人，牌局开了好几场，还有人拿着麦克风在小舞台上唱歌。也不知是不是错觉，江意觉得她和桑桑进去时，周遭似乎静了一瞬。

桑桑穿着黑色的修身裙，新发型配小烟熏妆，绛色口红修出唇珠，有种邪恶的妩媚感。江意的裙子则是白色的，材质柔软，长发束成马尾，颈间一条细细的锁骨链。

小恶魔和天使，一个桀骜顽劣、一个干净清纯，说不清哪个更漂亮。

所有人的目光都被吸引过去。

孙枕秋自然也看见了，握着酒杯的手指不由得紧了紧。她故意笑了一声，笑声清脆爽朗，快步走到桑桑面前，给了桑桑一个久别重逢的拥抱。外人看来，无疑一对感情深厚的好姐妹。

孙枕秋曲线傲人，胸前柔软，还涂了不少香水，这一抱，激得桑桑起了一片鸡皮疙瘩。不等桑桑推开，孙枕秋直接挽住她的手臂，带着她朝长沙发那边走，边走边说："好久不见啊桑桑，刚才一直没见到你，我还担心你不来呢！咱们在一个寝室里住了大半年，多亲密的关系啊，我的局，你可不能不捧场！"

说到这里，孙枕秋眼神往江意身上偏了偏："这位是？"

江意伸过手，和她一握："江意，意念的意。"

三个人在沙发上坐下，江意听见孙枕秋说："我本来预订了豪斯酒店，就是新开的那家，据说有观景台和后花园，规格对标五星级，一房难求。不过，我男朋友是法国人，品位高，要求多，嫌弃国内的酒店服务不行，上次险些弄丢他买给我的17克拉祖母绿和蓝宝石，就把地点改到了这里。

虽然小了点，但是自家的产业，玩起来比较尽兴！”

短短几句话，要素过多，重点密集得能画出一本考试范围了。

孙枕秋的声音不高，可也不低，周围的人都听得见，立即有人迎合着恭维了几句，还有女生羡慕地表示，秋秋，你男朋友对你真好！

孙枕秋笑得越发得意，桑桑垂手在江意腿上碰了碰，两人对视一眼，忍笑忍得快要发抖。

坐在旁边的几个男生纷纷过来和桑桑打招呼，还有人跟江意搭讪，被江意婉拒了。江铭宵生意做得大，江意见惯了各种社交场合，处理起来滴水不漏，落落大方。

“桑桑，你的小姐妹性格真好，人也漂亮，是在联谊活动上认识的吗？”孙枕秋端着杯金汤力，笑吟吟的，一脸和善，转头对旁边的男生说，“你们还不知道吧，我出国前和桑桑住一个寝室，那时候她就喜欢参加各种联谊，穿性感漂亮的小裙子，和其他院系的学生交朋友，天黑了才回来。有时候醉得站都站不稳，我帮她卸妆、换衣服还被吐了一身。她倒好，一觉睡醒就像失忆，什么都不记得！要不是我俩关系好，我早打她了！”

这话一出，众人的表情都有些微妙。

江意皱起眉头，不等孙枕秋开口，桑桑抢先一步，温声说：“之前我就听说有人在背后造谣，说我私生活随意混乱，如今看来，这谣言正是从我好姐妹口中传出来的！解铃还须系铃人，那我就借孙小姐的局解释两句——”

桑桑调整了一下坐姿，斜倚着沙发的靠背。她穿着黑色高跟鞋，腿型笔直，小裙子勾勒出身材曲线，有种飒爽又妩媚的味道。

她晃了晃手中的高脚杯，环视着众人，继续说：“一个女孩子，单身未婚，即便她去联谊，去喝酒，也不能证明她德行有亏，那只是正常的社交活动，不是污点，更不是一种羞耻。”

说到这里，桑桑看了看孙枕秋，脸上浮起一个嘲弄的表情：“这都什么时代了，还有人存着一脑袋糟粕，觉得女孩子穿着性感就是不检点，该饱受责难。什么叫检点？谨言慎行，约束自身，才是检点。随意评判他人，妄图挑起是非，叫居心不良，也叫狗拿耗子！”

桑桑一字一句，几乎是对着孙枕秋的脸砸过去，砸得她面色十分难看。

有人觉察到走向不对，讪笑着和了两句稀泥，劝桑桑别多心，孙枕秋就是比较念旧，喜欢回忆往事，没有其他意思。

江意在这时开口，学着孙枕秋那副矫揉的语气，说：“你们还不知道吧——居心不良的人买菜必涨价，睡觉必落枕，广场舞抢不到C位，织毛衣还扎手！”

这话一出，一圈人都笑翻了，桑桑几乎笑倒在江意的肩膀上。气氛重新活络起来，有机灵的趁机跟江意聊了几句，顺势将话题扯开。

近段时间，青溪本地最热闹的事，莫过于盛言臻筹备的那场昆曲艺术展。在场有人看过，就提了起来，言语间不吝赞美，说年轻一代的艺术家里，盛言臻独占鳌头，实力强，品位也不差，是个厉害角色。

孙枕秋顶着油画家的名号，也算是青年艺术家中的一员，闻言，嗤笑一声，说：“这位盛老师不止实力强那么简单，他背后的故事可多着呢！”

“别这么说，”一个戴细框眼镜的男人笑了笑，说，“一个爹妈都不要的弃儿能爬到今天的地位，挺不容易的。”

江意动作一顿，忽然觉得手上这杯加了冰块的果汁有点烫得慌。

（22）

“弃儿”二字一出，众人的注意力都被吸引过来。

孙枕秋眼睛都瞪大了一圈，露出尾端上挑的黑色眼线，追问：“你怎么知道？”

“我叔叔是青溪市瑞恒剧团的新任团长，也是曲艺协会的顾问，跟这位盛老师有点交情。”细框眼镜男生了一副斯文样貌，似乎很享受这种被人注目的感觉，双腿交叠着，继续说，“我叔叔说，盛言臻大概五六岁的时候被爹妈抛弃了，穿着身单衣在雪地里乱走，险些冻死，一个在戏校看门的门卫把他捡了回去。门卫年轻的时候也学过戏，练功的时候受伤，留下病根，不能生育，就是个废人。戏校领导看他可怜，留他做门卫，也算给他一口饭吃。门卫没结婚，把盛言臻收作养子，两人相依为命，也算给自己找个依靠。”

“没想到这还是个励志故事，”一个女生说，“从弃儿到青年艺术家，够戏剧的。”

“小妹妹，你也太单纯了。”孙枕秋哼了一声，“真当他干干净净？盛言臻是什么人？说好听点叫艺术家，说白了不就是个戏子。我听说，一个女富商为了捧盛言臻的场，连老公都不要了，只要姓盛的登台，演一场，她看一场，大把大把地砸钱！没有那些女老板在背后帮衬，盛言臻恐怕写不出这么‘励志’的故事！”

“捧角儿捧角儿，”细框眼镜男笑了一下，“不捧哪儿来的角儿？哦对，现在要叫盛老师，艺术家嘛，英雄不问出处。盛言臻这人看上去一副君子相，其实狂狷得很，而且心术不正。他之前是瑞恒剧团的签约演员，刚有点名望，就背弃恩师，毁约出去成立了私人工作室，明摆着没把行里的老先生放在眼里。我听说他跟养父的关系也不好，这个人啊，实力强不强不好说，忘恩负义应该挺擅长的。”

“以盛言臻的长相，有人捧也不稀奇。”孙枕秋说，“我在宴会上见过他一次，的确挺帅，电视上的明星都未必有他好看。有钱人捧戏子图什么？不就为了一副皮囊！他那位养父也唱过戏？练功练废了身子？你们说盛言臻会不会也……”

话没说完，一杯冰果汁迎面泼过来，浇了孙枕秋一脸。坐在她旁边的细框眼镜男也没躲掉，白衬衫上洇开好大一块污渍。

江意一杯果汁泼出去，顺手把杯子也砸在了桌面上，噼里啪啦，好一阵脆响。

在场的谁也没想到这个看上去温柔娴静的女孩子会突然发难，都吓了一跳。

桑桑起先也有些惊讶，不过，她很快联想到江意在车上接听的那通电话，提炼关键词，再合并同类项，瞬间回过味儿来，兴致勃勃地看起了热闹，还给自己倒了杯柠檬水。

“背后说人是非也要有个限度，没必要那么下作，把盛言臻踩到土里，也不能反衬出二位的高贵。”江意自长沙发上站起来，目光很冷，直直地看向那两个一身狼狈的家伙，“盛老师是我朋友，我替他出个头，奉劝二位一句——耳妄听则惑，口妄言则乱。没证据的事最好不要拿出来乱说，恶意污蔑他人是要烂舌头的！”

“孙小姐，今天你是主我是客，按道理，我不该闹得这么难看。”江意的目光移到孙枕秋身上，语气和眼神里都带着怒意，“但是，我真的受够你了！先是讥诮桑桑，然后又挖苦盛老师，阴阳怪气，满口谎言，你一定很嫉妒他们吧？活得这么扭曲，你不觉得恶心吗？”

说完，江意再没多看那些人一眼，转身出去了。

俱乐部里通风不太好，空气有些浑浊，江意觉得像是滞了团阴霾在心口，说不清的烦闷。

江意忘不了孙枕秋提起“盛言臻”三个字时，那份嘲弄的表情，更无法原谅她刚刚说出的每一个字！

走廊的墙壁上用LED灯拼装出各种图案，暗红的灯光与周遭的黑暗相融合，显出几分暧昧。

耳朵隐约能听到音乐，是现场演奏的声音，光影在眼前晃动不休，渐渐地，纠缠成一幅熟悉的画面——

是那期综艺节目，《古韵韶华》。

盛言臻的目光深邃而旷远，他面对着镜头，弯下腰，深深鞠躬。

他说，我六岁入行，每天练功超过十八个小时，吃过很多苦。

他说，只靠我一个人是救不回一个剧种的，我要感谢诸位，给了我一个介绍昆曲、展示昆曲的机会。

那么干净的一个人，一心扑在钟爱的事业上，优秀而谦逊，挺拔亦儒雅。

却被这样践踏！

凭什么！

俱乐部门外是条小路，没有车位，所有车辆都只能停在路口。

街灯照出方寸光亮，旁边两排修剪整齐的绿篱植物，显出几分幽静。

江意找到一方矮石台，顾不得会不会弄脏身上的白裙子，直接坐在了上面。

夜风吹过来，有酒精和烟草的味道。

江意低头咳了一声，她知道自己太冲动，孙枕秋毕竟是桑桑的同学，她这样做，也许会让桑桑很为难，但是她控制不住。

盛言臻绝不是那种不堪的样子，她没办法任由他们侮辱他。

有一处屋檐在滴水，落在下面的石板上，滴滴答答的杂音里，忽然传来一声——

“你怎么了？”

声音响得突兀，江意慌忙抬眸，这才发现几步远的地方有人。

四周光线很暗，那人的脸又被绿植挡住，只能看见些身形，高个子，偏瘦，穿深色牛仔裤和运动鞋，应该是个年轻男生。

那人面朝着江意的方向，没听到回复，又说：“问你话呢！说话！哑巴了？”

这一句态度很差，凶巴巴的，还有点不耐烦。

江意气坏了，腾地站起来：“你懂不懂礼貌啊？凭什么你问我，我就要说？我认识你吗？跟你很熟吗？要你多管闲事！真讨厌！”

话音尚未完全落下，江意听见几声脚步，接着，有人自绿植后绕了出来。

那人嘴上叼着根烟，手里拿着打火机，手机夹在脸侧和肩膀之间。小砂轮滑动，嚓的一声，打火机上蹿起火苗映亮他的眼睛，疏淡清寒，像被冰雪覆盖的古法制作的琉璃。

江意怔住——

原来，人家并不是在问她，而是在讲电话。

（23）

尴尬什么的，最讨厌了！

江意脸都红了。

那人一边应答电话，一边瞥了江意一眼，脸上没什么表情，只是把咬在嘴上的烟拿下来，完整的一根，直接扔进旁边的垃圾桶。

四目相对时，江意发现这人头发略长，染成灰蓝色，很随意地扎了个小辫子，些许碎发垂在额前，衬得瞳仁极深，有股桀骜不驯的味道。

挺帅的，也挺眼熟。江意想，我是不是在哪儿见过这个人啊？

不等江意理出头绪，那人的电话已经打完，再度朝江意看过来。

江意被他看得有些紧张，主动道歉，说：“对不起啊，我刚刚态度不好，都是误会……”

话没说完，却见那人脱下罩在短袖上的衬衫外套，拎在手里递到江意面前。

江意万分茫然："你给我衣服干什么？我又不冷。"

"因为你身上的裙子脏了！"那人语气慵懒，一边说一边朝江意身上指了指。

江意顺着那人的指示低头去看，腰线以下，大腿右侧的位置，一小片红褐色污痕染在白裙子上，分外显眼。

这颜色……

江意脑中"嗡"的一声，急忙解释："别误会啊，这是果汁！鲜榨石榴汁！一定是我用果汁泼人的时候不小心沾上的！"

"不然呢？"那人挑了下眉，"还会是什么？"

江意噎住，好半天才顺过气，慢吞吞地说："我……怕你误会是番石榴汁，这样石榴会觉得被忽视了，很没面子！"

那人顿了顿，忽地一笑，甩手将外套扔到江意身上，边扔边说："用果汁泼人？没看出来，你还挺凶！"

这一笑冲散了他眉间的清寒，多了些傲慢恣意的味道，越发显得五官俊朗，刀刻般利落。

江意手忙脚乱地将衣服接住，同时，福至心灵一般，忽然明白为什么会觉得这人眼熟了——二十出头的年纪，半长的灰蓝色头发，不就是……

名字抵在舌尖，呼之欲出，她身后蓦地传来一声：

"江意！"

桑桑急匆匆地追过来，头发都跑乱了。她一把捉住江意的手臂，正要开口，目光朝旁边一偏，又改了音调，十分惊讶："哥，你怎么在这儿？"

江意突然抬头！

？？？

你你你……你把话说清楚！谁是你哥？！

江意手上拿着那人的衬衫，隐约能闻到一股男士香水的味道，那香味让人格外不自在。

桑桑左右看看，笑着说：“我原还想着做回好人，介绍你们认识，怎么不等我引荐，你们怎么自己就碰上了？缘分啊缘分！”

缘分你个头！

江意内心疯狂吐槽，嘴上却半个字都说不出。

桑桑一手搭着江意的肩膀，带着她往前走了两步，说：“我介绍一下吧——这是江意，我的好朋友，也是新锐摄影师谈也谈大神的小迷妹。经常在以微博为主的网络平台上，替‘谈神’‘舌战小黑粉’，怼人指数三星，机灵指数四星，勇气指数五星！”

江意这点老底被桑桑掀了精光，恨不得原地刨个坑把自己埋了。

桑桑丝毫不顾江意那点面子里子的小心思，朝对面的人使了个眼色，说：“这位大师，我都铺垫到这个地步了，你什么来路，自报一下吧！”

“谈也，”那人伸手到江意面前，“摄影师，也是桑桑的哥哥，‘大神’二字万万不敢当，没到那程度，就是个普通从业者。桑桑这丫头爱冲动，脾气一上来不管不顾的，平时还要麻烦你多关照她。”

江意已经不知道该摆出什么样的表情了，合着之前她是当着妹妹的面，猛夸了半天人家哥哥！

这个世界，巧合真的太多了！

谈也的手很好看，肤色偏白，指骨纤长。江意与他握了握，指尖碰到他腕上的链子，一抹细腻的凉。

“爱豆”近在眼前，次元壁骤然打破，江意都不太敢去看人家的脸。

桑桑倒是很开心，雀跃地说：“哥，说来真是巧，我第一次见到江意就是在你的影展上，《走失的活力》那一场。小江意可欣赏你了，张口我‘谈神’，闭口我‘谈神’，手机壁纸都是你的图，特别可爱的一个小迷妹！”

江意面红耳赤，去捂桑桑的嘴。

你快闭嘴吧！

桑桑根本不怕她，继续说：“你还记得孙枕秋吗？当初跟我住同一间寝室，偷用我的香水，还怀疑我买假货充门面的那个小茶壶，今天我就是来参加她的局。这女的嘴巴还是那么坏，被小江意泼了一脸石榴汁，气得哇哇哭！她越哭我越开心！该！让她心术不正！”

江意：我不要面子的，是吧？

说到泼果汁这事，江意瞄见谈也扯了下嘴角，要笑不笑的。江意下意识地移了移手臂，拎在手上的外套刚好挡住裙子脏污的地方。

谈也这人无论气质还是做派，都带着懒散的味道，像古代小说里的闲散王爷，漫不经意，无所用心。这种调调搁在他身上并不难看，有些男人适合严肃板正，而有些男人生来便玩世不恭，英俊而野性，难以驯服。

（24）

桑桑就是个话痨，口头禅是“小茶壶”，凡是她讨厌的，全部归为小茶壶！

桑桑絮絮地说了半天，江意那些黑历史她丁点儿没藏，全给卖了。江意低声叹气，心想，以后啊，交朋友一定要睁大眼睛，绝对不能再交这种专门挖坑等她跳的“坑货”！

谈也看上去冷冷淡淡，脾气却很好，一直耐心听着，时不时地揉一下桑桑的脑袋。桑桑被他揉得站不稳，晃来晃去，像个不倒翁。

好不容易等到桑桑收声，江意终于找到空隙，问出她最好奇的那个问题：“你们是亲兄妹吗？”

“亲的亲的！如假包换的亲兄妹！他跟老爸姓，我跟老妈姓。”桑桑说，“人手一个，平均分配，不然容易打起来！”

眼见桑桑越说越离谱，谈也抬手在她脑门上弹了一下。

桑桑嘿嘿一笑，露出点小虎牙，说：“我妈嫌女孩姓谈取名字不好听，太硬气，跟她姓桑的话，无论叫什么都可爱，所以我就姓桑啦！”

言谈之间，寥寥数语，就已呈现出一个温馨和睦的家庭。

敦厚温柔的爸爸，活泼明艳的妈妈，一双儿女也十分优秀。

江意脸上的微笑稍稍淡了些，不得不承认，她有些羡慕。

这条小路在当地挺有名，里面全是隐私性很好的私人俱乐部和小酒吧。谈也是跟朋友一起来玩的，他让江意和桑桑在外面等一会儿，他进去打声招呼，然后出来送她们回家。

江意手上还拿着人家的外套，立即说：“我可以自己打车回去，就不麻烦‘谈神’了。”

她平时和桑桑开玩笑，叫“谈神”叫惯了，这会儿完全是脱口而出。

谈也已经走上台阶，闻言回头看了江意一眼。街灯下，他眼眸漆黑，有些无奈地说：“换个称呼吧，神不神的，我真担不起。”

桑桑反应快：“不叫‘谈神’，叫也哥！”

说着，她抬起手臂搭上江意的肩膀：“以后，咱俩一起叫哥，让当哥的给买零食买饮料。你比我还小两岁，叫声哥也不吃亏！”

谈也仍站在台阶上，半转过身，似乎在等江意表态。

桑桑都铺好了台阶，江意自然不会推拒，很乖地叫了声也哥。

谈也勾起嘴角，还了她一个浅淡的笑。

谈也进去跟朋友打招呼，两个女孩在外面等。靠近街灯的地方蚊子太多，桑桑怕痒，往稍暗些的地方走了走。

江意想了想，还是和桑桑道了个歉，说她今天太冲动，那杯果汁都泼得有些过分。

“为什么要跟我道歉？你脑袋坏掉了？”桑桑瞪圆了一双大眼睛，“咱们俩是好朋友，一伙的，理应共同抗敌，一致对外，懂不懂？别说你只是用果汁泼她，就算你用榴梿丢她，用菠萝蜜丢她，我也绝不会嫌你选的水果太贵，太败家！这就是友情，‘有福一块享，有难一起跑’的友情！”

江意被逗笑了，捏了捏桑桑的脸颊说：“你可真能护短！”

“我只是青铜级，刚入门。”桑桑挥挥手，说，“等你跟我哥混熟了，就知道什么叫星耀级护短了！”

说到这里，桑桑又涌起点八卦的小心思，她用肩膀撞了撞江意，问：“那个盛言臻不会是你男朋友吧？”

江意惊得眼睛都瞪大了一圈，慌乱地摆手：“不是不是，你千万别误会！”

“你还小呢，不要急着谈恋爱！”桑桑伸手在江意下巴上勾了勾，“小仙女就该看遍风景，环游世界，不要陷进感情里，只围着一个人转！而且，我们小江意这么漂亮，又聪明，在我看来，没有男人能配得上你！”

江意拧开水瓶的盖子喝了口水，听见这话险些呛到，一边咳一边又忍不住笑，想起电影里的台词——

真正的闺密会跟你抢男人？她只会看不上你选中的男人！觉得你是猪油蒙心瞎了眼，小天鹅配了只癞蛤蟆！

就在这时，旁边忽然传来一声口哨，调子拖得很长，一股子流氓腔。

两个年轻男人喝得醉醺醺的，勾肩搭背地走过来，眼珠子好像黏在桑桑身上，上上下下扫个不停，边看边邪笑，嘴里不干不净地嘟囔着。

江意立即拉住桑桑的手臂，将她挡在身后。两个男人见状笑得更大声，瓮声瓮气地说：“躲什么啊，妹妹！穿那么浪不就是给人看的！腿还挺白！过来跟哥哥喝几杯，哥哥请你吃消夜，吃烧烤大香肠——”

话音没落干净，不知打哪儿飞过来一个酒瓶子，正砸在两个醉鬼面前，“哐”的一声巨响，碎片飞得到处都是，有几块甚至刮伤了那两人的小腿。

两个醉鬼高声咒骂，江意和桑桑同时浑身一僵。

“大晚上的，随便对陌生女孩吹口哨，还说些不上台面的话，回家问问你妈、你妹妹，这么做合不合适？”

谈也自暗处走出来，脚步沉重，不动声色地挡在两个女孩面前。

他的衬衫外套借给了江意，上身只有一件纯色短袖，脖子和手腕上都戴着细细的银链子，再加上灰蓝的发色，很有几分混迹街头的痞气。

“刚听二位说要请吃消夜？带我一个呗，我也能陪哥哥喝酒！”谈也单手插在口袋里，半袖下露出一截小臂，肌肉线条流畅，不会显得很壮，有种自然的力量感。他低头咳了一声，继续说，“我不够格的话，后面酒吧的包厢里还有几个朋友，要不把他们叫出来陪陪二位？上学那会儿都是校队的，酒量好着呢！”

两个醉鬼又㞞又坏，只敢借着酒劲儿欺负女孩子，一见谈也立马老实了，忙不迭地道歉，说：“对不起啊哥，我喝多了跟妹妹开个玩笑，没恶意！”

“你是没恶意，还是没那个作恶的胆子啊？”谈也冷笑了一下，“都是成年人了，即便做不到顶天立地，也不该那么卑劣！”

两个醉鬼没敢再吭声，灰溜溜地跑了。

江意这时才小心地吐出口气，低声说：“吓死我了，我还以为你们要打架。”

她边说边不安地眨着眼睛，手指在鼻尖上揉了揉，透出几分不自知的呆萌和可爱。

谈也似是笑了一下，眉目看着比平时柔和些，漫不经心地说了一句：“有我呢，怕什么。”

Chapter.03
此心安处，无畏无惧

（25）

谈也的车是辆路虎揽胜，内饰虽然做得很酷，但架不住外表太憨，傻大傻大的，和谈也那颗灰蓝色的脑袋很不搭。

江意小声对桑桑说："揽胜太憨了，你哥哥更适合开保时捷。"

"别说，我哥的梦中情'车'还真是保时捷，"桑桑笑了，和江意咬耳朵，"他去年的生日愿望就是四十岁之前全款拿下 911。"

桑桑和江意坐在后排，谈也从副驾上拎起一个袋子，反手向后递。

桑桑接过来，打开看了一眼，居然是零食和饮料，甚是稀奇地"啧"了一声，说："谈小也，你转性了？居然备了零食？以前不是总嫌我在车上吃东西太邋遢！"

"樊哥女朋友给的，"谈也说，"让我拿回去喂猪！"

"喂猪？"桑桑捏着薯片袋子，一脸茫然，"咱家哪儿来的猪？"

直到江意笑出声音，桑桑才反应过来，这是在骂自己，握起拳头对着谈也后脑勺比画了两下，虚张声势。

江意坐车时不喜欢玩手机，桑桑拿了包薯片给她，江意摆手拒绝，半靠着车窗朝外面看。车厢里开着音乐，声音很低，江意无意识地跟着节奏哼唱了两句。

桑桑恰好听见，问她："这歌叫什么名字？好好听啊。"

不等谈也回答，江意脱口而出："《Das liebeslied》（《爱情之歌》），Annett Louisan（安耐特·露易珊）的歌。"

桑桑吃糖的动作一顿，扭头看江意："听发音好像是德语？你会德语啊？"

江意隐隐感觉到谈也透过后视镜在看她，一双眼眸漆黑如夜。她笑了笑，没作声。桑桑也没多问，转过去继续吃东西。谈也收回看向后视镜的目光，伸手调高了车载音乐的音量。

于是，路程的后半段，车厢里只剩那个纯真如精灵的歌声，温柔地吟唱。

江意有点困，半梦半醒间，她迷糊地想，气质这东西真的很神奇。

如果说盛言臻是挺拔清隽，优雅而蕴藉，那谈也就是桀骜疏离，两个人身上都有冷淡的感觉，看着就不好接近，但味道完全不一样。

盛言臻在戏台上长大，人情世故洞悉透彻，即便冷淡，也拿捏着分寸，不会将人推得太远，当然，也不会允许有人靠他太近。你可以跟他攀交情，但不要奢望他跟你交心。

谈也的冷完全写在脸上，一副"别理我，你好烦"的烂德行，看似话都懒得说，实际上内心是软的。他是桑桑的哥哥，出生在氛围那么好的家庭，怎么可能真的养出冷漠个性。

所以，盛言臻才是冷在骨子里。

是因为被遗弃过吗？

小小年纪就承受了太多亏欠，所以，不再抱有期待。

是这样吗？

江意在颠簸和晃动中醒来，车子再度经过跨江大桥。车窗外，灯火辉煌绚丽。恍惚中，江意想起盛言臻那把音沉而色清的好嗓子，以及他说过的话——

“记住你，并不需要七天的时间。”

“三秒钟就够，不是寻常的三秒，而是倒计时结束前的最后三秒。”

盛老师，这样动听的话从你嘴里说出来，可信度似乎不高呢。

我需要更多，江意想，需要听到你说更多类似的句子。

需要你只对我一个人说。

音乐仍在轻轻地响着：

Scheiße, bin ich verliebt.

老天，我真的陷入爱情。

……

（26）

那间俱乐部离江意住的地方有点远，路程走到一半桑桑就睡着了，脑袋贴着椅背动来动去，睡得不太舒服。江意往车门那边移了移，让桑桑靠过来枕在她腿上。她的掌心虚搭在桑桑的眼睛上，挡住漫进车窗的些许灯光。

谈也朝后面看了一眼，怕江意觉得被冷落，问她：“江小姐在读大学吧？摄影专业？”

“叫我江意就好，”江意说，“我是学物理的。”

谈也记得桑桑说江意比她小两岁，又问：“大一？”

“大三。”桑桑的呼吸吐在江意腿上，有点痒，她伸手捋了下裙子，说，“我小学跳了一级，初中读的是少年班，比正常学制少一年，所以年纪比较小。”

谈也单手扶着方向盘，拇指搭在上面敲了两下，说：“我猜你一定是Z大的。”

青溪是一线城市，本地高校不少，真正顶尖的只有两所，Z大是其中之一，赫赫有名的百年老校，物理也是该校的王牌专业。

江意笑了笑，点头说是。

谈也话锋一转：“我记得上学那会儿，我看过一部电影……”

“《Gifted》？”江意似乎猜到他在想什么，说，“中文名叫《天才少女》？”

谈也抬手打了个响指，笑着想，这小孩挺有意思。

“我没有Mary那么厉害，也不是什么天才。”江意说，“只是比其他孩子更擅长考试和做题。”

“真正聪明的人都是谦虚而自信的，你真的很厉害。”谈也由衷称赞了一句，顿了顿，又说，“以后不要为了我跟人在网上吵架，你这么优秀，时间和精力都非常宝贵。”

谈也要是不提，江意都快忘了，眼前这个正在开车的人是她喜欢了好几年的“爱豆”。

近几年，谈也的作品风头正劲，为人却低调，几乎不在公开场合露面，连社交媒体都用得少了，刊登在杂志上的个人照也大都是逆光或者侧脸。江意几乎记不清他长什么样子，印象里，只有他镜头下那些风格鲜明、剑走偏锋的摄影作品。

江意记得谈也拍过一只鹰——落日熔金，猛禽张开巨大的翅膀，翱翔着，风声在上，旷野在下，孤独而辽阔，不可束缚。

Give me liberty or give me death。

不自由，毋宁死。

片子拍得实在好看，江意的一个男性朋友以此为蓝本，描了张文身图案，刺在了后腰上，最后呈现出的效果十分惊艳，既野性又撩人。

后视镜框出谈也的些许眉目，江意抬头时刚好与他视线相撞。画面似乎有一瞬的定格，接着，江意先移开了视线，她笑了笑，说："下学期我要跟着师兄进实验室了，就算有心吵架，也匀不出时间。不过，在见到您之前，我的确没想到，您会有这如此温和的个性。"

"在你的想象里我应该是什么样子？"谈也挑了挑眉，似乎对这个话题很有兴趣，"古怪又狼狈？顶着脏兮兮的油腻长发？"

桑桑还在睡着，江意将声音压得很轻，说："叔本华有部作品叫《悲观主义者的积极思考》，由此延伸出一个很有意思的分类，叫积极的悲观主义者。从谈老师的作品来看，我觉得您也该被归在这个分类里——一个积极的悲观主义者。"

谈也没说话，江意也不需要他回应，自顾自地说下去："悲观者的世界总是布满荆棘，而那些残存的积极性是玫瑰。城市荒芜，但玫瑰永存。马丁 · 海德格尔提出的那个概念——向死而生。我们笃信所有生命都将走向灭亡，创痛酷烈，但是，在灭亡真正到来之前，依然要做些什么，让这世界知道，我来过。悲观者于一切眼中看见无所有，而积极的悲观者，于无所希望中得救，谈老师的很多作品都充斥着这种感觉——积极又悲观的味道。"

江意同谈也说话时，一直在用敬称——您。

谈也并不是一个自负的人，不喜欢无底线的仰视和奉承。但是，这个字从江意口中说出，质感却格外不同，带着一点点敬意，还有向往的味道，听在耳中，格外熨帖。

江意声音清甜，语气却肯定，好像已经把谈也看透了。谈也不喜欢这种无所遁形的感觉，不轻不重地反呛了一句："我有什么可悲观的？"

名校出身，毕业便能筹备个人影展，年纪轻轻便有了奖项加持，在外人看来，这已经是难得的好运气，再过几年，不知会走到什么样的高度。

“不要急着否认，谈老师。”江意歪了下头，“越清醒的人越容易悲观，有野心和才华的人更甚。国内的摄影领域同时尚领域一样，起步晚，底蕴不足，而且很长一段时间，都以模仿为主，缺少灵魂级的重量人物，很容易陷入一种虚假繁荣——没有真正的大师，却人人都像大师。”

旁边车道开过一辆大型厢货车，鸣笛声骤然响起，谈也只觉耳边“嗡”的一声，扶在方向盘上的手指不由得紧了紧。

“对于一个有深度、有追求的从业者来说，获奖、办影展、出书、成名，我相信这些都不难，或者说没那么重要，难的是改变。”江意说话时一贯不疾不徐，声音清灵，娓娓而谈，“改变一些东西，让整个行业变得更好。谈老师，我说得对吗？”

谈也被问得哽住，呼吸都有些不畅快，同时，他又万分庆幸江意是坐在他后面，而不是面前，看不到他脸上一闪而过的狼狈，被戳中软肋的狼狈。他有点想抽烟，手伸出去想起来车上还有女孩子，只能悻悻地放下。

好在目的地很快到达，车子在小路入口处停下来。江意的膝盖上还搭着谈也借给她的外套，于是说：“衣服我拿回去洗干净，过几天还给您。”

谈也摆了下手，说：“衣服你也没穿，不用麻烦，放在车上就行。”

江意再度向谈也道谢，然后起身下了车。

桑桑睡迷糊了，有点不清醒，揉着眼睛跟江意说了句晚安。她那时候脑子不清醒，没注意江意离开后，谈也并没有马上离开，而是在原地停了一会儿。

车厢里没开灯，氛围黑暗，谈也抽了根烟咬在嘴上，没有点燃，只是用舌尖抵着烟尾，品尝一点烟草的味道。他降下副驾那侧的车窗，目光递出去，看着江意的背影慢慢消失。

不知过了多久，桑桑的手机打进一通电话，她接起来应了两句，拍了拍驾驶位的椅背，对谈也说：“江意的手包拉链没拉，不晓得什么时候掉进去一只打火机，黑色的，是你的吗？”

那只打火机装在谈也衬衫外套的口袋里，估计是江意拿外套时掉进去的。谈也点了下头，边发动车子边说：“你把我微信推给她，回头我发她一个地址，让她寄给我吧。”

桑桑低头戳了几下手机屏幕，直到车子开出去，她才反应过来——我们刚刚不就在人家门口吗？明明可以让江意直接送出来呀，为什么要搞这么多麻烦的流程？

谁来给她解释一下，到底为什么？！

（27）

收到谈也的微信消息时，江意刚洗过澡，边擦着头发边走到床边，翻身趴在枕头上。两只杜宾犬高大精悍，并排蹲在床边，伸长了脖子用脑门蹭江意的手。江意挨个揉了一遍，然后拿起手机查看未读消息。

工作群里，师兄简单说了说下学期学校实验室的使用情况，还有相关安排，江意摘选出几条重点，存进置顶备忘录。接着，谈也的消息跳出来。

她和谈也刚刚彼此通过验证，对话框里还有“可以开始聊天”的系统提示。谈也分作两条发来地址和手机号码，说麻烦江意将打火机寄到这里，邮费到付就行。

这个账号应该是谈也的私人号，不是工作用的，朋友圈没有设置权限，内容也不多，全是画，国画、油画，还有水彩和素描，每一张的落款都签着谈也的名字。

江意记得桑桑说过，谈也从小学国画，十三岁的时候还拿过金奖。青溪美院国画专业的教授点名要他，这臭小子却报了设计学院的摄影艺术专业。老教授气得吹胡子瞪眼，怒斥设计学院横刀夺爱，厚着脸皮跟国画系抢人！

谈也上传到朋友圈的那些作品里，最吸引眼球的是一幅铅笔描成的黑蛇。

蛇身狰狞虬结，缠绕着神圣的权杖和大朵盛开的莲花，蛇头眼神阴郁，嘴巴大张着，两颗毒牙格外尖锐，几乎要从画纸上跳出来。

谈也——也，象形字，像蛇形，本意是蛇。

冰冷又迤逦，凶狠且漂亮。

江意觉得这幅画很适合做文身手稿，刺在小腿或者脊骨处，一定特别漂亮。胡思乱想间，她又看到搁在旁边的打火机，很漂亮的哑光黑，弹开时会有一声标志性的脆鸣。

江意把玩了一会儿，忽然想到，盛言臻似乎很讨厌吸烟。讨厌一切廉价并且有成瘾性东西的人，往往都有着强大的精神世界，永远清醒，高度自律，不喜欢失控和脱离掌握。

难怪面对她的示好，他总是竖起坚硬的壁垒，试图将她驱逐出领地。

我的靠近让你紧张了吗？江意想，让你发现自己所谓的防备其实并没有那么坚固？

江意翻了个身，仰面躺在床上，点开手机通讯录找到盛言臻的名字，手指悬在上面来回描摹着姓名的笔画。

百福齐臻，真是个吉利的好名字啊。

天气预报说明天是个好天气，适合约会。

那么，明天就去见你吧！

第二天，江意特地起了个大早，先是打电话给花店，告诉店员今天要送去言臻昆曲艺术工作室的花先不必配送，她自己去取。

挂断电话，江意揉了揉微微发烫的脸颊，站在衣帽间里思考要穿什么样的衣服。

盛言臻比她大十岁，少女风怕他看着别扭，成熟性感些的，又不够日常。纠结半晌，江意一通视频电话拨到了沈珈玥那里——小姐姐，江湖救急！

沈珈玥也是刚起床，一手拿牙刷一手拿洗脸巾，脑袋上还顶着个丸子头，上下打量江意半晌，追问她是不是要出去约会。

江意坐在试衣镜前的小沙发上，单手捧着脸颊，说："还没到约会的程度，不过，以后总有机会！"

这话她说得格外笃定，带着小女孩独有的傲娇感，充满自信，生机勃勃。

这样的小江意，谁会不喜欢呢？

（28）

取花时江意没让家里的司机送，打车过去的。花店的店员也很妙，特意给她配了一束红色扶郎花，热烈如刚开的玫瑰，漂亮极了。

言臻昆曲艺术工作室的前厅接待是个年轻女孩，早晨急着出门，隐形眼镜没戴好，有点不舒服，她用力眨了眨，就看见大门被推开，有人从外面走进来。

江意今天穿的裙子是沈珈玥帮忙挑选的，V字领的浅色茶歇裙，脖颈细长白皙，锁骨处垂着一颗光泽莹润的小巧珍珠。一大束扶郎花在她怀中热烈盛开，花明艳，人清丽，合在一处，漂亮极了。

江意笑着问前厅接待："盛言臻老师在吗？我这儿有束花需要他签收。"

这话说得莫名引人遐想，前厅接待表面镇定，内心尖叫，很客气地问了一句："您有预约吗？"

江意摇头说没有，话锋一转，又说："不过，你可以告诉他我叫江意，他应该会有印象。"

前厅接待很有眼色，没再多问，拿起一旁的座机拨了通内线电话。

几分钟后一个梳着鱼骨辫的女孩子从楼上跑下来，径自跑到江意面前，笑呵呵地说："江小姐，你好，我叫斯霖，是盛老师的助理。老师在楼上练功房呢，我带您上去吧！"

斯霖走在前面带路，回头时看见接待在江意身后对她做口型——

这就是每日一花的那个小美女吧？

斯霖低咳一声，偷偷地朝接待眨了下眼睛，示意——

嘘，别吓着人家！

整个二层都是练功房，分隔成大小不同的几间，工作室的签约演员平时就在这儿练功。练"开腰"，练"撕腿"，练柔韧，一条腿撑地，另一只条腿绷直，竖起，膝盖几乎压到肩膀，用绳子拴住脚踝，反绑在墙壁的把杆上，叫"凌空吊腿"，每天最少吊上一个小时。这在基本功里，还算是相对轻松的训练。

平均两个月磨坏一双练功鞋，汗珠子一滴接一滴地往地毯上砸。

日复一日地苦练，才有台上一瞬间的闪耀。

十年苦功，并不是一个夸张的说法。

正对着楼梯口的那间练功房没有关门，里面聚了不少人，足有七八个，江意一眼就看到了盛言臻。

他穿着黑色的练功服，发色也是黑的，背对着半开的房门，站姿笔挺。这人天生骨相卓越，又在舞台上打磨多年，气质沉稳，矜贵的气息从内里透出来。

盛言臻平时太忙，行程排得满满当当，难得在公司的练功房里见到他，几个刚出校门的小演员立即围上去，问了几个专业上的问题。

其中一个男孩也是唱小生的，手腕不稳，扇子功有些欠缺，盛言臻拿着白纸扇给他演示了两遍，如何展扇，如何抖扇，如何单指转扇，还有翻手抛扇。

“抛扇时不可甩动大臂，用手腕的巧劲，接扇要稳。”

盛言臻右手捏着扇柄，手腕逆时针一翻，折扇轻松抛起，旋转一周后，稳稳落回掌心，一串动作行云流水，优雅倜傥，像极了古言小说里的贵胄公子。

“这个动作若由小生来做，主要展示的是风流才子的得意忘形，偷偷窥见小姐芳容，内心欣喜难以抑制。你的眼睛要跟着戏走，而不是扇子。扇子可以乱飞，眼神不行。眼神一乱，风流立即变下流，意境没了，风花雪月的味道也没了。”

抛扇之后，盛言臻手指勾住扇骨，将扇叶推展开来，立于胸前。折扇摇动的同时，一记眼神递出去，灵而无声，情意绵绵又倜傥十足，仿佛他身处的不是工作室的小练功房，而是座无虚席的剧院舞台，他一个眼神就能镇住全场。

盛言臻一旦入戏，不仅眼神灵妙，站姿也极端正。子午相站姿，背直腿长，身、面、手、脚处处安置妥帖，教科书般的规整。

行里有句形容老先生的旧话，是这样说的——

看场戏一块钱的票价，单冲这一亮相，就值八毛！

有个女演员被盛言臻的眼神扫了一下，脸都红了。女演员唱旦行，闺门旦，舞台上演的都是未出阁的闺中少女。她穿着戏服，小臂上拢着堆成三叠的水袖，故意向盛言臻所在的方向走了几步，走的还是台步，先起左脚，勾脚尖，压脚掌，满脚落地的同时后足跟抬起，头、颈和腰身随之微微摆动，娉婷婀娜，扶风弱柳似的，分外好看。

女演员走到盛言臻身边，嘴里念着唱本里的戏词，臂上水袖先向里一抖，再朝外一甩，做了个蝴蝶振翅似的掷袖动作，袖子不偏不倚，刚好碰到盛言臻的手腕，触感细腻微凉，入目一抹净透的白。

盛言臻转头看过去，女演员立即对他笑了一下，弯着眉眼正要说话，就在这时，门口传来高跟鞋的声音。

江意化了妆，眉眼莹润，唇色精致，裙摆绕在小腿周围，蔓出烟雾似的弧线。她一进来，练功房里几个男演员的目光都落在了她脸上，停顿几秒，几乎都没有眨眼。

江意没多留意旁人的神色，直接走到盛言臻面前，将怀里的花束递给他，笑着说："盛老师，你的花到了，签收一下吧！"

之前接待已经打过电话，所以，盛言臻看到江意时并没有惊讶。江意将花递过来，他便大大方方地收了，还问了一句："今天是红色的？怎么跟前几天的不一样？"

江意眨了下眼睛，周围人多，于是，她又朝盛言臻靠近了一些，用只有两个人能听到的声音，说："因为我现在还不能送你玫瑰，而红色是最像玫瑰的颜色，所以，我用红色借代浪漫，送给你。"

（29）

这话一出，盛言臻明显愣了一下，似是没想到会得到这样一个回答。

练功房里人不少，却无人出声，更没人瞎起哄，各自守着块地方练基本功，偶尔偷瞄盛言臻和江意两眼，用眼神吃个瓜。

甩水袖的女演员也察觉到江意和盛言臻之间隐约的暧昧，没再多话，转身走了，退到角落里扶着把杆弯腰压腿。

周遭越是寂静，越显得盛言臻落了下风。

江意出其不意攻心为上，而他没能巧妙地见招拆招。

好一会儿，盛言臻才勾了下嘴角，露出一个似有若无的笑，轻声说："浪漫这东西太奢侈了，小姑娘，不是人人都要得起，也不是人人都有那么多时间。”

盛言臻是戏曲演员，日复一日地在台上唱风花雪月，唱朝飞暮卷，云霞翠轩，实际上他并不是一个浪漫的人，确切地说，是生活没有留给他太多浪漫的余地。

自那年拿了冠军成了名，他就被架在了高台上，不敢不小心，不敢不谨慎，行差踏错的后果他承担不起。

他拥有得太少了，须得小心护着，才能在圈子里稳住脚。

“浪漫没有那么复杂，盛老师，”江意依旧笑着，眉眼温柔地弯起，像上旬的月亮，勾着一点甜美和艳丽共存的味道，“它可以是一束花，也可以是一首歌，只要有心意在里面，任何微小的事物都可以是浪漫本身。”

小江意撩起人来毫不怯场，练功房毕竟是公共场所，盛言臻瞥她一眼，那眼神无奈而柔软，甚至透出几分纵容的味道。

那时候江意对盛言臻的了解还不够彻底，不晓得这人一路走到今天，到底吃过多少苦，又经历过多少心机筹谋，纵容这种情绪，其实很少出现在他身上。

物以稀为贵，自律者的纵容往往比情话更加动人。

这是江意后来才明白的道理。

“难怪连江总那么杀伐决断的人也会变成‘女儿控’，”盛言臻玩笑道，“小姑娘嘴甜起来，比毒药更能取人性命！”

说完，他另起了个话题，问江意：“要不要参观一下工作室？我先去换身衣服，然后带你四处看看，或者坐下喝杯茶？”

江意也没在先前的话题上多纠缠，顺势问：“那我能参观一下盛老师的戏服箱吗？”

盛言臻说：“当然可以。”

练了半天功，身上全是汗，盛言臻得简单冲洗一下，再换身衣服。他让斯霖带江意去会客室稍坐，再找个花瓶把江意带来的花插起来，好生放着。

江意跟在斯霖身后进了会客室，发现这里布置得挺有格调。

梨木方桌、太师椅，当作隔断的是一张八扇大屏风，角落里一对仿制的钧窑美人瓶，四周的白漆墙面上挂着几幅戏曲脸谱的油画。

斯霖问江意需要咖啡还是果汁，江意说咖啡就好，顿了顿，又说："前几天送来的那些花，是不是已经枯萎扔掉了？"

斯霖一颗玲珑心，立即说："没呢，都摆在盛老师的办公室里了，配着玻璃花瓶占满了一个大窗台，阳光一照，可好看！有些花还是盛老师亲手弄的，怎么添水，如何修剪，加多少营养液，都有讲究。"

江意被斯霖逗笑了，故意说："你们盛老师这是拿我的花练手呢！"

以斯霖对盛言臻的了解，不可能感受不到这两人之间氛围特殊，故意透了点消息给江意，说："等会儿可以让盛老师带你去看，他今天没安排行程，时间相对空闲。"

江意自然不会不懂，她多看了斯霖两眼，又问："盛老师平时一定很忙吧？"

"忙，"斯霖点头，"事儿太多了。有时候他实在抽不开身，就把睡觉的时间空出来练功，从凌晨练到天亮，睡上两三个小时，再去忙别的。"

江意皱眉："这也太伤身体了。"

"那以后就麻烦江小姐多劝劝盛老师，"斯霖笑着说，"劝他别总拿健康不当回事儿！"

说到这里，门板响了一下，盛言臻从外面进来。

他换了件衬衫，发色深黑，腿长且直，身形挺拔。阳光自窗外照进来，落在他身上，有种玉瓷般的质地，像镀了层上好的釉色，洁净如霜雪。

“你们要劝我什么？”盛言臻边整理袖扣边问，“说来我听听。”

背后说老板不是什么好习惯，斯霖吐了下舌头，一时没敢接话。

江意说：“劝你要好好吃饭，保证睡眠，不要仗着年轻就糟蹋健康，等到上了年纪，会吃苦头的！”

这么老成的话从一个小姑娘嘴里说出来，自带喜剧效果。

盛言臻好笑地看了江意一眼，正要说话，手机响了。他对江意说了声抱歉，走到旁边接听。江意趁机小声对斯霖说：“我们加个微信吧，以后盛老师再摆弄花花草草，你偷拍个短视频发我，我请你吃松露巧克力！”

江意和斯霖加上微信，盛言臻那边的电话也结束了，走到方桌旁坐下。斯霖给两人各自端了杯咖啡，然后抱着那束扶郎花从会客室退了出去，准备去库房找个空花瓶插起来。

路过茶水间时，碰见先前甩水袖的女演员，女演员瞥了眼斯霖怀里的花，一边塞给斯霖一小瓶酸奶，一边笑着说：“霖霖，这酸奶是无糖的，好喝还不胖，你尝尝。对了，那个送花的女孩子是盛老师新交往的女朋友吗？真漂亮啊，年纪挺小的吧？”

斯霖大学刚毕业，经验上有些欠缺，但绝对不傻，抱着花束笑呵呵地说：“老板的私事，做员工的哪能瞎问瞎打听？不怕扣奖金？”

女演员干咳一声，翻了个风情万种的白眼，嘀咕：“我就随便问问，你怎么还上纲上线的，会不会聊天啊，真没劲！”

斯霖笑容不变：“虽然我不会聊天，但是我背过职场守则。守则第一条——老板的事，你少管！”

旁边一个负责新媒体运营的男生听得直笑，女演员脸色涨红，一把夺回先前硬塞到斯霖手里的那瓶酸奶，气哼哼地走人了。

斯霖和男生对视一眼，两人都笑了。

（30）

斯霖一走，会客室里陡然安静许多。盛言臻进来时门板没有关严，有人从外面路过，说话声轻轻地透进来——

“昨天我加上男神的微信了，你快教教我该怎么和他聊天！我连表情包都不敢随便发，紧张死了！”

江意眨了下眼睛，眸光慢慢移到盛言臻身上，低声说：“顺便也教教我吧，我也想知道。”

盛言臻喝咖啡的动作一顿。

阳光透过玻璃，在空气里映出道道光柱，有细小的颗粒在其中起落飞旋。盛言臻抬起眼睛，视线穿过那些微尘，与江意交汇。

江意毫不慌乱，大大方方地与他对视，嘴角带笑，模样甜美可爱。

盛言臻搁下手上的咖啡杯，轻笑着，说：“其实我有点搞不懂，是你的胆子格外大，还是你们这个年龄段的小孩都这么有趣？”

“不是我太大胆，也不是现在的小孩都有趣，”江意说，“而是我在盛老师面前格外有趣。就像上次说的——我想让你记住我，我想让你知道我和别人是不同的。”

“那你有没有想过，”盛言臻眯了下眼睛，眼尾线条精致如画，透出些许儒雅与俊逸并存的倜傥，他慢慢地说，“也许我不是单身。”

“以盛老师的品行，”江意挺直脊背，万分笃定地看着他，“若你不是单身，早在收下那张写着我联系方式的明信片时，就会明确告诉我了，绝不会拖延到今天。”

盛言臻笑了笑：“我们才认识几天啊，你就咬定我是个好人，行事光明磊落？”

江意毫不犹豫：“我相信自己的判断和直觉。”

盛言臻向后靠了靠，脊背挨着座椅，姿态有些懒散，故意说："要知道我比你大了十岁，阅历和经验都远在你之上，我若有心骗你，算不上易如反掌，也绝不会太困难。"

话音一落，屋子里忽然安静。

窗外一片晴光，滟滟的，近乎晃眼。楼下种着几棵珍珠梅，正值花期，白色的花瓣繁复如雪，落了一些在草坪上，像是给翠浓的丝绸裙嵌了珍珠。

这样好的风景，却无人欣赏。

江意的目光自盛言臻身上移开，落向座椅的扶手，她微微蹙眉，像是在思考。

盛言臻将她的神色悉数看在眼里，又说："江小姐，江总实在把你保护得太好，甚至忘了提醒你——千万不要轻易相信一个男人，尤其不要相信一个在年龄和社会地位方面都占据主导性优势的男人。他会用所谓的'优势'，让你陷入盲目的崇拜和仰慕，就像在信徒面前塑造一个'伪神'，表面慈悲为怀，背地敲骨吸髓，引导你为他付出一切，榨干你所有的价值，又让你一无所获。"

江意咬了下嘴唇，神色看上去有点倔："盛老师这是在警告我？"

盛言臻屈着手臂，手肘抵在座椅扶手上，袖口下一块银色腕表。他一贯精致，即便姿态闲散地坐在这里，也有种别样的清隽。

他存心要把话说绝，漫不经心地摇了摇头："谈不上警告，只是提醒。小孩子处事天真，不分轻重，需要大人多指点，才能少走弯路。"

两人中间隔着一张小方桌，桌上的咖啡已经冷掉，没了热气。架子上的白釉熏炉里焚着上好的灵虚香，香气丝丝缕缕地沁出来，淡而溢远，升清降浊。

江意向前倾了倾身，朝盛言臻靠近。她身上有股极清新的味道，暖而甜，那股气息自盛言臻鼻端掠过，他呼吸一滞，搭在座椅扶手上的指尖跟着紧了紧。好在盛言臻常年上台，表情管理得当，面上并不显露，一双眼睛依旧黑沉沉的，深不见底。

“盛老师所言，句句在理，越是在理，越显得冠冕堂皇，透出一种想让我知难而退的味道。”江意几乎是目不转睛地看着他，睫毛长而卷翘，蝶翼似的，唇边笑意盈盈，她将声音放得很柔，轻轻缓缓地说，“你一直强调我年纪小，不懂事，容易上当受骗，是在打压我吗？据我所知，人只有在自卑时，才会靠打压同类来获得些许微不足道的支撑。盛言臻，在面对我的时候，你是不是自卑？”

相识以来，这是江意第一次直呼盛言臻的名字，她嗓音清灵，温柔纯净，将他的名字念得格外好听。

而那个问题却如同打磨锋利的羽箭，带着雪亮的白光，透胸而过。

盛言臻，在面对我的时候，你是不是自卑？

一字一句，冰冷而尖刻，似乎要将他这周身骨骼悉数折断。

（31）

盛言臻没作声，眼睛里映着窗外的天光，不见明亮，反而越发黑沉，显出几分不近人情的冷静。

江意目光笔直，毫不遮掩地落在他脸上，从眉眼处移到鼻梁，再越过鼻梁落向脖颈，看见他上下滚动的喉结。

喉结是个特殊的部位，有时候甚至能透过它颤动的幅度，窥见深埋于心的情绪。

江意扬了扬眉，故意挑衅：“你不说话，我就当你是默认了！”

盛言臻屈指敲在桌沿上，也直呼她的名字：“江意，你知不知道你在跟谁说这样的话？”

若说先前只是提醒，那这一句就是彻头彻尾的警告了。

警告她不要自以为是，也警告她，她已濒临底线，再往前试探，便是唐突。

“我当然知道！”江意看着盛言臻，“昆曲之雅，可见言臻——这句话是我第一次见到你时，爸爸告诉我的。我爸爸傲骨很重，很少对年轻人表露出欣赏或赞许，盛老师就是其中一个。尽管我不了解戏曲这个行当，也能从这一点上窥见盛老师到底有多厉害。”

盛言臻眯起眼睛，似是不悦——你明知道，还来挑衅我？

江意并不怕他，又说：“戏台上的盛言臻当然不会自卑，他六岁入行，十岁成名，被寄予厚望，几乎用一肩之力撑起了半个行业。这样的人就该高傲强势，主导一切，这是他应得的。不过，人性本就复杂，有着不同的切面，比如，刻薄者的宽容，恶毒者的仁慈，声名显赫的人也会有不为人知的隐忍和卑微。”

盛言臻像是听到了什么笑话，一声轻笑，神色看上去竟有些凉薄。

江意没给他开口的机会，继续说：“盛老师可能不记得了，之前我就说过——我比你想象中的要更厉害，也更聪明，千万不要小瞧我。如果你想让我知难而退，其实并不需要说得这么复杂，你只要告诉我，你不是单身，身边已经有喜欢的人，我保证立即离开，以后都不打扰，你的办公室里也不会再出现扶郎花的影子。”

江意似乎下定决心不给两人留余地，执拗地将局面推向一条死路。她目光安静，又倔强，声音很低地问他：“盛老师，我已经告诉你我的底线在哪里，你打算对我说什么呢？”

是斩钉截铁地告诉我不必再继续，还是给故事留一个开始和发展的余地。

以退为进，置之死地而后生。

江意这一招几乎掐住了盛言臻的七寸——难道他宁可说谎，也要推开她？这种拙劣的方式，他真的舍得用在她身上？

若不推开，任由其发展，事情的走向注定要脱离他的掌控，而他一贯讨厌的就是不可控。

这看起来是个两难的选择，细想起来，其实并不难，就像郑决说的，只要搞清楚自己到底有没有动心就够了。

时间寂静地流过，会客室半晌无声，似乎过了很久，又似乎只是转瞬。

盛言臻抬手在额角处按了一下，慢慢地说："江意，你那么聪明，应该明白，我没办法对你说谎。但我依然希望你慎重考虑，因为盛言臻并不是一个值得托付的良人。"

若将这场对话比喻成两军对垒，及至此处，江意可谓大获全胜，赢得光彩且漂亮。

可感情这东西，从来不是胜者为王，包容和退让的一方，往往承担更多。

江意习惯性地捏了下耳垂，笑起来时带着小女孩独有的天真和明亮，漂亮极了。

她说："盛老师，我觉得一段好的感情，应该是彼此扶持，两个人一同拥有向上的人生和更健全的人格，而不是将一方托付于另一方，等待着别人照顾。也许，你不是一个适合风花雪月的良人，但只要你是个有责任与担当的好人，我便不算看错。"

盛言臻很轻地叹了口气，而后摇头笑了。

这小孩好像从不屑于隐藏自己的心思。

想要，便去争取，所有感情都敢拿出来给你看，坦坦荡荡，真挚炽热。

江意和盛言臻有着完全不同的人生。江意没吃过苦，也不必看任何人的脸色，一直被保护得很好。与其说她是公主，不如说她更像一个未尝败绩的小将军，身后战旗猎猎，重鼓嗡鸣，她在黄金台上，睥睨四方。

永远勇敢，永远志在必得。

“你不是说想看我的私人戏服箱吗？”盛言臻站起来，将先前的话题告一段落，“走吧，我现在带你去看。”

江意坐在椅子上，一时没动，仰头看着他。

盛言臻顿了顿，浅笑着朝江意伸出手：“再给你讲点有意思的事。”

江意这时才握着盛言臻的手，借力站起来。也不知有意还是无意，松开时她的指尖擦过盛言臻的掌心，像飞过一片羽毛，柔软清香。

（32）

传统戏曲都是以“角儿”为中心，盛言臻如今的身份，放在过去应该叫“班主”，梨园行里的盛老板。既然是班主，自然有独立的化妆间，里头清一色的中式家具，白釉香薰炉里焚烧的依旧是灵虚香。

江意留心记了一下，盛言臻喜欢古法香方的味道。

化妆间里挂满了成排的戏服，开关门时带起微风，吹扬起一片锦衣蟒袍。

几十套行头全是盛言臻的私有品，其他演员都穿不得。其中最贵重的是一件团龙蟒，制法上用了裹金绣，一分金线绲一分彩线，请了刺绣行里有名望的老师傅手工绣成，成品历经数十年岁月，依旧光洁如新，葳蕤有光，据说估价高达七位数。

“十四岁那年，我被特招进青溪市瑞恒剧团，时任团长是著名昆剧表演艺术家邵梦甫先生。邵老是我的领导，也是我的恩师，对我有知遇之恩和教导之情。这件蟒袍原是昆曲四大家之一的梅庆宗先生的遗物，梅老去世后，家人遵从遗嘱将它交给了邵老，然后又传到了我手上。所谓‘薪尽火承，代代相传’，大概便是如此了。”

戏曲行当里，装文服的箱子叫大衣箱，分上下首，这件蟒袍就放在上首箱里，裹金绣的团龙图案熠熠生辉。

盛言臻站在掀开的箱盖旁，和江意一并垂眸看着里面折叠整齐的蟒袍。他神情慨叹而温柔，像是看着流淌而逝的昔日岁月。

江意对瑞恒这个剧团有些印象，它曾是青溪市唯一一家昆曲剧团，有着近五十年的发展历程，几经起落。江铭宵作为一个半吊子票友，还以公司的名义赠送过戏服和音响设备。如今剧团仍在运营，但是并不景气，无论声望还是影响力，都不及盛言臻名下的艺术工作室。

不对不对，重点不在这里。

江意揉了下鼻子，她好像还在别处听过这个名字，当时是怎么说的来着……

“听我说这些，是不是很无聊？”盛言臻见江意有些走神，笑着问她。

江意回过神，忽然想到郑决之前说过，我哥一场戏救活一个昆曲团，如今来看，这个被救活的剧团应该就是瑞恒。

江意忍不住追问：“盛老师入团的时候，瑞恒的经营状况是不是不太好？”

何止是不太好……

“那时候大环境不景气，剧团人才流失严重，”盛言臻说，“改行的改行，出国的出国，结婚的结婚，还有人租赁店面做起了小买卖。昆曲式微，大家都觉得这是一门应该被送进博物馆的艺术，束之高阁。我虽然拿了几个奖项，但是年纪太小，空有口碑，人微言轻，面对这种局面，也很茫然，是邵老鼓励我坚持下去。”

“谁说昆曲后继乏人？”盛言臻肃起脸色，模仿邵梦甫的语气，哑声说，“小言臻还在呢！天赐的好苗子就在眼前，瑞恒的顶梁柱塌不了！”

话音落下，江意再次想到那期综艺节目，盛言臻回答选手提问时说过的话——

“盛老师，年少成名是什么感觉？”

“累，很累。那种被给予厚望的感觉并不轻松。”

高处不胜寒，台上有多惊艳，台下就有多少不为人知的辛酸。

心绪翻涌，江意脱口而出：“十四岁的顶梁柱，都还没成年呢，邵老这是真疼你还是病急乱投医？这么重的担子全搁在一个孩子身上，也不怕把你压垮了！”

这话说得很有意思，粗听是抱怨，细细咀嚼，护短的味道不要太浓！

两个人在小圆桌旁的木椅上坐下，盛言臻拿出一个小茶台，慢条斯理地温水煮茶。

他动作很轻缓，透着股优雅的味道，听到这样一句，不禁失笑，有些揶揄地瞅着江意：“小江意十八岁的时候就励志要研究核物理，给泱泱大国铸一根钢筋铁骨，我十四岁时成为一个剧团的顶梁柱，好像也不算太过分吧？”

江意也觉得自己有点反应过度，脸色微红，小声解释：“我没有对邵老不敬的意思……”

盛言臻将茶杯推到江意面前，顺势打断她的话，微笑着说：“我明白。”

他怎么会不明白呢——

他是她的优先考量，是她的坚定维护，所以，她才能率先发现对他不利的地方。

盛言臻生了副好嗓子，一句“我明白”叫他说得音调沉沉，分外好听。

江意被这道声音撩了一下，只觉耳根发痒，索性坦然地看向他：“再说点你的经历吧，盛老师，练功、演出、日常生活，说什么都行，你的声音太好听了，我想多听一会儿！”

成年人在表达感情时都习惯委婉，有顾虑，怕拒绝，一句话要再三斟酌才敢说出口，恨不得每个字都拐上几道弯，给对方余地的同时，也给了自己退路。

太过圆融，就会显得不够真诚，好像面前这个人和这段感情，都是可有可无的。

江意许是年纪太小，也可能本性便是如此，她从不掩饰自己的偏爱和仰慕，就像生长在阳光下的花朵，不掺暗色，处处明亮，坦荡而诚挚。

干干净净的眼神，干干净净的心意与向往。

这样的女孩子，聪明又通透，永远不缺乏勇气和真诚，像落在眼睛里的那颗星。

没有人忍心拒绝。

盛言臻很轻地叹了口气。

他再一次发现，面对江意时，他的冷静与克制似乎远没有想象中那么坚定。

（33）

江意说喜欢盛言臻的声音，想多听他讲讲自己的故事。盛言臻端起杯子喝了口茶，琢磨着，该从哪里开始讲。

他学戏二十余年，吃过的苦，走过的路，太多太长了。

“十四岁那年我破格进入瑞恒剧团，是全团年纪最小的演员。之后，邵老并没有立即安排我登台，一方面是那时候演出不多，”盛言臻坐姿笔直，脖颈到肩膀，一条完美的曲线，他在濒临午时的阳光里，轻声说，“另一方面，是他觉得我还欠点火候。

“邵老是武生出身，他亲自教我学《夜奔》。我们这行有句行话——女怕《思凡》，男怕《夜奔》。为什么要怕？因为难！《思凡》是《孽海记》中的一折，全剧一人到底，身段繁重。《夜奔》又名《林冲夜奔》，一场戏三十多分钟，十几出曲牌，唱词多，身段多，还有好几场走鞭。

“单是《夜奔》我就练了将近一年，每天四点半起床，一直练到深夜，睡觉的时候都抱着腿睡，额头抵着膝盖，怕拉不开筋，也怕柔韧度不够。剧团的练功房很简陋，冬冷夏热，长时间在里面练功，中暑、发烧、伤风感冒是常有的，病了也不敢休息，咬牙扛着。”

“邵老是业内名家，交际广阔，经他引荐，我几乎拜遍了国内名家，连一位旅美多年的老师傅都被找出来了。我跟周慧芳周老学过《连环计》，学翎子功。跟宋元江宋老学《一箭仇》，学把子功。十四岁到十八岁，我拜名师，得真传，折过腰，断过腿，落了一身的伤，也得了一身的好功夫。不客气地说，我这四年的苦练，等同于别人的十年，甚至二十年。”

戏曲一行，哪有无心插柳的偶然惊艳，只有数年苦功磨砺出的炉火纯青。

听落魄者说过去，越说越落魄，听成功者聊当年，则是一种享受。字句之间，没有一丝一毫的抱怨和愤懑，只有洒脱与从容，苦累当作谈资，荣耀叠成故事。

哪些经历成就了我，哪些经历打磨了我，借着手中这杯尚且温热的茶，我随便讲一讲，你慢慢听一听。

盛言臻太久没有跟人聊过往事了，如今逐一回想，有种恍如隔世的味道。透过那段光阴，他能清晰地看见自己是如何长大的，如何成长为今天的模样。

江意也说不清自己是陷落在了那些故事里，还是陷进了那道讲故事的嗓音里，只觉眼前这个言笑晏晏的男人魅力非凡，举世无双。

二十八岁，正当年，有阅历有担当，英俊而夺目，气质好得不像话，成就允许他高傲，教养又使他内敛。

这样完美的人，配得上世间所有的怦然心动。

“我十八岁那年，瑞恒剧团的账本彻底空了，演员几乎发不出工资，剧团上下只剩不到三十人。”盛言臻单手圈着茶杯，指尖在杯壁上敲了敲，“临近年关，邵老卖掉祖上传下来的字画和玉坠子，倾尽所有，筹备了一场封箱大戏《牡丹亭》。我演柳梦梅，是邵老钦定的男主角。很多人都觉得这应该是瑞恒剧团最后一次搭台子唱戏，可结果出乎预料——全新的整理改编和舞台设计，让演出效果堪称轰动，甚至到了一票难求的地步。瑞恒没有关门，而是迎来了全新的局面。这场戏也让我拿到了‘金梨园’奖，‘金梨园’是国内关于戏剧表演艺术的最高奖项，而我是该奖项设立以来最年轻的获奖者。”

那一年，瑞恒剧团凭借一场全新的《牡丹亭》轰动四方。演出结束，演员全部上台向观众鞠躬致谢，盛言臻卸掉戏妆，穿着亚麻质地的衬衫和长裤，在众人的簇拥下，眉眼间一脉不染烟火的淡然清傲，英俊得醒目，天生的主角坯子。

那时候他刚成年，便拿到了一座“金梨园”，一时间风头无两，年轻一辈中，无人出其右。四年后，他第二次将“金梨园”收入囊中，这两座奖杯足以奠定他在业内的声望与地位，无可撼动。

也是从那时起，行里有了“昆曲之雅，可见言臻”的说法，并且迅速流传，到如今业内几乎尽人皆知。

故事讲到这里，似是可以告一段落了。绝境翻身，逆势而起，已经是最好的结局。

江意却品出一些不一样的滋味，她咬了咬唇，轻声说：“我觉得邵老不是倾尽所有筹备了一场封箱大戏，而是倾尽所有，培养出了一个盛言臻。你拜遍名师，学得真传，就像一柄打磨锋利的宝剑，只差一个契机。他给你一个成全，也给这行业一个希望。”

盛言臻转头看向江意，江意也刚好看着他，两个人的视线撞在一处，谁都没有移开。四目相对，一双澄净，一双淡然，似乎要透过这双眼睛，将对方看得更彻底一些。

屋子里挂着成排的戏服，经不得太阳晒，因此没有留窗，正中悬着一盏吊灯。光线暖黄，融融地落下来，刺绣蟒袍和团花男帔都蒙上了一层釉质似的光，给人以时光回溯的错觉。

一件戏服的袖子垂下来，盛言臻抬手撩了一下。衣料雪白，手指纤长，互相映衬着，像是一幅工笔描成的画。

江意想起江铭宵很喜欢清代末年出现的一种釉上彩绘瓷，那瓷又名浅绛彩瓷，而盛言臻正像极了一支着色精妙的浅绛。

英俊清正，儒雅蕴藉，天生一身君子骨。

江意还要说些什么，盛言臻忽然开口：“邵老去世前给自己拟了一句墓志铭，用了《离骚》里的那一句——虽九死其犹未悔。他说作为一名昆曲演员，他这辈子最大的成就，不是唱过多少场戏，演活了多少个角色，而是教出了一个盛言臻。就像在土里埋下一颗种子，终有一天，会长成参天大树。”

说到这里，盛言臻再度朝江意看过来，他眼中似有月光铺陈，清澈明寂，唇边勾起一点笑，温声说：“小江意，你的确比我想象中的要聪明很多，很多很多。”

（34）

江意不是第一次被人夸聪明，从小到大，类似的话她都快听麻木了，却是头一次觉得心跳失衡，耳朵和脸颊同时热起来。

盛言臻抬手整了下衣领，从里面挑出一根黑色系绳，末端拴着一枚翡翠的平安扣。

翡翠颜色纯正，清透如一汪碧绿的水，即便江意不懂玉，也能看出这是极难得的老坑玻璃种，可遇不可求。

“这是当年邵老为筹钱卖掉的坠子，”盛言臻将系绳勾在指尖，说，“后来我从一个收藏家手里又买了回来。可惜，当时邵老已经去世，一折‘物归原主’的曲目，没能唱得完满，成了一桩遗憾。”

将平安扣卖回给盛言臻的那个收藏家，姓霍，叫霍听澜，生了一副英俊面孔，脾性却极烈，不太好惹的一个人。

盛言臻见江意多看了那枚平安扣几眼，索性摘下来让她细看。

玉石上带着盛言臻的体温，落在江意手中，触感温中带凉。

江意忽然想到一个词——肌肤之亲。

这词实在太暧昧，也太旖旎，江意清掉脑袋里的杂念，说：“小时候，爸妈刚离婚那阵，我总做噩梦，整夜睡不着，爸爸带着我把各大医院跑了一遍，也说不清到底是哪里的问题。后来，实在没办法，爸爸从道观请了一张平安符，搁在我的枕头底下，说是能驱邪避害。自那以后，我真的很少做噩梦了。”

盛言臻笑了一下："这么管用？"

江意也笑，说："与其说是符纸管用，不如说是那种被爱的感觉。只要把手伸到枕头底下，摸到那张符纸，我就知道爸爸正在关心我，保护我。那种感觉让我心安，让所有臆想中的妖魔鬼怪烟消云散，自然再不会有噩梦。"

"人活一世，名利之外，寻求的，不过是一份心安——"江意将平安扣放回到盛言臻手中，细白的指尖在他掌心里轻轻一碰，蜻蜓点水一般，她看着他，说，"此心安处，有舟可渡，有路可行，无畏无惧。盛言臻，时至今日，你心安吗？若觉得心安，就证明你已经做得足够周全完美，不必遗憾。"

盛言臻没有回答，很慢地眨了下眼睛。他睫毛纤长，眼尾折痕细薄，弧度上翘，笑起来温柔似水，一旦凌厉，也有锋刃般的力度。

江意指尖上沾了点油彩，不晓得是在哪里蹭上的，她揉搓着那抹淡淡的红，用一双画出来似的灵秀眼睛静静地看他，又问："盛言臻，你心安吗？"

最柔和的声音，最透骨的诘问。

盛言臻的喉结滚了滚，清瘦的下颌绷起紧削的线条。沉默半晌，他忽然伸长手臂，探过去，在江意惊讶又茫然的目光中，握住了她的手腕。

这回真的是肌肤相亲了吧——江意恍惚想着。

房间里冷气开得足，盛言臻体温偏低，连掌心都是冷的。他五指细长，松松地圈住江意白若冻雪的手腕，另一只手抽出纸巾，将染在她指尖上的那抹红色油彩一点点擦拭干净。

盛言臻动作很轻，也很仔细，直到油彩彻底被擦干净，他才放开江意，轻声说：“受邵老荫庇至今，我无时无刻不在竭尽全力，好好唱戏，好好做人，我于心无愧，自然心安。”

“既然心安，那就无须遗憾。”江意看着被擦干净的指尖，笑着说，“盛言臻，永远别去遗憾，也别去后悔，你这样努力地活着，你的人生里不该有那些东西。”

说这话时，江意一直看着盛言臻，看他黑色的头发，看他紧削的下颌，流畅的肩膀线条，还有微动的喉结。

盛言臻身上有种少见的洁净感，介于清冷和儒雅之间，分外撩人。

他真好看啊，江意想，好看得值得让人再多花些心思。

（35）

盛言臻，你这样努力地活着，你的人生里不该有那些东西。

这句话仿佛被施加了某种魔法，在盛言臻耳边不断徘徊，循环播放。

盛言臻看着江意，目光深沉，似乎有很多话想说，却又都显得不合时宜。

江意手上还残留着他触碰过的温度，淡而清冷，像初冬的雪。她抿了下嘴唇，正要说话，盛言臻的手机响了。

周遭气氛静谧，铃声骤然响起，尖锐得近乎突兀，两个人似乎都被吓了一跳，慌忙移开黏合在一处的视线。

盛言臻低头去看手机屏幕，江意不小心瞄到，看见上面显示着一个名字——盛槐林。

那通来电盛言臻并没有接，手指一滑，直接挂断了。

江意专门跑来送花，原是为了提醒盛言臻，他们之间还欠着一顿饭。之前盛言臻帮江意解了陈华恩的围，江意说过要请他吃饭。两个人还打了个很幼稚的赌——猜猜那天会不会是个好天气。

现下气氛和时机都不错，江意正想说择日不如撞日，盛老师要是没有其他安排，不如一起吃个饭吧。一个“择”字刚出口，化妆间的门被人大力推开，“咚”的一声。

郑决一贯莽撞，门都没敲就蒙头闯进来。他先看到江意，明显一愣，接着，扭头看向盛言臻，神色里透出几分欲言又止的味道。

盛言臻瞄他一眼，不轻不重地斥了一句：“礼貌就饭吃了？不敲门就往里闯？”

郑决摸摸鼻子，没敢顶嘴。

江意察言观色，立即改口，说：“盛老师有事要忙，我就不打扰了。我欠盛老师的那顿饭先记在账上，等盛老师有时间了，随时欢迎你找我来讨。”

盛言臻站起来：“一口一个‘盛老师’，不觉得别扭吗？简单点儿，直接叫我言臻吧。”

江意想了想，说：“叫你‘盛老师’，我没觉得别扭，倒是觉得有点生分。你比我大，我该叫你一声哥。”

“这称呼好。”郑决背倚着墙，笑着接了一句，“你叫他哥，我也叫他哥，咱俩平辈儿！有空多来工作室坐坐，这附近有家冰激凌味道不错，让言臻哥请你吃。”

江意嘴甜，马上说：“言臻哥是我哥，决哥也是我哥，以后我常来，你们俩得轮流请客。”

郑决一挑眉：“小丫头，还挺贪！”

说笑间已经走到门口，盛言臻忽然想到以江意的年纪，她应该还没驾照，于是，半转过身，看向江意，问她：“你不是开车来的吧？要怎么回去？有没有通知家里的司机过来接你？”

江意紧挨着盛言臻，这一转身，两人间的距离又拉近了一些，从江意的角度，刚好看见他的喉结，以及说话时喉结小幅度滑动的弧线。

盛言臻穿着衬衫，衣领雪白挺阔，转头时脖颈上筋脉绷起，线条瘦削而精致，莫名地，有种极诱惑的魅力。

江意目光一顿，忽然很想一口咬过去。

她想，总有一天，我会在这里留下一个牙印。

盛言臻迟迟没有等到江意的应声，又看了她一眼。两人视线相对，不知为何，都觉得有些不自在，像被什么东西撩了一下，心头微微发痒。

江意摆手说："我打车回去就好。"

盛言臻扭头看向郑决："阿决，你开车送江小姐回去。她一个人，我怕不安全。"

郑决没想到盛言臻会这么安排，愣了愣。盛言臻没再多说，直接带他们走到停车的地方。江意见状，也没多做拒绝，拉开副驾那侧的车门坐了进去。

郑决故意落后几步，见江意上了车，才压低声音对盛言臻说："宋警官把电话都打到我这儿了，说叔叔正闹呢，你要亲自过去处理？万一被记者拍到呢？"

江意什么都没听见，隔着车窗玻璃同盛言臻挥手告别。盛言臻笑着点了下头，语气却异常冰冷，低声说："他折腾出这么大阵仗，无非是想见见我，我若不去，闹剧怎么收场？"

盛槐林闹了那么多年，手段就那几种——撒泼、骂人、跳楼。

盛言臻从不担心盛槐林真的跳下去，他很清楚，盛槐林不敢死，或者说，舍不得死。

盛槐林还没有吸干他这身皮肉骨血，怎么可能放手去死！

Chapter.04 四目相对时，人间缱绻色

（36）

盛言臻常用的那辆奔驰被郑决开去送江意回家，他从停车场另找了一辆。这车是商演时用来接送演员和搬运服装道具的，车门上带着划痕，看上去有些老旧。

车子刚开进小区，盛言臻就听见一阵喧闹。几十号人围在一栋居民楼下，夜观星象似的仰着脖子往上看，齐刷刷的一片，还有人举着手机，也不知道是在拍照录视频，还是在进行网络直播。

几个穿制服的警察陷在人堆里，竭力维持现场秩序，提醒大家不要聚集围观，更不要高声起哄。

盛言臻随便找了个空位把车子停进去，他降低车窗，手肘撑在上面，沉默地朝外看。

大概要变天，风刮得有些急，六楼一家住户的窗子洞开，有人坐在上面，双腿朝外，脚下悬空，深色裤腿像小路两旁虬结的树枝，被风吹得摇摆不定，看上去触目惊心。

物业和社区的工作人员也在帮警察维持现场秩序，盛言臻听见有人打听——

“又是那位姓盛的师傅吧？我搬过来不到两年，这剧情都上演三回了，动不动就坐在窗子上嚷着跳。这次又是因为什么呀？”

“听说是因为他儿子，”大妈手上拎着菜篮子，边啃西红柿，边接了一句，“儿子不孝，不来看他。”

“姓盛的一辈子没结婚，谁给他生儿子？小孩是他捡来的！”

“养子？真的假的？”

“我跟盛槐林做了几十年邻居，还能有假？被老盛捡回来的时候，那孩子都五六岁了，我见过，瘦骨嶙峋的，阴着张脸，整整半年没开口说过一句话，老盛还以为捡了个哑巴！当时我就说这小孩不是善茬，劝老盛把他送走，福利院不就是为这种人开的？老盛不听劝，现在你看，到底养出一只白眼狼！”

……

耳边杂音不断，各种声响搅在一起，乱哄哄的，像聚了一堆苍蝇。

车子的杂物格里放着几个一次性口罩，盛言臻拆开一个戴上，鼻梁处压紧，挡住大半张脸，也挡住了脸上的所有表情。

这一片是旧城区，无论居民楼还是街道，都透出一种灰蒙蒙的质感。周围开了不少小商店，多数是餐馆和杂货铺，充斥着破败而热闹的烟火气。

房子太老，只有步梯，盛言臻穿过围观的人群，沿着楼道一层层走上去。每踩上一级台阶，脚步似乎都会加重一分，呼吸和心跳像是被什么东西束住，无法挣脱，只能憋闷地堆积，像覆盖了一层厚厚的灰尘。

盛言臻想起曾在一本书上读到一句话——一个人如今的模样，都是由过往堆积而成。

那他是由什么堆积起来的呢？是老房子里经年的灰尘，还是那些尖锐的流言和是非？

盛槐林住六楼，盛言臻一口气爬上去，后背和脖子上都出了汗，湿冷湿冷的。

家里房门大敞，几个民警和社区大妈围在一起，正苦口婆心地劝。

盛槐林大半个身子都悬在外面，双手扒着窗框，声嘶力竭地吼：“都别管我！今天我就是要跳下去！我要让那个不孝子知道，他爸爸做鬼都不会放过他！”

年轻民警见有人过来，还以为是看热闹的邻居，立即上前阻拦。

盛言臻摘下口罩，说：“宋哥，是我。”

民警姓宋，这片居民楼都在他的管辖范围，盛槐林的事他已经不是第一次处理了，和盛言臻也算有点交情。他叹了口气，说：“老爷子自己打电话报的警，威胁我们说要是不把你找来，他就跳楼，死在这里，所有人都别想好过。”

盛槐林爬上窗台前应该发过一通脾气，家里能砸的瓷器、碗碟全摔了，满地狼藉碎片。屋子里的人并不多，盛言臻却觉得周围聚满了陌生的面孔，成百上千，成千上万。

楼下仰头往上看的，对面楼里推开窗子探头张望的，恰巧路过的，闻讯赶来的……

一双双神色各异的眼睛，一张又一张翕动的嘴，就像薄而锋利的刀刃，将他悉心装扮的外表寸寸割裂，露出胸腔里那团和着脓血与腐肉的狼狈。

盛言臻从十几岁起就有很严重的无先兆偏头痛，这会儿刚好发作，恶心、反胃，额角浮起细密的冷汗。他深吸口气，踢开摔碎的暖水瓶，穿过客厅走进卧室，对坐在窗台上的盛槐林说：“你坐得那么高，很容易头晕脱力，下来吧。”

“看看，这是谁？这不是我那大半年都没来看过我一次的好儿子嘛！”盛槐林扭头看着盛言臻，神情阴恻恻的，“我辛苦养大、翅膀硬了飞出去就不肯再回来的好儿子！你一进小区的大门我就看见了，故意开辆快报废的破车回来，是打算跟我哭穷，还是想堵我的嘴？盛言臻，你的确聪明，只不过这份聪明没用到正地方！”

“你先下来，”盛言臻声音平淡，“我们谈谈。”

“谈谈？说得可真好听！”盛槐林冷笑，“少拿那些漂亮话来哄我！我知道你想甩开我，我早就知道！你把我扔在这里，像垃圾一样，丢在这破地方，自己住豪宅，住别墅！小崽子，别忘了，是我把你养大又带你入行，今时今日，你能拥有这样的地位和声望，都是我的功劳！”

盛言臻头痛欲裂，很想转身走人，再也不要回到这个地方，目光偏移时，却看到放在角落里的一张条凳。

小时候，盛槐林也曾抱过他，就坐在这张条凳上，哄他睡觉，教他念“叹不尽兴亡梦幻，弹不尽悲伤感叹”，鼓励他说，小言臻会成为最棒的“角儿”。然而，也是这个人，只因他起得晚了，没按时练功，就举起条凳砸他的背，险些砸断他的脊椎。

歇斯底里，喜怒无常——盛槐林身上的这两个标签，几乎贯穿了盛言臻的整个童年，那段漫长又残酷的旧时光。

（37）

盛槐林还在吼着什么，盛言臻没细听，他转身把那张条凳抽出来，往众人眼前一摆，然后俯身坐下。

盛言臻骨相生得好，又经过多年训练，脊背笔直，腰线劲瘦，坐姿十分好看。

他的位置略低，掀起眼皮瞥了盛槐林一眼，瞳仁冷光流转，像上等的曜石，不紧不慢地说：“话既然已经说到这种地步，也没必要再劝。你跳吧，大胆地往下跳，我就坐在这儿看着你，也陪着你，等着给你收尸！”

这话一出，身边响起一片劝阻声。

一个社区大妈拉了下盛言臻的手臂，低声说：“孩子，有话好说，你别激他。”

“我没激他，我这是尽孝呢。”盛言臻笑了笑，五官英俊至极，也冰冷至极，“我翅膀硬了，飞得太高，他嫉妒，看着难受，总想毁了我，让我身败名裂，我成全他！”

“诸位有没有亲戚朋友是在报社做记者，或者在电视台做编导的？打电话通知一下，让他们都过来，摄像机和话筒准备好，就在楼下守着。”盛言臻眯了下眼睛，冷冰冰地与盛槐林对视，“他前脚跳下去，后脚‘盛言臻逼死养父’的报道就能上头条！他死不瞑目，我声名狼藉，他在地下做鬼，我在人间做鬼！谁都别想好过，谁都占不到便宜！”

“盛言臻，你就是个没良心的疯子！”盛槐林似乎被激怒了，扭过身子面朝屋内，瞪着盛言臻吼得撕心裂肺，“你宁可亲眼看着你爸爸去死，也不愿……”

话没说完，消防员已经从顶楼天台滑降到窗口，行动无声而利落，趁盛槐林分神之际，猛地一撞，直接将他推抵回屋内。

守在屋子里的几位民警和社区大妈一并扑过去，关窗的关窗，救人的救人，一阵忙碌过后，盛槐林总算安全得救，所有人都松了口气。

盛言臻依旧坐在那张条凳上，眉眼与神情悉数淡漠，说不清是冷血还是麻木，就那样安静地看着。

他面上毫不显露，没有人知道，他头疼得有多厉害，他内心有多荒芜。

一场闹剧终于收场，消防员、民警、社区工作人员陆续离开。宋警官是个好人，守着盛槐林开解半晌，劝他有问题好好沟通，不要钻牛角尖，更不要做傻事，临走前还安抚性地拍了拍盛言臻的肩膀。

老房子里终于安静下来，盛槐林大概是折腾累了，仰面靠在沙发里，闷声咳嗽。

盛言臻从一片狼藉的厨房里找到一个玻璃杯，倒了杯水放在盛槐林面前，说：“聊聊吧。”

“聊？还有什么可聊的？”盛槐林嗓音沙哑，边冷笑边朝盛言臻竖了竖拇指，“你宁可玉石俱焚，也不让你爸爸占到一分便宜，你够狠，我服！”

客厅里挂着老式自鸣钟，指针嘀嘀嗒嗒响个不停。盛言臻转过头，看见钟表旁边的旧相框，里面的照片是他十岁那年拿奖时拍的，盛槐林抱着他，笑得很灿烂。

“我知道你并不想死，我也不想背负一条人命。”盛言臻收回目光，手里拨弄着一只打火机，“你到底想要什么，不妨直说。”

“我虽然不是你的亲生父亲，但是生恩不及养恩重，”盛槐林瞪他，“是我把你养大，你一辈子都欠我的！别忘了你嗓子倒仓的时候是谁……”

“我当然不会忘！”盛言臻“咔”的一声扣紧打火机的盖子，他先前那句声音有点高，大概是觉得歇斯底里的样子太难看，又把音调降了下去，平淡道，“我十岁开始参加比赛，跑商演，自那时起你就辞了戏校的工作，用我赚的钱炒股搞投资，结果一次次地被套、被骗，血本无归，我被逼着给债主跪下，求他们放过你。

“十三岁我进入变声期，嗓子倒仓，哑得一塌糊涂，外头疯传盛言臻毁了，什么‘天才’什么‘神童’，不过昙花一现。邵梦甫先生千叮万嘱，让你带我远离是非，远离舆论。可你只想把我当成摇钱树，不停地接受采访，反复揭我的伤疤，为了三千块的酬劳，甚至让我去葬礼现场演出。我不肯配合就被关进卧室，断水断粮。若不是邵老先生救我，还会有今日的盛言臻吗？盛槐林，我不恨你，已经是天大的仁慈，不要试图用那点薄弱的情分绑架我，我有很多方法可以让你活得比跳楼还难受。”

也不知是恼羞成怒，还是气急败坏，盛槐林端起装着水的杯子，对着盛言臻便泼过去。

好在那杯水已经不热了，触感只是略温，盛言臻没躲，水花沾湿了他的睫毛，顺着脸颊滑到脖颈，然后没入衣领，冷眼看去，倒像是哭了满脸的泪。

一杯水泼出去，好一会儿，两个人都没说话。

盛言臻从纸巾盒里抽出两张纸巾，压在眼睛上擦了擦，再度开口时声音依旧不高不低，不见恼怒，也没有情绪，他说：“你闹这一场，不就是想要套好房子吗？行，我给你两个选择——一、你老老实实地住在这里，保姆我继续帮你请，生活费也会定时定额转到你的账户里，你活一天，我养一天，你无须挨饿受冻，也不必操心劳碌；二、景苑开发的新楼盘，邻湖，大平层，风景不错，你挑一套，我出钱，那辆奔驰也可以送你。但是，你需要签一份具有法律效应的声明，与我断绝一切关联，从此各不相干。”

“你算什么东西，”盛槐林猛地站起来，一脚踹翻面前的茶几，杯子、果盘、纸巾盒之类的全部摔出去，碎了一地，他指住盛言臻，恶狠狠地咬牙，“也敢威胁你老子！传出去不怕别人戳断你的脊梁骨！”

“我的脊梁骨连条凳都挨过，”盛言臻脸上浮起似笑非笑的神色，眼神却是冷的，反问，“还怕戳吗？”

盛槐林噎住，面色铁青。

“你好好考虑，”盛言臻站起来，他个子高，身形挺拔，透着贵气，说，“想清楚了，可以联系我的助理，不要打给我，我不会接的。”

说完，他没再理会盛槐林，朝门外走。踏出玄关时，盛槐林叫了他一声，用那把粗得像沙砾的破嗓子，说：“我捡到你的时候，你已经六岁，六岁的孩子应该记事儿了，对吧？”

盛言臻回身看着他。

盛槐林冷笑了一下，继续说：“关于亲生父母，其实你一直都有印象吧。你一定记得他们的名字样貌，只是不愿意提，或者说不想告诉我。”

“心思挺深，”盛言臻笑了笑，“为了捞点好处，主意都打到那儿了。你可以去找，登报、上电视，看看会不会有人理你，顺便也看看，盛言臻这条命到底有多不值钱。”

盛言臻摔门出去，门板合拢的瞬间，他听见盛槐林依旧在冷笑，哑声说：“盛言臻，我会一直跟在你后头，拖着你！无论你飞得多高多远，我都有办法把你拽下来！”

多可怕的噩梦，都不及这句话更能惊颤肺腑。

（38）

盛言臻是在正午时分赶过到盛槐林这边的，离开时已经快要天黑。下楼时碰见邻居大妈，大妈多看了盛言臻几眼，盛言臻边加快脚步，边拿出口罩把自己捂得严严实实。

直到坐进车里，盛言臻才发现靠近脚踝的地方有道伤口，大概是盛槐林掀桌子时，被崩裂的碎玻璃划伤的。

伤口不算浅，血迹淋漓，好在裤子是深色的，不太明显。

储物格里放着消毒湿巾，盛言臻拆了一片擦伤口，却怎么擦都觉得不干净。

他的头发和衣服，他的每一寸皮肤，好像都沾染着灰尘和霉味。

都是脏的，太脏了。

发动车子离开前，盛言臻打电话给斯霖，让她安排一个钟点工，到盛槐林家里打扫卫生。他若是不管，以盛槐林的做派，估计能一直住在那堆垃圾里。

处理完琐事，盛言臻没回家，而是去了一家拳击馆。

这个时间，拳馆已经快要打烊，学员都走了，只有保洁在场地里打扫卫生、收拾护具。接待台后面站着个年轻男人，大概二十岁出头，黑色短袖下小臂肌肉紧致扎实，一看便知是常年健身锻炼的。

盛言臻迈步进来，招呼也不打，直接进更衣服换衣服，然后拎着绑带和拳套上了训练台。

台子上挂着圆柱形的沙袋，里头填充铁砂。盛言臻咬住护齿，一拳砸过去，响声沉闷厚重。他似乎觉得不太过瘾，挥起手臂又是几拳，额角沁出细密的汗珠，一双眼睛暗得深邃，冷得彻底。

负责接待的女孩听见动静，伸头看了看，低声说："老板，盛老师是不是心情不好啊？表情好吓人。"

拳馆老板就是那个穿黑色短袖的年轻人，姓沈，叫沈祁东。

沈祁东没说话，脚尖一勾，挑起一副黑色拳套夹在腋下，也上了拳击台。

盛言臻面色不佳，一看就知道不是来锻炼的。沈祁东趁他调整呼吸时，调侃了一句："热身都不做，直接上台，也不怕闪着你那把水蛇似的小细腰。"

沈祁东故意恶心人，盛言臻咬着护齿不方便说话，松肩转身，一记勾拳直奔沈祁东面门。

沈祁东十岁进体校，先学摔跤，然后是散打和柔道，一身专业格斗技巧，盛言臻那一拳自然扑了个空。沈祁东戴上拳套，原地蹦了两下，放松肌肉，笑眯眯地说："跟沙袋较劲多没意思，我陪你练，谁先趴下谁请客吃晚饭。"

盛言臻没言语，一记斜上勾拳，依旧直逼沈祁东的面门。

沈祁东笑了笑，说："盛老师对打脸真是非常执着啊，我这么帅，你也下得去手！"

盛言臻咬着护齿，挑眉做了个表情，意思是，我不是想打脸，而是想打掉你的牙，让你少说点废话。

沈祁东也不生气，呵呵笑着挥拳迎战。

和沈祁东相比，盛言臻体重偏轻，力量不足，但是灵活度高，出拳迅猛。而且他聪明，每一拳的角度都很刁钻，用沈祁东的话说就是一肚子坏水儿！

打烊时间已经过了，场地内安静空旷，能清晰地听见拳套砸在身体上发出的沉闷声响。

剧烈运动让盛言臻出了很多汗，黑发被浸湿，脖颈处一片淋漓的水痕。他觉得身体里像囚了一只巨兽，那畜生不住地嘶吼翻滚，想要挣脱牢笼。

一场友谊赛打了将近二十分钟，盛言臻体力迅速流失，身体越是疲惫，眼神越是凶悍，埋在骨骼深处的野性在拳套相碰的瞬间被唤醒，被囚禁的巨兽嘶吼着露出獠牙。

要是江意在这儿就好了——

盛言臻一拳挥出，汗水坠落的间歇里，他冷笑着想——

让那个天真的小姑娘好好看看，看清楚盛言臻到底是个什么东西！

天生一副刻薄心肠，冷血和阴暗才是他真实的样子，什么风光霁月，什么温文尔雅，全是假的，全是伪装！

他不过是只蟑螂，碰巧沾了些金粉，就误以为可以脱胎换骨。

盛言臻惯用勾拳，他咬牙榨干最后一丝体力，对着沈祁东接连攻击。沈祁东毫不慌乱，并起双肘正面封挡，还抽空喊了声“好”。

这种蛮不讲理式的打法，让盛言臻很快力竭，露出破绽。他毕竟是个戏曲演员，沈祁东没忍心打他的脸，瞅准机会一拳捣在他肚子上。盛言臻无处可避，只觉胃部一阵绞痛，身形猛地一歪，摔倒在拳台上。

这一拳挨得不轻，打散了盛言臻脑袋里那些阴暗的念头，也让那只咆哮的巨兽重新被圈进牢笼。他蜷起身体，一手抵着伤处，用读秒的方式熬过最疼的那一阵，周身汗水不住掉落，几乎在他身边圈出个“人”形。

沈祁东摘下拳套在盛言臻小腿上踢了一脚，说：“你起来走走，这么躺着容易抽筋。”

盛言臻累得太狠，喘了好一会儿才有力气说话，他问沈祁东：“我这样子是不是很可怕？”

沈祁东这人看上去不太着调，其实骨子里很有分寸。他认识盛言臻三年，从不打探私事，听见这样的问题，只是一笑，说：“坏情绪需要定期发泄，不然它们会把你变成一个疯子。”

盛言臻还要说话，搁在场地边的手机响起，沈祁东走过去，拿起手机丢到盛言臻身上，自己则进更衣室洗澡去了。

（39）

手机屏幕上闪烁着“江意”两个字，盛言臻似乎有些犹豫，直到铃声即将结束他才按下接听键，一边翻身坐起，一边拿毛巾擦头发和脸上的汗。

“晚上好啊，言臻老师，”江意的声音总像带着笑，说，“外面下雨了。”

拳击台这边没有窗子，盛言臻还真不知道外面什么天气，不由得笑了一下，说：“你打电话过来，是提醒我出门要带伞吗？”

他刚运动完，气息不稳，这一笑，莫名诱惑。

电话那端，江意趴在床上，脸色有点红。她将免提打开，下巴搁在抱枕上，说：“你没看日历吧？今天立秋呢，秋天的第一个节气，这场雨也是第一场秋雨。”

盛言臻一手拿着手机，一手拿着毛巾，专心擦头发，没说话。

江意顿了顿，叹气说：“好吧，那都是借口，我就是想找个理由给你打电话，听听你的声音。我不是有意跟你玩心机，就是想离你再近一点。”

这只江姓小狐狸似乎看准了盛言臻最受不住坦诚，什么戳心说什么，恨不得把一腔好感都拿出来，就地铺陈，摆明了让他看。

盛言臻终于绷不住，也叹了口气，说：“别用心机这种词，不合适，那是在糟蹋你自己。”

无须旁人提醒，盛言臻自己都知道这话说得有多纵容，可他就是无法接受江意用任何不堪的词汇来形容自己，形容她付诸在他身上的热忱。

那不是心机，也不是算计，是干干净净的心意，是世界上最单纯、最宝贵的东西。

江意歪了下头，看着窗外的雨，轻声说：“那我能经常打电话或者发消息给你吗？不用费尽心思地找理由找借口，随时随地和你分享我的生活。”

温温柔柔的语气，像是在哄任性的小朋友。

拒绝一个人对盛言臻来说不难，这些年，在他身上花心思，绕着他打转的人并不少。

盛名在外的年轻艺术家，有口碑有名望，样貌也是少见的英俊，无论业内还是业外，他的存在都堪称耀眼。

可是，盛言臻从未给过旁人接近他的机会，他在戏台上有多优秀，感情世界就有多荒芜。

金无足赤，人无完人。盛言臻身上最薄弱的地方，大概就是他的感情。

自幼学戏，被收养，吃过太多苦，他没有被小心地呵护过，也没有享受过很好的爱，已经不习惯有人为他付出什么，那会让他不知所措。

盛言臻周身狼狈，呼吸间似乎还能闻到旧民居里的尘埃味儿。他有很多话想说，却又不知该从何说起，有些茫然地叫了声江意的名字，像是要从这个名字里汲取一些温暖和力量。

“叫我珞珞吧，”江意说，“璎珞的‘珞’，我的乳名，亲近的人都这么叫我。”

盛言臻揉了揉眉心，最终只说了一声“好”。

“璎珞在佛经里的寓意是无量光明，由世间众宝所成。”江意解释，“爸爸说我是他最心爱的宝贝，所以，他给我取了个小名叫珞珞。”

珞珞。

盛言臻在心里将这个名字默念了许多遍，如美玉，如珍宝，多好听啊。

“今天决哥送我回去的时候，我仔细想了想你跟我说过的那些话，我感受到盛老师似乎在有意封闭自己的感情，就像画地为牢。”江意说，“我不知道你为什么要这样做，但我相信，你一定有不得已的苦衷。李叔同在《晚晴集》里写过这样一句话——世界是个回音谷，凡事念念不忘，必有回响，因它在传递你心间的声音。盛言臻，你就是我的回音谷，也是我的念念不忘，而我是你的苦尽甘来。盛言臻，你相不相信，我是你涉过一切苦海后，所收获的那份甜。也是你不忘初心，应得的圆满。”

心头极软的地方像被什么东西碰了一下，轻盈而震颤。

不该让他在这样的情形下听见这样的话啊，盛言臻叹息着想，他还来不及竖起防备，也来不及穿好看似强硬的铠甲。

这样下去，他注定一败涂地。

盛言臻慢慢倒下，平躺在拳台上，似有猛烈的风在灵魂深处席卷，经年的尘埃都被吹扬起来，芦苇摇曳着遮盖天空，仿佛末日，又仿佛酝酿着一场暴雨。

有些人的心动像新生的小鹿，懵懵懂懂，跌跌撞撞；而有些人的心动，更像是月光落入海洋，寂静无声，长存不灭。

每一寸波涛里都藏着温柔的回响。

你相不相信，我是你涉过一切苦海后，收获的那份甜。

也是你不忘初心，应得的圆满。

盛言臻闭上眼睛，吊灯的光芒落在眼皮上，没有温度，却腾起浅金色的雾霭。秋雨让空气变得湿凉，清透而新鲜。

不是所有伤痛都会在不知不觉中愈合，总有连时间也无法治愈的事。

可是，也总会有一个人，越过一切阻碍，坚定地走向你，将所有伤痛逐一告慰。

你是她不加掩饰的偏爱，也是她坚定不移的选择。

他可以相信自己会有这样的好运气，能等来这样一个人吗？

（40）

立秋之后各大高校纷纷进入开学季，江意也打包好行李，回校上课了。大一新生要军训，入校时间比老生早一些，江意作为大三学姐拖着行李箱朝寝室走时，操场上已经列出一排排的绿色方阵。

物理学院性别比例失衡，男多女少，江意的三个室友都来自不同专业，四个人在微信上拉了个小群，叫“美少女集散地”，这会儿未读消息高达99+。四个美少女一边吐槽寝室堪称反人类的限电计划，一边讨论哪个院系的新生颜值更高，美女帅哥遍地跑。

聊着聊着，室友董辛提起她们这几个学姐入学报到时的事儿。

那会儿江意才十六岁，年纪小，模样却长得好看，衣着打扮也很有品位，入学第四天就有男生跑来跟她表白，被江意的三个室友联手赶跑了。

董辛是御姐型的，性格爽利，嘴皮子也溜，警告那些男生离江意远点，小姑娘还没长大呢！再让她看见有人对江意动歪心思，她见一次打一次！

江意被室友们从大一保护到大三，还因此得了个绰号——物院一级保护动物，董辛则是“首席动物饲养员”。

这事儿一度传到辅导员耳朵里，辅导员开玩笑说江意就是物理三班的大熊猫，可可爱爱，还需要重点保护。董辛在一旁纠正，说：“从习性上看，江意更像四爪陆龟，能吃能睡不爱动，温度超过25℃就会进入蛰眠状态，整天睡不醒。”

江意：好端端的为什么说我是王八？

董辛摸摸她的头：“放心吧，你是被列入《国家重点保护野生动物名录》极危物种的贵重王八，不比大熊猫身价低。”

江意并不觉得欣慰，甚至还有点想抽你！

开学初期杂事很多，领教材、开班会、整理寝室，还要和高年级的学生协调进实验室的时间和实验时长。一整天都在忙忙碌碌，看见太阳落山了，江意才想起来午饭还没吃。

虽然江意说过会时常给盛言臻打电话发消息，分享日常生活，但她不是一个没分寸的人，更不会胡乱打扰人家。

江意和盛言臻都习惯早起，前者喜欢早上背单词，后者则是当初练早功时留下的习惯，生物钟固定在六点。

第一次收到江意发来的早安消息时，盛言臻真有点惊讶，他看一眼跑步机上的时间——六点十五分，索性戴上耳机拨了通电话过去，问她怎么起得这么早。

当时江意坐在室外体育场的看台上，听筒里有鸟鸣和晨风的声音，朝气蓬勃。她解释说自己每天都在这个时间练听力和口语，还小小地自夸了一下：“我不仅英语说得好，德语也很厉害的！”

抛去私人感情，盛言臻对江意也是很欣赏的，聪明努力，目标明确，眼神里有坚定的向往和追寻，明艳灿烂。

这样的女孩子，不可能不动人。

既然聊到这里，江意索性挑了个德语句子念给盛言臻听，语速缓慢，声音温和："All deine Eigenschaften ergreifen mein Herz eindringlich."

盛言臻自然要追问是什么意思，江意没直接回答，而是给他发了条文字消息——

你所有的特质都让我心动。

收到那条消息时，盛言臻运动完洗了个澡，他的头发还湿着，站在客厅的落地窗前，看到外面漂亮的江景，远处，广厦楼宇掩在迷蒙的雾气之中，宛若披荆执锐的勇士。

既然连拒绝都舍不得，那么就顺其自然吧。

看命运是不是真的会给他一个苦尽甘来，一个应得的圆满。

（41）

开学后最热闹的一项集体活动就是学校的秋季运动会，江意凭借成绩优异和相貌清秀两项优势，要在运动会的开幕式上担任学院的举牌人。董辛开玩笑说，让江意去搞一套晚礼服，配上高跟鞋和小王冠，秒杀全场，什么"外语女神""计算机校花"，全成萝卜白菜。

江意哭笑不得，说："我就去举个牌，又不是参加电影节走红毯！"

最后，江意挑了一条浅色衬衫裙，再配一条腰带束出腰部线条，简单干净，满满的青春气息。董辛是个半吊子美妆博主，拿出看家的本事给江意化了一个格外清透的底妆，视觉效果清爽自然。

运动会那天天气很好，天空高远湛蓝，开幕式上有放飞白鸽和鸣放礼炮的环节，到处都是进行曲嘹亮的声音。

江意双臂伸直，举着半人高的学院名牌带着学院方阵自主席台前走过，路过看台时观众席上一阵热烈掌声，还有欢呼，甚至有人在喊江意的名字。

江意本就有些紧张，这下脸色更红，笑得天真而羞涩。她瞄到有人用相机拍照，专业级的长焦镜头一直紧跟着她，不由得用余光多瞄了几眼。摄影师恰巧在那时放开取景框，抬起头，露出一张五官分明的脸，还有张扬的灰蓝色头发。

两个人的目光短暂交错，江意一怔。

那个人是……谈也？

谈也有个关系不错的高中同学，考研考到了 Z 大。他俩许久未见，同学邀谈也来 Z 大玩，说学校这几天在办运动会，很热闹，大摄影师可以拍一套运动主题的片子，没准能捧出一个新的校园女神，氧气美女。

谈也对运动会没什么兴趣，倒是记得江意是 Z 大的学生，跳级念书的小学霸。

“哎，你看见给物理学院举牌的那个女生没？”看台上，同学用肩膀撞了撞谈也，笑着说，“她笑起来可真好看啊，干干净净的，我要去打听一下这是哪个班的小学妹！”

谈也刚拍完一组连拍，正在看屏显，头也不抬地说：“她叫江意，如意的意，我劝你还是别惦记了。这种级别的小美女，自带距离感，有几个真敢上手去追的？”

同学做了个西子捧心的动作，哀怨道：“‘谈神’，你伤害了我。”

半晌，同学迟钝地反应过来：“不对啊，你又不是我们学校的，怎么会知道人家的名字？”

谈也咔的一声扣上相机镜头，拍着同学的肩膀，说：“那不重要，你只要记住三个字——别惦记。”

主席台上，校长致辞已经结束，接下来是表演环节。董辛所在的国舞社专门排练了一场古典舞，作为压轴节目。江意忙完自己的任务走上看台，想找个好位置，帮董辛拍几张照片。

秋风吹过来，瞬间打透江意身上薄薄的裙子，冻得她低头打了好个喷嚏，揉着鼻尖嘀咕："美丽冻人，美丽冻人！"

就在这时，一件牛仔外套自身后围过来，披在了江意肩膀上。温暖的气息将江意团团包围，不等她转头，眼角余光已经瞄到那抹醒目的灰蓝色。

谈也个高腿长，即便站在角落里也吸引了不少目光。他将自己的外套给了江意，上身只剩一件半袖T恤，皱眉道："你穿这么少，也不怕感冒。"

江意指了指他身上的短袖，笑着说："大哥莫嫌二哥，你看上去可比我冷多了。"

两人对视一眼，都笑了。

董辛的舞蹈表演即将开始，江意拉着谈也在看台的空位上坐下来。谈也说他是来找朋友的，顺便拍几张片子。江意介绍说这个节目的领舞是我室友，身材和气质一级棒，"谈神"不妨多拍拍她，蓝天白云，古典美女，多好的意境。

"你倒是会借花献佛。"谈也调整了一下相机参数，"片子不能白拍，请我吃顿饭吧，听说你们学校食堂的麻辣鸭血和老碗鱼味道不错。"

江意连忙点头："好说好说。"

看谈也拍照是一种享受，尤其是在这种近距离的条件下。他是真喜欢摄影，打心眼里热爱，一旦拿起相机就会进入一种专注得近乎忘我的模式里，调整焦距时镜头旋转出的每一声机械音，对他来说都像优美的吟唱。

江意坐在旁边，手肘抵在膝盖上，掌心托着下巴，目光绕着谈也的侧脸和手臂上绷起的肌肉线条来回打转。

一组片子拍完，谈也停下来看屏显，说：“你这么盯着我，会让我误会你对我有想法。”

江意愣了一下，连忙转头看向另一边，摆手说：“我一身清白，天地可证！”

谈也笑了笑，趁江意扭头时，飞快地用手机拍了一张照片。

坐在看台底层的几个男生是江意班上的同学，隔空抛过来两瓶水和一罐话梅。江意手忙脚乱地接住，险些被砸到脑袋。

谈也看她一眼，说：“你还挺受欢迎。”

“我年纪小嘛。”江意塞了一颗话梅在嘴里，脸颊鼓起来，含混不清地说，“全班都拿我当妹妹，我室友更是爱心泛滥，操心程度都赶上我妈了！”

见谈也一直看她，江意把手里的话梅往前递了递：“你也要吃吗？”

“我摆弄了一上午机器，手太脏，”谈也抬了抬下巴，“你拿一颗给我。”

江意没多想，用纸巾垫着，从罐子里挑了颗果肉饱满的。不等她递过去，谈也直接凑过来，低头将话梅咬进嘴里。

江意隐隐感觉到谈也的唇碰到了她的指尖，即便隔着纸巾，也还是有些别扭。不容她细想，谈也又把相机递了过来，说：“入场式的时候我也拍了你，要不要看看？”

行家出手，拍出来的片子必定是好看的。这张内存卡大概是新的，里面只有五十多张照片，除了几个董辛跳舞时的抓拍镜头，剩下的全是江意。她举牌走过看台，她笑着朝相熟的同学挥手，她看着起飞的白鸽和气球发呆……

江意忽然有种很奇怪的感觉，谈也专门跑来Z大，好像就是为了拍她一个人。她连忙晃了晃脑袋，甩开那些乱七八糟的念头，评价道：“不错不错，我长得可真好看啊！”

你这么自恋你同学知道吗！

谈也忍不住笑起来。

江意忽然抬头瞅着他：“这些照片……你会拿去发微博吗？”

谈也的微博账号粉丝将近七百万，在摄影圈里算是顶流了，上面大部分是风景，偶尔拍日常，也都是花花草草，从未发布过人像。之前还有娱乐公司找过谈也，请他和自家艺人合拍写真，并且发布在微博上，价钱可谈。谈也不喜欢那些营销套路，都推拒了。

不过……

“你希望我发吗？”谈也看着江意，目光里有种柔软的味道，“希望的话，当然可以。”

你希望出现在我的世界里，被那些关注我的人看到吗？

江意摆手：“我的意思是，最好不要发，我不喜欢被人品头论足什么的，感觉好奇怪。当然，如果你……”

“我不会发的，”谈也打断她，有些冷淡地说，“你见过我的账号更新人像吗？”

江意噎了一下，莫名觉得谈也似乎连表情都冷淡了几分。

（42）

原本说好了江意请谈也吃Z大的食堂，结果开幕式还没结束，谈也就接到一通工作电话，“食堂之约”只能延期。临走前，谈也晃了晃手里的相机包，说改天把照片发到江意的微信上。

照片的事，还闹出了一个小插曲。

运动会开幕的那天傍晚，Z大的官方微博更新了一组照片，九宫格，都是校报记者在开幕式上的抓拍，其中有一张江意举着院系名牌路过看台时的特写。

照片上，少女长发及腰，发梢微微卷曲，有种自然的蓬松感。身后，天空湛蓝，绿草如茵，她站在油画般的背景下，肤色雪白，笑容甜美羞涩，带着强烈的青春气息和感染力，似乎足以治愈一切阴霾。

三个小时后，这条微博的转发量突破四位数，成了官方账号四万多条微博里最引人注目的一条，高赞热评里有人开玩笑说，都别拦我，我这就回家复读考Z大，学姐等等我！还有人调侃说，这就是会走路的招生简章啊。

江意没有关注学校官博，第二天早上她才知道这件事，立即联系官博的运营人拿掉了她的特写照片，但是，已经来不及了。

那张“举牌照”被多个营销号和自媒体转载，甚是打上了“Z大校花”“初恋脸”之类专门用来吸引眼球的标签。一流学府、百年老校的金字招牌的确好用，吸引了不少看客的目光，甚至有人扒出了江意的微博，在她最新一条动态的评论区打卡留言。两三天的工夫，江意的微博新增了将近一万粉丝，私信箱里也涌进了好多消息，有人问她要裙子链接，还有人问她口红什么牌子，哪个色号。

江意先是蒙圈，继而震惊，最后一声长叹——这个疯狂的世界！之后删掉了主页上大部分自拍照和涉及隐私的内容。

稀里糊涂地，江意也体验了一回做网络红人的感觉，去图书馆自习时，居然被低年级的小学妹认出来了。小姑娘怯生生的，问江意是不是在运动会上举牌的“女神”学姐。

江意脸都红了，笑着说：“女神个鬼啊，大家都是校友，叫我名字就好。”

女生拿出手机问可不可以拍张合影，江意很爽快，说：“当然可以，手机让我来拿吧，我离镜头近一些，这样拍出来你的脸形会更好看。”

女生有点害羞，小声说：“小姐姐本人比照片还要好看！好像会发光！”

江意被逗笑了，说："你也好看！女孩子都好看！"

晚些时候，江意接到一通谈也打来的电话。

谈也似乎很忙，听筒里杂音凌乱，工作人员嚷嚷着设备、补光之类的事。伴随着那些声音，谈也的声音传出来，有种沉静的味道，他说："网络上那些消息我都看到了，你想不想进一步发展？这是个不错的机会，我可以帮你。"

江意啼笑皆非："发展什么？出道做明星，还是唱跳偶像？实不相瞒，我不仅五音不全，而且连啦啦操都不会跳，只想安心读书，做个好好学习天天向上的励志小朋友！"

玩笑开完，江意正色了一些，温声说："也哥的好意我心领了，但是，那种一言一行都饱受关注，活在争议和是非里的生活，真的不适合我。我只想潜心研究物理，像小时候在作文里写过的那样——做一个对国家和社会有些用处的人。"

听到这样的回答，谈也并不意外，甚至早有预料。

江意身上有种少见的纯稚感，她的世界很单纯，她的梦想也是。

单纯得让人忍不住想给她更多保护，保护她一直住在不会打烊的游乐场，花车游行，烟火燃放，看不到残酷，也没有罪恶。

他好像第一次有这种冲动呢，想认真地保护好一个人。

谈也背靠着刚刚搭建好的砖墙布景，目光深浓而悠长。

（43）

虽然有了一定的心理准备，江意还是低估了网络热点的传播性。盛言臻那边，先看到那些消息的人是5G在线的小助理斯霖。她没敢打扰盛言臻，偷偷将链接发给了郑决，说："决哥，你快看，江小姐是Z大的高才生哎，又白又美又聪明！讲真，这种级别的小仙女，已经不能嫉妒了，只能羡慕！"

郑决抬手在斯霖的脑门上弹了一下。

郑决把盛言臻当亲哥，没那么多顾虑，推开办公室的门，直接将未锁屏的手机递到了盛言臻眼皮底下。盛言臻刚开完一个视频会议，神色有些疲倦，他低头瞄了一眼，脸上浮起点笑意，说："照片拍得不错，但是，她本人要更好看。"

郑决一贯直来直去，最受不了这种温暾做派，敲着桌面说："长点心吧盛老师，江意这种品貌的女孩子可遇不可求，放出去分分钟被人抢走，更别提她还在物理系念书，群狼环绕、虎视眈眈、万众瞩目啊，懂不懂？"

这些都从哪儿"批发"的成语……

盛言臻不接他的话，抬手朝门外一指："我还有工作要忙，你先出去。"

郑决眨眨眼睛，胆大包天地说了一句："说真的，你要是真没兴趣，我可就……"

盛言臻终于抬头，目光冷冰冰的，不带半点温度，反问："就什么？"

郑决被这道目光剐了一下，只觉寒毛倒竖，起了一片鸡皮疙瘩。他硬生生地转了个弯，讪笑说："我就……我就哭给你看！"

盛言臻依旧是那副冰冷神色，冷淡道："我再说一遍——别拿江意开玩笑，我听不惯，能不能记住？"

郑决吐了下舌头，再不敢捋虎须，轻手轻脚地开门出去了。

盛言臻听见关门声响起，低下头继续看手上的文件。也不知是空调运作的声音太吵，还是小香炉里放的香料不对，他忽然有些心不在焉。

这段时间盛言臻很忙，一直没找到合适的机会与江意见面，这些杂事，江意也没同他说过。两人的聊天记录停在昨天，江意说她读完了一本书，女主角的经历让她觉得很难过，盛言臻实在太忙，竟然忘了回复。

其实，盛言臻并不擅长安慰别人，那副风光霁月似的皮囊下，是一副钢铸般的骨骼，习惯了压力，也习惯了背负。温暖与柔情对他来说，陌生得就像母亲的怀抱和催眠曲。

他的目光在手机屏幕上停留半晌，才在对话框里输入：

别难过。

别拿她开玩笑，我听不惯。

也别难过，我不想看见她难过。

盛言臻怔了一秒，忽然明白，他阻止不了自己沦陷。

他注定是她的囚徒。

（44）

几天后，盛言臻受一位颇有名望的青年导演的邀请，在一部民国题材的电影里本色客串，出演一位昆曲演员。上妆时盛言臻的手机响了，他以为是江意，拿起手机时莫名觉得心情不错，结果是一位老朋友打来的。

这位朋友叫秦书恒，年轻时做过婚纱摄影，而立之年灵感乍现，跟著名策划人合作，弄了个展现时代风貌的人物群像摄影集，一炮而红，被外媒誉为“最具灵魂导向性的人物摄影师”，在圈子里知名度极高，举足轻重。

几年前秦书恒想拍一套戏曲主题的片子，送去国外参展，跟盛言臻的工作室有过合作，两人私交甚笃。

盛言臻曾半开玩笑地问他：“我一直没弄懂，到底什么叫作‘灵魂导向性’？”

秦书恒有点“老顽童”属性，年岁越长性格越活泼，笑着说：“就是做作呗。直接夸我照片拍得好，显得特别没有水平，加上一个听都听不懂的定语，格调立马就上来了。”

盛言臻笑着斥他净会胡说八道。

电话一接通，秦书恒未言先笑，说："星期五那天我打算凑个局，你也来坐坐？"

盛言臻闭着眼睛，拖着懒洋洋的调子，说："你那边都是摄影师，我多半都不认识，也没什么共同话题，玩不到一块。"

秦书恒说："不止摄影圈的，我还请了其他朋友，没准有你认识的，赏个脸吧，盛老师！"

听见这声带有戏谑性的"盛老师"，盛言臻顿时警惕，挑眉道："你别是又在打什么歪主意吧？秦大师！"

秦书恒嘿嘿一笑："大家都是老朋友，难道我会坑你？有个唱民谣的小姑娘，对你挺有好感，一直没机会认识……"

盛言臻打断他，笑着说："几天不见，大艺术家还干上保媒的活计了？业务范围涉猎够广的！"

秦书恒也不生气，调侃说："不管盛老师多忙，喝杯酒的时间总能匀得出来吧？给个面子嘛！再者，你也不能一直单着，多大的人了……"

"谁告诉你我单着了？"盛言臻被吵得头疼，脱口而出，"秦大师多操心自己吧！"

秦书恒对盛言臻是否单身这个问题有着莫大的兴趣，十分好奇到底是哪位能人摘走了曲艺界首席高岭之花，正要多问两句，盛言臻已经挂了电话，只留一串寂寞的忙音。

斯霖在旁边听得清清楚楚，憋笑憋得脸都红了，背着盛言臻偷偷给郑决发了两条消息：

"决哥！在吗？决哥！你关注的两人发糖了！盛老师说他不是单身！"

"不是单身！"

盛言臻透过化妆镜将斯霖那点小表情看得清清楚楚，他端起保温杯，用杯底在桌沿上磕了磕，说："你过来，帮我拍张照片。"

除了必要的宣传工作，私下里，盛言臻并不喜欢拍照，斯霖一时没反应过来，问他："是要发微博吗？"

妆发老师正在用油彩勾眼形，盛言臻闭着眼睛，说："不是，发给一个朋友。"

斯霖顿时什么都明白了，转头跑去道具组借了盏补光灯，然后精心挑选角度，拍下盛言臻的侧脸。

照片上，盛言臻穿了件绣着暗纹的白色中衣，暖色光线下，他微仰着头，脖颈修长，肤色如瓷，下颌与鼻梁的线条格外好看，整个人清绝如林间寒凉的雾，不沾半分烟火气。

真帅啊！斯霖咋舌，偷偷慨叹。

照片拍完，斯霖大着胆子多了句嘴，说："我帮您修一下图吧，原图有点暗，调整一下色温和对比度会好看很多。"

盛言臻看她一眼，眼底隐隐带笑，说："你有江意的联系方式吧？跟她说我今天比较忙。"

斯霖嘿嘿一笑，心想，姐姐慧眼如炬，果然没猜错！

照片是斯霖用自己手机拍的，修完图后，她直接在微信上找到江意："仙女姐姐，快来签收盛老师的照片！"

收到消息时，江意还在图书馆。她的位置挨着一扇落地窗，阳光流金一般洒进来，耳机里播放着她最喜欢的那首德语歌：

Scheiße, bin ich verliebt.

老天，我真的陷入爱情。

斯霖跟江意解释说盛老师正在化妆，不方便用手机，照片是他特意让我拍给你看的，还让我转告你他今天会比较忙。

江意收到消息后，给小助理发了个不大不小的红包，说辛苦啦。

斯霖很开心，不过，她也不好白拿人家的钱，于是说："盛老师肠胃不好，辛辣油腻的都不能碰，几乎常年吃素。他很喜欢老店聚香坊做的一款传统点心，叫玫瑰百果糕，红包我会拿去给盛老师买点心的，今天拍摄辛苦，加个餐！"

作为助理，斯霖既懂事又有分寸，江意对她印象很好，回复斯霖：

"红包你收下吧，点心我来给他买。"

"对了，麻烦你转告盛老师，"江意又说，"告诉他——他是我眼中的第三种绝色。"

这条文字消息出现在屏幕上时，斯霖脸上的笑容彻底藏不住了，内心狂呼，我关注的两人真的太甜了！

趁妆发老师转身的空当，斯霖凑到盛言臻耳边嘀咕了一句，盛言臻险些被茶水呛着，敲着斯霖的脑袋让她一边玩去，少胡说。

盛言臻面上不显露，但是他不会不懂，余光中那首很有名的诗歌——月色与雪色之间，你是第三种绝色。

你是我眼中的第三种绝色。

（45）

这几天不仅盛言臻忙，江意也是满课，午休的时候她和董辛结伴去食堂，路上接到一通电话，居然是谈也打来的。

谈也说周末有一场摄影圈的派对，主办方是业内大佬，很有号召力，不少知名摄影师都会到场。谈也也收到了邀请，问江意有没有兴趣，他可以带她一道参加，能认识不少志同道合的朋友。

周五江意没课，很想去参加，不过又有些犹豫。这派对听起来规格挺高，她一个业余爱好者，万一说错做错，再给谈也惹来麻烦，就不好看了。

谈也似乎猜到江意的心思，说："你放心吧，大家包容性都挺高，没那么容易得罪人，更何况，看不惯我的那些，我早就挨个得罪过了，轮不到你。"

这话若由别人来说，只会显得傲慢狂妄，换成谈也却别有一番味道。

他是新一代青年摄影师里风头最劲的一个，有作品有奖项，还有艺术悟性，多个知名品牌都曾向他抛来橄榄枝，邀请他拍摄平面广告和形象片，漂亮的履历给了他肆意的资本，狂妄也成了为人乐道的亮色。

谈也几句话打消了江意的顾虑，两人又商量了一下时间，约定在学校西侧门见面，谈也来接她，然后便挂断了电话

董辛在旁边听到点话音，免不了要打趣几句，问江意是不是要去约会，小姑娘长大了，敢背着"饲养员"谈恋爱。

江意解释说这个就是普通朋友，刚认识的，交情不深。

董辛心细如发，立即发现微妙处，追问："这个是普通朋友，哪个是不普通的？小江意，你不对劲儿啊！"

江意只是笑，故意装傻，嘴上却没否认，心里想着，不普通的那个可是人间绝色！

第三种绝色！

星期五那天江意早早就起床了，洗漱化妆，还把董辛从床帘后挖出来，让她帮忙弄头发。董辛人还没醒透，八卦之心倒是活了，追问了好几遍"你真的不是去约会吗"，直到江意并起三根手指对天保证，她绝对不会背着"饲养员"谈恋爱，才算作罢。

谈也的车准时停在学校西侧门，江意早已等在那里。他降下车窗跟江意打招呼，车厢内外的两个人同时看清对方，也同时一叹。

江意第一次见谈也时，为了配合桑桑的小恶魔造型，穿了条白裙子，干净得如同春天的日光。今天则穿了半长的针织裙和过膝靴，腰带束出腰身和胸前的线条，轮廓十分柔美，有种旖旎的诱惑感。

谈也打量江意时，江意自然也在打量谈也。

他难得穿正装，还选了黑色，那股难驯的野性感被板正的衣装束住，发色灰蓝，鼻梁高挺，整个人介于桀骜和冷硬之间，游刃有余，完美驾驭。

江意拉开副驾那侧的车门，坐进去，笑着调侃："今天我'爱豆'的扮相很不错嘛！"

谈也一手扶着方向盘，一手理了下袖扣，挑眉道："毕竟是要站在江小姐身边的，不收拾得体面些，我怕会自惭形秽。"

这话带点恭维的意思，社交场合里，男士取悦女性时惯用的小技巧。

江意笑了笑，没再作声。

聚会的地点不在酒店，主办人提供了自己的私人别墅，上下两层，家具和装修的风格都很小众，还有立着木质秋千的小花园，白色金属栅栏上开着一丛丛的粉蔷薇。

谈也带着江意上二楼，边走边低声介绍说："派对的主人，也是这房子的主人，姓秦，是国内第一批拿到国际大奖的人像摄影师。"

"你说的是秦书恒秦老师吧？"江意眼睛亮亮的，"我看过他的摄影集，就是那本《红潮》，很有感触。"

谈也眼里有笑意，看上去分外温和，说："今天如果有机会，我带你去跟秦老师打个招呼。老师性格很好，平易近人。"

江意弯着眼睛，玩笑道："天哪，又要见到偶像了，我还真有点紧张！"

谈也轻嗤："出息！"

说话间，有个女孩子从江意身边走过，及腰的酒红色鬈发如烟如雾，模样娇俏漂亮，很有辨识度。江意在某个小众综艺节目里见过这女孩，是个民谣歌手，出过几张偏小众的音乐专辑，口碑都不错，董辛还追过她的现场音乐会。

江意的目光尚停留在那个民谣歌手身上，谈也已经带她走到吧台前。

有个穿丝绸衬衫的年轻男人走过来，朝谈也举了下手里的酒杯，热络地打着招呼："好久不见啊，谈哥。"

来人戴着副细框眼镜，看上去文质彬彬的，有点眼熟，江意一时没想起来在哪儿见过。那人往江意身上瞥了一下，脸色微变，浮起点似笑非笑的模样，说："今天遇到的熟人还真不少！小美女，不记得我了？那天在孙枕秋的局上，谁拿果汁泼人来着？"

话说到这里，江意自然也想起来了，这不是跟孙枕秋一起嚼舌根的那个眼镜男嘛，言语下作且刻薄，泼了盛言臻一身脏水。当时他紧挨着孙枕秋，江意那杯石榴汁有一小半也浇在了他身上，一报还一报，十分解气。

不是冤家不聚头，江意心想，老祖宗诚不欺我。

（46）

"你跟谈哥也是朋友？那真是巧了。"男人背倚着吧台，朝江意伸出手，一副既往不咎的模样，说，"认识一下吧——傅清源，你也可以叫我Jason。"

傅你个头，盛言臻那笔账我还记着呢！

江意有心给傅清源难堪，没握他伸来的手，扭头跟服务生要了杯马天尼，拿在手里小口啜饮着。

"嘿，小美女还挺有性格。"傅清源也不觉得尴尬，继续油腔滑调，"这都第二回碰见了，连名字都不告诉我，多对不起这点缘分。"

谈也不晓得江意和傅清源之间具体有什么纠葛，但他不会不护着江意，于是，神色淡淡地开口："你天天在外头凑局，跟你有缘分的人怕是一个足球场都放不下。你们俩不是一个圈子的，以后也没机会打交道，不必认识。”

傅清源被不轻不重地噎了回来，谈也不再看他，低头问江意：“要不要去窗边坐坐？那里能看见外面的蔷薇花。”

江意点头说好。

两人走出傅清源的视线范围，谈也晃动着手里的高脚杯，又对江意说：“傅清源这人不地道，嘴上说自己的主业是策展，背地里什么买卖都敢掺一脚。他若纠缠你，你只管来找我。”

江意弯着眉眼：“你也要用果汁泼他吗？”

谈也勾了勾唇：“我用开水泼他。”

快到窗边时，再度听见有人叫谈也的名字。

江意一边想着“谈神”不愧是“谈神”，当真是炽手可热，一边转头去看。一个中年男人在几个年轻人的簇拥下，正朝这边走过来。

谈也立即迎上去，与那人握手，叫了声：“秦老师。”

秦书恒五十出头，穿了件竹林暗纹的旧唐装，须发微白，谈吐与气质都十分儒雅。看得出秦书恒对谈也很欣赏，和他聊了半晌影展，又聊了聊即将开幕的摄影艺术节。谈也应对自如，不卑不亢，透出几分处变不惊的气势。

话题告一段落时，秦书恒往江意这边看了一眼，谈也介绍说这是我带来的朋友，非常喜欢秦老师的作品。

秦书恒打量江意，忽然说：“这小姑娘有点面熟，名字也熟悉，江铭宵家的小孩好像……”

江意笑了笑，说：“江铭宵正是家父。”

四个月前，江铭宵正式当选为青溪市商会会长，是当地的知名企业家。簇拥在秦书恒周围的年轻人听到江铭宵这个名字时都有些惊讶，多看了江意几眼。谈也把玩酒杯的动作也顿了顿。不过，他到底比寻常年轻人多了些城府，面上并未显露太多情绪。

秦书恒笑起来："那就对了。你眉眼间那股英气和你父亲很像，难怪我会觉得眼熟！江铭宵是个地道的'女儿控'，平时常在我们这些老朋友面前炫耀家里的小女儿多乖多聪明，可把我们这些没孩子没女儿的馋坏了。"

周围的人都配合着笑起来。

秦书恒另有客人要招待，和江意简单聊了聊，说了几句玩得尽兴的场面话后就走开了。秦书恒一走，立即有人过来同江意搭讪，江意一一婉拒。

能被秦书恒邀请的，自然都是体面人，做不出纠缠不休的事，偏偏有个留着长发的男人不识趣，一定要江意留个联系方式给他，微博、微信、电话号码，传真号也行。

就在江意被缠得心烦时，谈也抬手在她肩膀上搭了一下，让她退到自己身后。

谈也五官生得冷峻，有种不怒自威的味道，对长发男说："交朋友也要讲究时机、气场和缘分，你这么急吼吼的，女孩子都快吓哭了，谁敢跟你再联系？张弛需有度——这道理你是没学过，还是没学会？"

长发男眉头紧皱，低声道："谈也，不要以为秦老师看得起你，你就平步青云，上得了台面！在圈子里你还排不上号，更轮不到你来抖威风！"

"秦老师如何看我，那是老师的事。不过，"谈也淡淡一笑，"你能叫出我的名字，而我却不知道你是谁，单从这点来看，我也不算太上不得台面，对不对？"

长发男被一招绝杀，谈也低头去看江意，说："跟我来，我带你认识几个有礼貌又有意思的朋友。"

他故意在"有礼貌"三个字上加了重音，长发男两腮上的肌肉明显颤了一下，大概是在暗自咬牙。

（47）

江意同长发男纠缠时，盛言臻带着宋楹刚录完一档脱口秀类的访谈节目。盛言臻少年成名，打拼多年，人脉铺得极广泛。展会结束后，他又在宋楹身上投了些推广宣传，效果显著，宋楹的个人微博涨粉近百万，收到了很多商演邀约，还有品牌方的广告合作邀请，实打实地体验了一把“一夜爆红”。

这档节目一向标榜“言论大胆，坦诚真性”，说白了就是从策划到后期制作都透着股“蔫儿坏”的味道。主持人姓周，当着盛言臻的面毫不避讳地问宋楹最近有没有收到影视剧的邀约，以后会不会考虑转行去做影视演员。

宋楹神色尴尬，小心翼翼地说：“昆曲不仅是我的事业，也是我的热爱，我舍不得离开它。”

主持人转过头和旁边的助演主持开玩笑说：“小姑娘很聪明啊，懂得抓住机会向老板表忠心！”

盛言臻器宇不凡，长腿优雅地交叠，不轻不重地接了一句：“这方面，周老师显然不如宋楹，不然也不会频频被传节目即将停播了。”

现场观众一阵哄笑，主持人朝盛言臻做了个抱拳讨饶的动作。

盛言臻配合着淡淡一笑，眉眼间满是画一般的儒雅俊逸。

节目录了将近四个小时，盛言臻累得脑袋疼，录制完成后他没回化妆间，直接上车，不等车门关严就脱掉外套扯松领带，整个人都惫懒下来。宋楹有自己的保姆车，却从停车场的另一端绕过来，叩了叩盛言臻的车窗。

助理侧身要开门，被盛言臻拦住，他简单整理好松散的衣领，伸手将车窗落下。

地下停车场温度低，宋楹身上披了件长外套，弯腰向车里看。盛言臻眉眼间笼着些暗光，越发显得五官深邃，英俊至极。宋楹按捺着心头的躁动，温声说：“录节目时我妈妈来看我，带了些川贝炖雪梨，就放在车上，盛老师要不要喝一点？能润喉养肺呢。”

盛言臻笑容疏离，带着强烈的距离感，客气道：“多谢你一番好意，但是我吃不惯川贝。你快上车吧，累了一天，让司机送你回去，早点休息。”

宋楹生了一双漂亮眼睛，尾端上挑，会勾人似的。她抿了抿唇，又说：“最近我在学新戏，《风筝误》的第三出《闺哄》，有几句前腔我一直唱不好，盛老师什么时候有时间？能不能指导我一下？”

话音落下，盛言臻没有立即作声，手指搭在膝盖处，很随意地敲了两下。

气氛骤然沉默，止不住地尴尬，宋楹唇色发白，小声说：“我好像有些唐突了，盛老师别生气……”

盛言臻这时才转过头，漫不经心似的看了宋楹一眼，缓声道：“公司有位前辈叫邵之琦，唱了十几年旦角，《风筝误》也是她的拿手戏，与其找我指导，不如去请邵老师，她比我更有经验，也更合适。”

宋楹刚被晾了一下，哪敢再多说话，只得嗫嚅着点头。

盛言臻顿了顿，又说：“这阵子我带你上过不少节目，你一贯聪明，该学的该看的，想必已经记得差不多。以后，你的工作都交给职业代理人处理，我不会再单独带你。”

宋楹唇色越发苍白，她还要再说什么，盛言臻却挥手打断了她。

盛言臻看上去很累，他弯着食指，用凸起的关节顶住眉心，用力按了按，继续说：“宋楹，有些话我只会说一次，希望你能牢牢记住——样貌出色的年轻男女满街都是，能红起来，很不容易。机会可遇不可求，给你了，千万要抓住。乱七八糟的心思收一收，专心发展事业，道阻且长，能走到哪一步，还要靠你自己。”

这番话算得上言辞恳切，没有任何训斥的味道，宋楹却觉得脸颊发红、发烫。盛言臻漆黑的眸色犹如一柄开了封的刃，毫不犹豫地撕开了宋楹的内心世界，将那些不可见人的东西悉数挖掘出来，摆在了明面上。

宋楹几乎不敢抬头，更不敢和车里的人对视，沉默着放开了攀在车窗处的手。

秦书恒的电话就是在这时打进来的。

盛言臻没再理会宋楹，他低头看了眼手机屏幕，一边升起车窗，一边让司机开车。

电话接通，盛言臻直接向秦书恒讨饶，说："饶了我吧秦大师，我累得快要英年早逝了，真的没力气参加你的相亲局。"

秦书恒"啧"了一声，说："年轻人，你也活得忒无趣了，简直浪费你那副好皮囊！"

盛言臻笑骂他老不正经，秦书恒也不生气，说："你真应该过来坐坐，今天我这儿有位稀客，江家的小女儿……"

盛言臻靠着椅背，原本闭着眼睛，听到这里忽然睁开："哪个江家？"

"江铭宵啊，"秦书恒也是随口一提，漫不经心地说，"做医药企业的那个。江小姐是跟一个小摄影师一块来的，那个小摄影师你倒是可以认识一下，我觉得你们应该挺投缘……"

斯霖是盛言臻的助理，一直坐在他旁边，全程冷眼旁观。宋楹那点心思，盛言臻看得出，斯霖自然也看得出，叹息着想，想做老板娘的人可真多。

可惜，世上只有一个江意，盛言臻身上的七分温柔三分纵容，全都交给了那个女孩子，旁人休想分走一丝一毫。

Chapter.05 赐我她的吻，如怜悯罪人

（48）

谈也作为摄影师，是靠人文纪实类的片子打开知名度的，那套名为《凉 · 山》的作品至今仍陈列在国外一家艺术博物馆中，被永久珍藏。他的风格不仅在主流文化界备受好评，时尚圈也很喜欢他，《Beauty》杂志中国版的时尚主编就很想把他挖过来，做签约摄影师。

《Beauty》的那位主编叫图漫，是个剑走偏锋的酷系美人，留着漂亮的棕色短发，喜欢衬衫、破洞牛仔裤和复古感的烟熏妆。秦书恒的聚会，图漫自然也在邀请之列，她看见谈也，远远地朝他举了举手上的酒杯。谈也和图漫私交很好，索性带着江意走过去，介绍她和图漫认识。

坐在沙发这边的都是时尚圈的年轻人，以图漫为中心，江意先前看到的那个民谣女歌手也在。图漫欣赏谈也，对他介绍的朋友自然也很有好感，拍了拍身边的空位，对江意说：“小妹妹，到这边来坐。”

江意刚坐下，图漫又点开了微信名片让她扫二维码，加个好友。

沙发有点小，坐了江意和图漫就没有谈也的位置。民谣歌手眼尖，立即说：“谈哥到这边来坐吧。”

谈也没说话，直接坐在江意那边的沙发扶手上，他身形修长，投下的阴影刚好笼在江意周围，细细密密的，像罩了层光晕。

图漫瞄他一眼，唇边勾起一点坏笑，低声调侃：“这护得也太明显了，当我眼瞎呢！”

江意听到点话音，茫然地眨着眼睛：“护什么？”

“护食！”谈也喝了口酒，说，“图漫姐姐护食得很，吃饭的时候你可千万别跟她抢。”

图漫一脚踹在他的小腿上。

年轻人间气氛轻松，话题也更丰富，聊首饰聊护肤，聊什么样的男人最浪漫。民谣歌手忽然笑了一声，拢着及腰的波浪鬈发，说：“不是我说话难听，国内的人啊，不分男女，没一个是真正懂浪漫的。能种菜的地方绝不养花，焚琴煮鹤，暴殄天物，偶尔搞一搞所谓的品位，也是东施效颦，不伦不类。”

这话打击面可有点广，一群自诩“浪漫至死”的时尚精英面面相觑，神色都有点复杂。

图漫是个直脾气，背着众人朝谈也翻了好大一个白眼，用口型说“‘做作怪’又要开始她的表演了”。

就在这时，一道清灵的声音越众而出——

“你可能不知道，在你头顶的夜空中，有一颗量子科学实验卫星叫作墨子。这颗卫星是我国自主研制的，也是世界上首颗量子科学实验卫星，意义之重大，不言而喻。”

从“浪漫”到“卫星”，话题跨度可有点大，众人先是一愣，接着，纷纷循声看去。

江意坐在图漫身边，紧挨着谈也，她生得好看，眉眼浸在暖色的灯光下，更显温柔，不疾不徐地说：“这颗卫星的名字源自于墨家学派的创始人——墨子。墨家著作《墨经》中，包含了物理学和数学方面的知识，甚至记载了关于小孔成像的观察研究，提出了较为朴素的时间和空间概念，可以看作‘宇宙’的前身。量子科学实验卫星以‘墨子’命名，经由火箭运载，发射升空，在广袤的宇宙空间内惊艳登场，就像现代科技与远古的科学先贤完成了一次跨越时间的握手。震撼世界的同时，也告诉全世界，源远流长的中华文明，独一无二的东方文化，是我们的根源和养分，也是我们征讨星辰大海时永远屹立不倒的战旗——这难道不浪漫吗？”

周围陷入短暂的安静，没有人说话，但是每一个人都在认真地听。

江意看向民谣歌手，语速偏缓，但是字字清晰，她说：“不是国人不懂浪漫，而是你不懂国人的浪漫。我们的浪漫同我们的感情一样，偏向内敛和含蓄，不张扬，不放肆，但是绵长深刻，永远值得热泪盈眶。”

“说得好！”谈也率先给出回应，他抬手举杯，将杯子里的鸡尾酒一饮而尽，“我喜欢这段话，以及这段话里的每一个字！”

谈也带头，其他人纷纷出声称赞，甚至有人鼓起了掌。

图漫一贯大大咧咧，抬手揽住江意的肩膀说：“你喜欢这段话，我喜欢说话的人！这姑娘的性格对我胃口，有学问，还大气，好样的！”

称赞江意的人越多，民谣歌手的处境便越尴尬，她大概是受不了这份落差，将杯子一摔，起身走了。

图漫嗤笑一声：“玩不起！”

谈也在杂乱的笑闹声中低下头，朝江意看去，也不知是有所感应，还是应了某种心有灵犀，江意恰巧也在此时朝谈也看来。

窗子开着，有风吹进来，空气里弥漫着香水、蔷薇和鸡尾酒的味道。

两个人的位置有落差，江意略低些，她仰起头，颈线被灯光映着，雪白纤细，戴着一条同样纤细的锁骨链。她迎上谈也的目光，轻轻一笑，唇边旋起好看的弧度，眼中似藏着一颗明亮的星，又像月光层层叠叠，落在海天一线处，闪烁而晶莹。

四目相对时，人间缱绻色。

谈也听见心跳“咚”的一声。

像有什么东西沉沉落地，又像羽毛御风飞起。

一边沉重，一边又轻盈，血液都沸腾起来。

这感觉奇妙而陌生，难以形容。

你为什么要看我？为什么要对我笑？

谈也脑袋里乱糟糟的，下意识地端起酒杯，才发现杯子已经空了。

图漫常年在是非窝里打滚，精明得很。她越过江意看向谈也，故意戳他痛脚：“你脸怎么红了？太热？还是醉了？”

谈也的神情和心绪上的变化实在太幽微，江意没有察觉，自然也听不出图漫话里有话，还傻乎乎地问了一句：“要吃醒酒糖吗？我带了杧果味的。”

图漫几乎笑倒在沙发上，谈也瞥了图漫一眼，站起身，说：“我去下卫生间。”

卫生间里，谈也站在洗手台前，撩起一捧凉水泼在脸上，皮肤上冰冷的触感抵不过心底炽热的悸动。

二十六岁的成年男人，不是懵懂稚拙的少年，他当然明白这种反常意味着什么。

老话说，人和人之间讲求缘分，谈也看着镜子里自己那双黑沉的眼睛，想着，他和江意间的缘分不啻于一场绮梦，让他看见圣洁，也看见风月。

（49）

谈也去卫生间，江意在沙发上坐累了，跟图漫打过招呼，去外面的小花园透气。

院子里，栅栏上的蔷薇花长势浓艳，非常好看。江意拿出手机拍了两张照片，忽然听见一阵皮鞋踩过碎石地面的脚步声，直奔她而来。江意以为是谈也，抬头去看，却发现来人是傅清源。

傅清源也喝了酒，面色微红，径自走到江意面前，笑着说：“真没想到江小姐竟是江铭宵江总的女儿，失敬失敬。”

这人的笑容和语气里透着股邪性，阴阳怪气的，江意本就不喜欢他，如今更觉厌恶，冷淡道：“我是谁的女儿和傅先生无关，我与傅先生也没什么交情，不必特意来问候。”

说完，江意转身要走，傅清源却上前一步挡住她的去路。

江意面露愠色：“你到底要干什么？”

“江小姐别误会，”傅清源依旧笑吟吟的，“我没有恶意，只想提醒一句——世风日下，人心不古，看人不仅要看他的脸，还要看清他的心肠。”

江意讽刺他：“我看傅先生的心肠里装的都是别人家的是非吧！”

傅清源大笑：“我承认我不是什么好人，但也没有江小姐想象的那么坏，同理，盛言臻也没有你想象的那么好。”

江意忽然想起来，之前在孙枕秋的局上，傅清源说过他叔叔是瑞恒剧团的新任团长。

盛言臻早些年签约瑞恒，一场封箱大戏让瑞恒绝境逢生，后来老团长邵梦甫先生过世，盛言臻虽然离开剧团另起炉灶，但提起过往时依旧满怀感激。反观傅清源，作为新团长的侄子，他不仅多次诋毁盛言臻，甚至拿盛言臻的身世做文章，两相对比，高下立判。

一念至此，江意脸上再无恼怒，她也笑起来，轻声说：“宗教教义中将人类恶行归为七类，名曰‘七宗罪’，由重到轻依序排列，排在第二位的便是嫉妒。因嫉而憎，因妒而恨。傅清源，你到底是多嫉妒盛言臻，才会天天把他的名字挂在嘴上？”

江意这话直接撕破了所有体面，傅清源面色沉了沉，说：“江意，你多次维护盛言臻，想必与他私交不错。他在你身上花了很多心思吧？你有没有想过，这份殷勤是带着算计的？”

江意没作声，心里却清楚，图穷匕见，这人接下来要说的话，恐怕会更加不堪。

果不其然，傅清源摘了片蔷薇花瓣捏在手里，边把玩边说：“盛言臻什么都好，英俊潇洒一表人才，谁见了不喜欢，他唯独缺了一样东西——背景。早些年我和他打过交道，对他还算了解。这人是弃儿，养父性情古怪又没能耐，只会吸他的血。他靠着运气和一点实力走到今天，想往更高的地方爬，自然需要强劲的扶持。”

“傅先生的意思是，”江意语速很慢，“他拿我当跳板？”

“江小姐未必是跳板，”傅清源说，“但江总一定是个好靠山，能送他一步登天，飞黄腾达。江意，不要以为他对你好，就是在意你，他在意的是江铭宵的女儿，是他生来就欠缺的那份‘背景’。”

江意神色未变，手却悄悄攥成拳头，指尖陷入掌心，硌出一道浅浅的红痕。

“养父吸他的血，他又来吸江家的血。”傅清源阴沉一笑，“天道好轮回，是不是？小公主，人性复杂，千万不要被虚假的皮囊和温柔蒙蔽了，让自己越活越可怜。”

“傅清源，你一定做过很多恶心的事吧，所以才会把所有人都想得那么脏！”江意心里压着火气，语调也不似先前那般轻缓，冷声说，“既然你知道我是谁的女儿，有什么样的‘背景’，自然也该知道我是不好惹的。我和盛言臻的关系如何，轮不到你来揣测，他的为人也轮不到你来评判。我劝傅先生最好管住自己的嘴，不要再说盛言臻半句坏话，不然，我不敢保证我会做出什么！”

傅清源还要说话，却听身后传来一道清朗嗓音，如风似月——

“傅清源，你真是处处讨嫌，无论走到哪儿，都能让周围的人不痛快！”

这声音响得突然，江意立即转头，语带惊讶地叫了一声：“言臻？”

盛言臻身上穿着深色西装，戗驳领，剪裁利落，灯光落在上面，照出一种墨中泛蓝的意境，显得人格外挺拔，清绝至极，也英俊至极。

傅清源的脸色瞬间变了几轮，盛言臻并没有看他，径直走到江意面前，低下头，轻声说：“我在里头找了好半天，原来你躲在这儿。”

这态度过于温和，又带了点旁若无人的亲密。

身后又是一声轻笑，秦书恒不知什么时候也跟了出来，一手端着酒杯，一手指着盛言臻，玩笑道：“我原以为盛老师是来跟我喝杯酒的，现在一看，倒是我自作多情！”

盛言臻笑了笑，说：“今天我是来接人的，要开车，不方便喝酒。下次我做东，请秦大师单独喝一杯。不过，我不来凑局倒也是件好事，秦大师的客人里有人似乎对我很不满，对吗，傅先生？”

秦书恒和盛言臻你一声“老师”我一句“大师”，互相调侃，一听便知私交不错。当着秦书恒的面，傅清源不好表现得太刻薄，凉凉一笑，说：“盛老师是什么身份，我哪里敢不满，不过是看不惯好女孩被欺负被利用，提醒几句。若因此惹得盛老师不痛快，我以后不说就是。”

这语气……

江意有些牙疼地想，姓傅的真是不要脸！

盛言臻神色未变，依旧是那副清清淡淡的样子，说：“傅先生这声‘盛老师’我万万不敢当，当年你我一同拜入邵梦甫先生门下，按年纪大小来算，你该叫我一声师兄。不过，邵老临终前交代，将你从徒弟中除名，从此各不相干。无论‘老师’还是‘师兄’，这两个称呼我都担不起，傅先生以后直接叫我名字吧！”

江意没想到这两人之间还有这样一段纠葛，一时间连惊讶都忘了。

傅清源目光一厉，正要说话，却听秦书恒叫了声他的名字。

秦书恒作为东道主，虽然和善可亲，却也不会由着小辈放肆，开口道：“除名这事我也有点耳闻，小傅先生若是真有野心，不妨帮你叔叔好好整顿瑞恒，重拾当年风采。邵老在天之灵可都看着呢，别再让他失望。”

一个“再”字可谓含义丰富，直戳傅清源七寸。

傅清源被怼了个灰头土脸，盛言臻无心继续同他纠缠，目光收回来，落在江意身上。

他忽然抬手，撩了一下江意的头发，指尖碰到她的耳垂，温凉细腻的一触，提醒：“耳钉是不是掉了一个？”

江意一愣，抬手摸了摸，左边的还在，右耳却空空荡荡。她下意识地低头去找：“什么时候掉的？我都没发现。”

“不找了，”盛言臻说，“我送新的给你。”

江意觉得她今晚好像喝了太多酒，有点跟不上盛言臻的思路，脑袋里一片白茫茫。

盛言臻见她愣怔，笑着解释说：“我今天录了一天节目，本想早点回去休息，路过江滩时看见月亮很美，当时想着若你也在场就好了。刚巧秦大师告诉我你在他这里，我就立即赶过来了。月亮天天都有，可心境不常有，不知是否有这个荣幸，和江小姐一起看一次月亮？”

说这话时，盛言臻一直看着江意，他眉眼含笑，瞳仁黑得剔透，像着色过浓的琉璃，仿佛有无限柔情浮在里头，连灵魂都被妥帖安置。

江意隐约觉得心底麻酥酥的，如同碰到小奶猫细软的皮毛，傅清源带来的不快顷刻散去。她点点头，脸上是简单而明媚的笑，说：“好啊，我们去看月亮吧！”

（50）

江意在通往小花园的回廊找到谈也，告诉他自己有事要先走。

谈也斜倚着木头柱子，正和图漫一起抽烟，飘散的烟雾衬得他五官分外立体。江意走过来，谈也立即将烟按灭，见图漫手上的烟还烧着，在她鞋尖上踢了踢，说："掐了，呛人。"

图漫笑了笑，嘀咕："野小子变绅士，爱情的力量真伟大！"

谈也没搭理图漫，对江意说："我送你吧。"

江意说："不麻烦也哥了，我碰见一个朋友，他会送我。"

谈也皱了下眉，问得有些不客气："哪个朋友？"

江意正琢磨该如何介绍，就听见身后传来一道声音："路路，可以走了吗？"

清清朗朗的音色，罕见的好听。

图漫忍不住顺着声音看过去，一愣，然后笑着打招呼："盛老师，幸会。"说完，她又瞥了眼江意，目光里透出几分意味深长。

盛言臻走过来，站在江意身边。他先跟图漫握了握手，互相问候了几句客气话，又看向谈也，笑着说："我姓盛，是路路的朋友，先生贵姓？"

这时候盛言臻已经脱了西装外套，挽在臂间，上身是一件衬衫，衣领和袖口俱是整整齐齐，廊下灯光一映，有种霜雪般的洁净感。

谈也打量片刻，说："免贵姓谈，谈论的'谈'。"

"我和路路有事要处理，准备先走，"盛言臻说，"二位要一起吗？"

谈也自然知道盛言臻不是真的在邀请他，只是客气一句，他却很想点头说"好啊，一起吧"。不过，这个想法顷刻就散了，因为他看到了江意。

江意亲密地挨在盛言臻身边，眼睛里满是雀跃的光亮，藏都藏不住。

她一定很喜欢和盛言臻单独相处吧。

谈也勾了勾唇，笑意很淡，说："我还有事要和秦老师聊，你们先走吧，路上小心。”

盛言臻没再说话，朝谈也点了下头，然后和江意一起穿过回廊，走向大门外的停车坪。

谈也站在原地没动，一路目送。

那两人的脚步不紧不慢，江意说了什么，盛言臻似乎笑起来，谈也看见盛言臻抬手摸了摸江意的头发，动作轻而温和，带着珍重的味道。

小花园里灯光迷蒙，薄寒月色下，一双璧人言笑晏晏。

谈也想起法国画家弗拉戈纳尔的那幅名作——《恋人的花冠》。

浓绿树荫下，一对恋人玩乐游戏，画面精致艳丽，恰如此刻。

“那位叫盛言臻，‘昆曲之雅，可见言臻’的那个盛言臻。”图漫抖了一下烟盒，将冒出来的一根咬进嘴里，“很厉害的一个人，不太好惹。”

青溪是座大城市，恢宏繁华地，可所谓的圈子其实很小，有些人即便没见过，也听说过，如雷贯耳。

谈也接过图漫递来的烟盒，抽出一根，却没点，拿在手上把玩着，说：“我听说姓盛的少年成名，是个天才。”

“‘天才’是指以前，”图漫背倚着一根廊柱，“现在应该叫传奇。不到三十岁，两座‘金梨园’在手，业内能拿的奖他都拿遍了，代表性传承人。这么年轻就能走到这一步的有几个？他师承邵梦甫、周慧芳、宋元江等京昆名家，行里的老先生看在他师父的份上，都肯卖他面子。更何况，这人不仅有天赋有实力，人际关系也铺得广，青溪艺术圈里那些大师级的人物，几乎都跟他有交情。无论搞艺术还是做生意都玩得转，再过几年，怕是连秦书恒都要敬他三分。”

谈也不说话，沉默地听着。

“有个词叫‘望尘莫及’，放在别人身上是吹牛，放在盛言臻身上，我服气。”说到这里，图漫忽然笑了，一脸促狭地看着谈也，“初生牛犊不怕虎，小妹妹胆子真大，敢对这位下手，好像还真让她成功了！”

其实，谈也在摄影圈里始终有些格格不入，他并不喜欢烟草，应酬时才会抽上一两根，不迷恋酒精、多人聚会和漂亮的女孩子，也不搞奇怪的行为艺术，坚持自爱自律。

这样的人很干净，容易专一，也容易执着。

一根烟抽完，图漫到底没忍住，问谈也：“你跟姓江的小女孩认识多久了？真喜欢她啊？之前不都在传你跟某位古装女神搞地下恋吗？”

“普通朋友，没‘地下’，没‘恋’。”

谈也只解释了这一句，图漫以为等不到其他回答了，掐灭手上那根烟转身要走。谈也却再度开口，说：“她笑起来的样子很漂亮，我喜欢她对我笑。”

这个“她”指代的是谁，傻子都知道。

图漫脚步一顿。

月光下，谈也面目模糊，他看着天上一抹水墨似的云，继续说：“抓拍是摄影师的必备技能，捕捉刹那即逝的影像。江意对我笑的时候，我好像听见耳边响起快门声，“咔嚓咔嚓”，连拍模式，每一帧画面我都想记录下来，然后收藏保存。”

谈也垂下视线，片刻，又抬起来，看向图漫：“这算是喜欢吗？”

“以我的经验，”图漫收起笑闹的表情，与谈也对视着，轻声说，“这应该不是喜欢。”

谈也微微蹙眉。

图漫又说：“是爱。

“能遇到真心爱慕的人是一种幸运，谈也，恭喜你。

“无论能不能拥有一个好结局，心动的感觉都是美好的，它让人对生活满怀期待，也让每一朵玫瑰都有了意义。”

(51)

江意和盛言臻从秦书恒的别墅里出来，时间刚过九点，江边夜色正好。

盛言臻开车，江意坐在副驾，穿过流水般的霓虹，车窗上映出斑斓的线条。

等红绿灯时，盛言臻扭头看江意，笑着说：“你怎么不说话？平时没这么安静的。”

“我在思考盛老师为什么会突然变得主动，”江意说，“这背后会不会有什么秘密？”

盛言臻没直接回答，而是转了个话题，说：“刚刚你和傅清源的对话，我都听到了。傅清源说你多次维护我，这么说，今天不是你们第一次因我而起冲突，上一次是什么时候？”

聊到这里，就免不了要提起泼人一身果汁的事，江意没提那些下作的以讹传讹，简单说了说当时的情况。

“孙枕秋和傅清源借酒嘴碎，我没忍住，一杯果汁就泼过去了，”江意红着脸解释，“多少有点冲动。”

盛言臻没说话，窗外明暗不定的灯火落在他脸上，显出几分难测的深邃。

江意睨着他的神色，小声说：“我这么做是不是让你为难了？”

“你有没有听过这样一句话——”盛言臻一手撑在方向盘上，一手抵着额角，按了按，“如果一个人频繁被另一个人感动，那么这个人迟早会爱上对方。”

江意一怔。

盛言臻在转向的间隙里看江意一眼，目光同声音一并落下来，俱是沉甸甸的。

他说：“小江意，不要再让我觉得感动了，我的克制其实并不坚定。”

车厢内光线幽暗，淡淡的冷调香气拂面而过，是盛言臻身上的味道。

江意默数着呼吸声，让自己平静了几秒，然后开口：“我没有想过要感动你，或是和你打什么感情牌，只是跟随感情的指引，做一些我认为值得的事。”

“值得？”盛言臻玩味似的重复了一遍。

江意点头：“在你身上付诸感情，对我来说就是一种值得。”

车子在这时开进一段隧道，窗外骤然失去风景，像跌入某个异度空间。

江意顿了顿，又说：“无论什么时候，我都相信你是很好的人，卓越出色，坦荡磊落。我会一直这样坚定地相信，义无反顾。”

隧道出口越来越近，盛言臻一直看着前方，江意不知道这一刻他脸上有着怎样的表情，只听到他说：“之前，在工作室的会客室，你问过我一个问题，问我在面对你的时候，是不是自卑。在我回答这个问题之前，江意，你应该先弄清楚自己有多幸运——家境优渥，头脑聪慧，长辈敦厚而包容，原生家庭幸福温暖——这几件东西，一件比一件难得，你却全都有了。所以你很勇敢，不吝惜付出爱和表达爱。但这样的幸运不是人人都有，这样的勇气也是，你明白吗？”

江意那么聪明，自然不可能听不出这番话的画外音——她给出的东西太好，他未必能拿出同等分量的东西来回馈。

她越是勇敢，胆量惊人；他越是谨慎克制，三思而行。

沉默了一会儿，江意说：“给我讲讲你小时候的事吧。”

盛言臻没拒绝，只说：“做好思想准备吧小朋友，你即将听到的可不是童话。”

（52）

盛言臻将车停在江畔广场附近，两人下了车，沿着步行路慢慢地走。

立秋了，晚风很凉，江意身上的衣服漂亮却单薄，风一吹就透了。盛言臻买了两杯热咖啡，然后脱下自己的西装罩在她肩上，说：“穿着吧，别感冒。”

整理衣服时，盛言臻的两条手臂都停在江意身侧，乍眼看去，像极了拥抱。

江意故意朝他靠近一些，低声问：“你对别人也这么好吗？”

两人身高有落差，盛言臻垂眸，看着江意莹润的眼睛，很轻地笑了一下。

他没说话，江意却读懂了他的神色——不是什么人都能让他瞻前顾后，让他举棋不定。

风吹过来，江岸两侧灯影浩瀚，小商贩牵着一大串氢气球走过去，小风车旋转不休。

“你听到的那些传闻，有一部分是真的。”盛言臻的声音很平静，也很温和，慢慢地说，“我的确是被人收养的，养父叫盛槐林，年轻时也学过戏，京剧武生，是他启蒙了我，带我入行。但我不是弃儿，我是主动离家出走的，不是被抛弃，我知道我的生母是谁。”

盛言臻出生在一个不足三十平方米的小屋里，没有出生证明，也没有上过户口，甚至没有名字，生下他的女人说他是灾星，就叫他阿灾。

女人家里穷，高中没毕业就出来打拼，在厂里交了个男朋友，同居之后很快怀孕。那年她还不满二十岁，男朋友是个老实人，允诺会娶她，结果醉酒后意外落水，尸体三天后才被捞上来。女人怀孕八个月，没钱引产，半个月后，在出租屋的卫生间里生下一个男婴。

女人找不到男方父母，娘家人嫌她未婚生子是晦气，不许她进门，她只能没日没夜地哭，险些哭瞎眼睛。

女人出身虽然落魄，相貌却很美，儿子的眉眼像极了她，是个很漂亮的奶娃娃。可越相像，女人心里越恨，若没有这个孩子，她不会沦落到这样的境地。孩子几乎是泡在眼泪和咒骂里长大的，他没有像样的衣服，没有玩具，没有故事书，也没有感受过母亲温柔的拥抱和亲吻，有时候甚至连饭都吃不上。

盛言臻不能出门，整天待在屋子里，透过一扇上了锁的小窗朝外看，不哭也不闹。

房东大妈嫉妒女人貌美，故意讽刺她，说："我养在乡下的那只土狗都没有你儿子乖！"

女人冷笑："你要吗？想要就送给你，让你白捡个儿子，给你养老送终！"

回忆外，盛言臻停下脚步，他靠着岸边的护栏，看着远处壮阔的江面，游轮穿行来去。

他感受着扑面的风，对江意说："有一次她帮我洗澡，洗到一半忽然掐着我的脖子把我往水里按。热水灌进我的鼻腔和喉咙，难受极了。几秒钟后，她又把我抱了起来，我在剧烈的呛咳中听到她的哭声，她说她对不起我，说自己不是一个好妈妈。"

二十多年过去，很多细节都已经模糊，女人那张挂满泪水的脸，盛言臻却一直清楚地记得。

此后的很多年，他一直把那些眼泪当作她爱他的证据。

"六岁生日那天，她带我出门，坐了很久的公交车，又走了很远的路。她在路边小店里给我买了一件新衣服，还买了糖葫芦，然后让我在路灯下等她。她说她去取预订的蛋糕，过生日都要吃蛋糕，很快就回来。"

盛言臻有预感，那个女人不会回来，所以，他没有留在原地傻等，而是背起书包，穿着他唯一一件新衣服，沿着和女人离开时相反的方向，走远了。

这座城市那么大，繁华恢宏，一次走散，就意味着可能永远不会再见面。

盛言臻一直记得，相依为命的那几年，女人时常情绪崩溃，骂他是灾星、命硬、不干净，骂完了又哭着求他放过她，好像如今这局面全是一个孩子造成的。

当时是冬天，下过一场大雪，入目一片白茫茫。

六岁的孩子踉踉跄跄地走着，他没有手套，小手冻得通红发肿，鞋子湿了，浑身都冷。他以为自己会被冻死，然后，他遇见了盛槐林。

在戏校看门的落魄男人将他抱进值班室，给了他一杯热水，让他抱着暖手，慢慢地喝，又问他是不是迷路了。

值班室很小，旧木桌上放着收音机，里面传出些旋律，咿咿呀呀的。

盛言臻听不懂，却莫名喜欢，歪了下脑袋静静地听着。

“好听吧？”那时候盛槐林也很年轻，性情没有变得扭曲，还有和善的一面，他看了盛言臻一眼，笑眯眯地说，“这是昆曲《玉簪记》的选段，讲了道姑陈妙常与书生潘必正的故事。”

说着，盛槐林用手指敲着玻璃杯，摇头晃脑地唱了一句：“秋江一望泪潸潸，怕向那孤篷看也。这别离中生出一种苦难言，恨拆散在霎时间。”

别离中生出一种苦难言……

这句唱词盛言臻记了很久，很久很久。

“这些年，我心里一直有个执念——是我先放开了那个女人的手，是我主动离开她，而不是她抛弃我。我没有被抛弃过，从来没有。”

繁华都市灯火万千，却没有一盏能点亮盛言臻那双过于黑沉的眼睛。

“有点好笑是不是？”盛言臻自嘲地笑笑，“可我需要这份执念，在那段艰难日子里，它是我仅有的骄傲和尊严，我必须守住它。”

这句话听起来可太令人揪心了。

那是盛言臻啊，多优秀的人，风度翩翩，卓然不群，原来也曾被踩进土里，饱受践踏。

“再后来，我被盛槐林收养。”盛言臻说，“他给我取名叫盛园，梨园的‘园’。盛槐林一辈子爱戏成痴，可惜天赋不够，没唱出什么名堂，就把希望都压在我身上，盼着我能给他一个圆满。我的养父是一个很矛盾的人，一方面他希望我能出人头地，替他完成未竟的梦想；一方面，他又嫉妒我的资质和运气，小小年纪就拥有了他一辈子都得不到的东西。两种情绪的对冲让他变得扭曲，偏执、易怒、阴晴不定，和他一起生活，日子并不好过。

“年纪越大，我越不喜欢他施加在我身上的那些东西，也不喜欢他给我取的名字。我给自己另改了一个，于是有了盛言臻，百福齐臻的臻。为此我和盛槐林大吵一架，他把我锁在卫生间里，关了一天一夜。”

盛言臻的声音一贯好听，即便这样沉重的往事，他也能讲述出云淡风轻的感觉，透出一种释然的洒脱感。

江意觉得心头堵得厉害，说不清是难过还是压抑。

盛言臻双手撑在护栏上，远眺江面灯火。风吹过他白色的衬衫和垂在额前的发，整个人有种冷调的英俊，干净清绝，如同早春时分山林间淡色的雾。

江意抿了抿唇，手伸出去，先碰到盛言臻的衣袖，触感细滑冰冷。她的掌心顺着他的小臂向下游移，最终覆在他的手背上，安静贴合。

盛言臻转头看她，深邃如星的一双眼睛浮着浅浅的笑，轻声说：“珞珞，你知道我为什么要给自己取名叫盛言臻吗？‘臻’字的本意是达到美好境地，小时候，我的生活太苦了，我想向老天讨一点好运气，让它放过我。”

千言万语都不及这一句让人动容。

江意疼得心都要碎了，却又觉得任何安慰都是浅薄。

命运将他反复击打，试图让他跪下，弯腰做人。可他从未屈膝，硬是从泥沼之中，为自己破开了一条通往新生的路。

自救者，人恒救之；敬人者，人恒敬之。

盛言臻没在深渊中沉下去，而是抓住了机会，一鸣惊人。

（53）

“珞珞，我和你说这些，不是为了让你同情我，而是想让你看清楚，真实的盛言臻是什么样子。”盛言臻看着两人贴合在一起的手，慢慢地说，“生母厌弃我，养父把我当成实现梦想的工具，他们是我仅有的亲人，却都没有好好爱过我。我的感情世界千疮百孔，你有多少爱意可以用来治愈我呢？我何德何能，凭什么能用一个女孩子宝贵的爱慕来填补自己的狼狈和伤口？”

这一晚，盛言臻说了很多话，一直是云淡风轻的样子，唯独最后这几句带上了脆弱的易碎感，几乎卑微。

他说：“你说过，璎珞在佛经里的寓意是无量光明，由世间众宝所成。珞珞，你拥有那么多美好的东西，快快乐乐地长大，不是为了爱上我这样的人，明白吗？”

话音落下的同时，江意觉得自己的心跳也一并停了。

太多情绪堵在那里，让她一时间失了声音。

风仍在吹着，天上流云不住地变化着形状。

江意站在盛言臻身侧，看着他英俊的侧脸，也看见他低垂的睫毛正不安地颤动。

在这段关系里，江意始终坦荡热烈，勇敢而朝气。而盛言臻是克制的，有时候甚至谨慎得近乎薄情，直到今天，直到此刻，江意才明白，他为何如此隐忍——

他觉得自己不配，不配拥有很好的爱。

江意有了眼眶湿润的感觉，鼻子抑制不住地泛酸。

夜深了，风仍在吹着，空气微凉。光线半明半暗，无端透出些暧昧的味道。

江意不知自己是打哪儿借来的胆子，她抬高双臂，攀住盛言臻的肩膀，趁他来不及反应，凑过去——

吻住了他。

嘴唇细腻而柔软，贴合处揉着淡淡的清香。

不知是香水还是唇釉的味道。

那味道实在太甜，甜得让盛言臻有一种心慌的错觉，像是吞下了某种会上瘾的药，诱着他不住下坠，不住沉沦。

呼吸滚烫，空气也滚烫。

恍惚中，盛言臻再度想起先前的论断——他无法阻止自己沦陷。

他注定是她的囚徒。

江意到底是女孩子，年轻又羞涩，匆匆一吻，很快放开。

她心跳还乱着，眼神湿润，仰头看着盛言臻，小声说：“这是我第一次接吻……”

浅色的月光弥散在两人之间，轻飘飘的。

西装外套板正宽大，江意笼在里头，看上去分外小巧，像个裹着精美包装的贵重礼物。

盛言臻牢牢盯着她，眼神深邃极了，两秒钟后，他低下头。

这一次换他主动，不再是嘴唇稚嫩的贴合，男人被勾出了骨骼深处最原始的占有欲。

江意脸颊是红的，嘴唇也是，周身的力气不晓得跑去哪里了，四肢绵软，几乎无法站稳。她不由自主地闭上眼睛，脑海中一片空白。

距离太近，她呼吸间充斥着男人身上的味道，嘴唇和舌尖都是湿润的，辗转间，皮肤先是变成漂亮的粉色，而后泅出诱惑的红。

心跳快得近乎凌乱，“咚咚”作响，江意有些承受不住，向后仰想要躲开。

盛言臻觉察到她的意图，单手按住她白皙的后颈，有些霸道地将她扣向自己。

她说她是第一次接吻，他又何尝不是。

他第一次敞开紧掩的大门，剥开陈年的伤口，允许有人走进他荒芜的世界。

恰如那句歌词——

赐我她的吻

如怜悯罪人

……

（54）

月光清清淡淡，风吹过两人的发丝。

江意微微发抖，手指不由得握紧盛言臻肩膀处的衣服，指尖下的布料上浮起些许褶皱。

盛言臻终于放开江意，她别过头去，凌乱呼吸，小声说：“你慢一点，我……我不会换气……”

只这一句，盛言臻心都软了。

这是他宁可粉身碎骨，也不愿伤害的女孩子，是他涉过一切苦海后，收获的那份甜。

也是可遇却不可求的圆满。

多珍贵。

长夜寂静如水，江面光影粼粼。

江意几乎被盛言臻圈在怀里，仰头看他，笑着说：“你亲我了！”

亲吻是心动最有力的证明，无法否认。

盛言臻目光软得不像话，叹息一声：“你啊……”

“真实的盛言臻是什么样子，我早就看清楚了。”江意的手臂移下来，攀在盛言臻的腰间，她的脸颊和嘴唇还红着，是方才亲昵留下的印记，轻声说，“过去可能有很多不如意，但那不是你的错，你不必为此负担什么。感情荒芜也没关系，我教你，我来教你表达爱，也教你接受爱。我很厉害的，你相信我！我们一起开始新生活，好不好？”

新生活，多诱人的词……

盛言臻眼睛里有破碎的温柔在漂浮，他垂着视线，在江意眉心处落下一吻，犹如信徒在亲吻追崇的神明，圣洁而虔诚。

“珞珞，你还小，别急着做决定，再等一等。”盛言臻声音很轻，慢慢地说，“等你长大一点，读完大学，看过更多风景，若那时你的选择依然是我，我会给你我能给的一切。”

“那你会等我吗？”江意忽然有点委屈，“我怕我还没长大，你就被别人拐跑了！你那么好，肯定有很多人惦记着……”

盛言臻拨开江意额前的发，手指滑过她的鼻梁，停在嘴角有笑窝的地方，说："不会的。"

遇见她，吻过她，被她这样感动着，他没有办法再去爱别人了。

江意歪着头，在盛言臻的手背上蹭了蹭，说："你等我两年，等我到二十岁，好不好？那时候我应该在准备读博，压力大，一定很暴躁，你要对我好一点，多哄哄我！"

盛言臻的拇指搭在江意的唇边，摩挲那抹殷红的颜色，说："你别着急，慢慢长大，我会等你的，多久都等。"

江意眨了下眼睛："以防你说话不算话，我得留个印记当证据。"

盛言臻正想说我们可以签个书面协议，江意双手抓住他的衣领，让他微微弯腰，然后一口咬住了他的喉结。

不是吻，而是咬，挺用力的一口。

盛言臻疼得闷哼一声，却没动，任由江意在他脖子上嵌下一圈牙印，尤其是小虎牙那里，挺明显的两个小坑。

很早之前她就说过，总有一天，她会在这里留下一个牙印。

如今，也算得偿所愿。

"我亲过也咬过，"江意唇边勾起一点笑，像个任性的小恶魔，"刻下痕迹了，这个人就是我的！谁都别再惦记，也别想碰！"

小姑娘还挺霸道！

盛言臻眼中浮起笑意，看上去分外温和，说："下次你换个地方咬，咬喉结实在太疼了，差点呛着我。"

换个地方……这话听起来……

江意轻咳一声，及时掐断了脑袋里的奇思妙想。

两人在江边说了很久的话，这会儿已经快到凌晨，盛言臻要送江意回去。

江意脑袋里一会儿一个念头，突然说：“我们去看日出吧！”

盛言臻一怔：“现在？”

江意说：“我知道一个看日出的好地方，现在开车过去，应该赶得上。明天是周末，就当给自己放假。”

盛言臻笑了笑，点头说好。

江意口中的“好地方”是一家度假酒店，主楼建在山崖附近，VIP 套房设有观景平台，能看日出，也能看到万壑松风的好景致。

“观景”也是这家酒店最大的卖点，正式营业不久便销售火爆，即便定价昂贵，依然“一房难求”。在这里拍照打卡，一度成为年轻人间的流行风尚。

两人已经上了车，盛言臻单手搭着方向盘，扭头看江意：“你确定要和我一起去酒店？”

“不仅要去，还要开一间观景房。”江意竖起一根手指，晃了晃，“一间哦！”

盛言臻眯了眯眼睛，存心吓她：“碰见熟人可怎么办？”

“这个时间，别说撞不到人，即便撞见了，又怎么样？”江意瞳仁水盈盈的，带着点霸道的样子看上去很可爱，“你是我的人，两年后是我的，现在也是我的！若有人说闲话，由着他们去说！”

盛言臻没说话，只是摇头浅笑。

“最好传得尽人皆知，”江意嘴角弯起，“这样，盛老师就会带着聘礼来娶我了！”

盛言臻与她对视着，忽然说：“什么样的聘礼能配得上小江意？”

“一双红烛、两杯清酒，”江意掰着手指数给他听，“再加一件戏服、一盒油彩。”

盛言臻的目光仍停在她脸上，江意继续说：“红烛代表喜庆吉祥，清酒两杯是合卺之礼，礼成，从此相亲不相离。”

“那戏服和油彩呢？”

“它们是你坚守多年的初心，是钟爱，一腔热血，赤诚所系，”江意说，“我要你爱我像爱它们那样！”

我要你的赤诚，也要你的热忱，要你眼中心中只有我，上瘾一般。

盛言臻轻轻一笑，两根手指捏住江意的下巴，晃了晃：“你年纪不大，野心可不小。”

江意顺势仰头看向他，态度坚定：“爱本来就是霸道的，要全部占有，要独一无二。”

两人的目光像藤蔓，彼此缠绕胶着。车里一片安静，只有橘色的灯光轻盈落下，如同罩了一层细腻的滤镜。

似是过了许久，又好像不过转瞬。

盛言臻收起笑容，眼神温和地回了她一声：“好。”

好啊。

我允许你霸道，也允许你占有。

酒店离市区稍远，盛言臻开了三个多小时的车，江意坐在副驾，起先还能跟盛言臻聊天，后来渐渐撑不住，睡着了。她身上盖着盛言臻的西装，小半张脸都埋在下面，衣服颜色深黑，衬得她皮肤白嫩，有种半透明的质感。

盛言臻把音乐调低，收回手时勾了勾江意的鼻尖。

江意闭着眼睛，忽然开口：“如果你想偷亲我，现在是个好机会，我睡着了，没法躲开，也不能拒绝。”

盛言臻被逗笑了，摸了摸江意的额头，说：“你睡一会儿吧，到了我叫你。”

他衣袖间有股很淡的冷调香味，江意睁开眼睛，借着车厢内橘色的光线，看他的侧脸，问他：“盛老师，刚才也是你的初吻吗？”

盛言臻笑了笑：“如果我说不是，你会不会哭鼻子？”

“会有点难过，”江意说，“但是，你毕竟大我几岁……”

话没说完，盛言臻忽然伸手盖在江意的眼睛上：“没有别人。遇到你之前，从未有人向我要过聘礼，也没有人让我想起过‘爱情’这个词。况且，我太忙了，也顾不上那么多。”

江意故意眨动眼睛，让细密的睫毛刷过盛言臻的掌心，留下麻酥酥的触感，然后在他人为制造的黑暗里睡着了。

睡熟前她隐约听到车载音响里传出一首粤语歌——

宁为他跌进红尘，做个有痛觉的人

……

（55）

抵达酒店时已经是凌晨三点，江意睡了一路，从车上下来，还有点没醒透，被盛言臻牵进了大堂。走到一半，盛言臻想起落了东西在车上，让江意等他片刻。

江意坐在大堂的沙发上醒神，忽然听见电梯那边传来一阵笑闹，还有高跟鞋踩过地面的声音，夜深人静时分尤为刺耳。

江意扭头看过去，几个年轻男女神色微醺，勾肩搭背地从电梯里出来，看样子是刚结束一场通宵派对，要换个地方继续找乐子。那几个人江意很眼熟，都是常年混迹酒吧夜店的富家公子。其中一个女孩在吊带裙外罩了条小披肩，背影妩媚至极。江意多看了几眼，女孩恰好在此时转身，两个人目光相撞，同时一愣。

孙枕秋拢着披肩走到江意面前，垂眸打量她片刻，微微一笑："真巧。"

这一动作把其他人的注意力都吸引过来，有个金发男语带诧异地嚷着："江意？你怎么坐在这里？"

孙枕秋不太痛快地扫了金发男一眼："你们认识？"

金发男从人堆里跑出来，一屁股坐在江意旁边，笑嘻嘻地向众人介绍："何止认识，这是我女神呢！只不过女神不爱理我，约她吃饭、泡夜店，约了好几次都没成功！"

孙枕秋嗤笑一声："那是你级别不够，入不了你女神的眼！人家喜欢的是青年才俊艺术家，盛言臻那类的。你会涂脂抹粉，会唱戏腔、甩水袖吗？"

一句"涂脂抹粉"把周围的人都逗笑了，江意蹙了蹙眉，正要开口，听见身后传来一声："方禹成，大半夜的不睡觉，你这是什么德行！下次再碰见你哥，别怪我跟他告状！"

方禹成就是金发男，闻声回头一看，立即满脸堆笑，说："言臻哥，好久不见！"

盛言臻没理方禹成，径自走到江意面前，朝她伸出手。

江意握住盛言臻递来的手，借力站起来，盛言臻顺势搂住她的肩膀，当着众人的面，接着训斥方禹成："上次见到你哥，我还夸你成熟了，越来越稳重，你可真能打我的脸！"

方禹成依旧笑嘻嘻的："我真不知道言臻哥和江小姐是……朋友，多有冒犯！要不，我给江小姐道个歉？"

说到“朋友”二字，方禹成故意顿了顿，颇有些意味深长。

“你大哥准备送你出国，正在物色学校，”盛言臻看他一眼，神色淡淡的，“你安分些吧，不然，有你受的！”

说起出国，方禹成似乎憋了一肚子委屈，拽着盛言臻好一顿抱怨，一口一个言臻哥，叫得亲近且熟稔，明显有着多年私交。

方禹成在圈子里是有名的混不吝，无法无天，孙枕秋没料到他在盛言臻面前竟然如此乖觉，越想越心惊，不由得变了脸色。

正说着，一个经理模样的人走了过来，揣度着气氛，双手递上一张房卡，对盛言臻说：“盛先生，您要的观景套房已经准备好了。”

孙枕秋嘴巴走在脑子前头，语气很冲地说：“不是说观景套房已经售罄？我们要的时候没有，他们要就有？这是薛定谔的房间？”

她刚一开口，方禹成就翻了个白眼，暗骂她脑子有坑。

经理倒是笑容不变，客气道：“孙小姐别误会，酒店内有几间套房是专为股东和投资人准备的，不对外销售，所以……”

“辛苦了。”盛言臻打断经理的话，接过房卡，“我这边不用你照应，去忙吧。”

方禹成嫌弃孙枕秋给他丢人，不想多留，跟盛言臻打了声招呼，转身要走。一群人都跟在他身后，像是簇拥着一个即将亲政的小皇帝。

盛言臻看着这群人，忽然开口：“孙小姐，如果我没记错，你的合约是签给了孟绍霆名下的画廊吧？孟先生与我私交不错，据我了解，他最不喜欢的就是话多和搬弄是非的人。孙小姐若想长久发展，搏个好前程，还是改改爱嚼舌根的毛病吧。”

孙枕秋正要跟着方禹成一并离开，听见这话，脚步一顿，回头看过来，神色里多了几分慌张。

“你正在筹备的那本画册涉及版权纠纷，”盛言臻脸上带着浅淡的笑，眼神却是冷的，温声说，“短时间内，恐怕出不了了。孙小姐还是多想想怎么和孟先生解释吧，他一向很讨厌业内那些上不得台面的勾当。”

说完，盛言臻再未理会这些人，带着江意进了电梯，身后传来几声轻呼，似乎是孙枕秋在叫他，还有方禹成冷笑的声音：“让你嘴贱！也不掂掂自己几斤重，什么人都敢得罪！”

电梯里没有其他人，盛言臻一只臂弯处搭着西装外套，另一只手牵着江意，始终没有放开。冷白光线落在他的衬衫上，浮起一种霜雪似的质感，看上去分外洁净。

江意有几个问题想问，想问盛言臻为什么会认识方禹成那个纨绔，又为什么会是酒店的投资人，却不知该如何开口。盛言臻一眼便能洞悉她的心思，主动说：“方禹成是方家的小儿子，出生时他爸都快六十了，老来得子，让家里惯得少根筋。他谁都不怕，就怕他亲大哥，三天两头挨揍，鸡毛掸子打折好几根，我跟方家长子私交很好。”

江意听他说得有趣，弯着眼睛笑起来。

“这间酒店筹建的时候资金上遇到些问题，大家都不看好这个项目，我投了笔钱，权当是帮朋友的忙。”盛言臻说，“没想到正式营业后情况居然不错，我也就成了半个投资人。”

江意刻意压低声音：“我是不是可以理解成——盛老师是有钱人？”

“盛老师不是有钱，”盛言臻配合她，也将声音压低，“而是很有钱，主业副业都赚钱！”

“那你给我交学费吧，盛老师，”灯光下，江意满眼的笑意，“你出钱供我读书，毕业后我就可以直接跟你走了！”

盛言臻哭笑不得，揉了揉江意的头发。

电梯运行到指定楼层，厢门开启时，江意听见盛言臻说：“傅清源的话你不要相信，一个字都不要信。我不需要什么背景，也无须旁人扶持。”

当年那个无依无靠连名字都要自己取的小男孩长大了，现在，“盛言臻”三个字就是他的背景，他本人就是自己最强大的倚仗。

（56）

江意和盛言臻时间赶得刚好，他们进入房间时，天边泛起鱼肚白，地平线上晕起红色霞光，脚下是万顷碧涛和呼啸的山风。

画面绚烂亦壮阔，难怪这房间的价格一度被炒上天。

套房配备的小观景台上铺着纹路精致的木地板，落地灯、木艺秋千和藤编沙发摆放得很有格调，小圆桌上点着香薰蜡烛。

烛光荧荧跳动，香气浅淡，远处金与红交织，晨辉初现，霞光铺天盖地地蔓延。

鸟雀不住地鸣叫，甚至能看见盘旋的老鹰，山风无比肆意，有种灵魂被荡涤一清的感觉。

江意站在护栏后，张开手臂，任由长发随风铺开，感慨：“真美啊！”

盛言臻离开片刻，再回来时手里倒提着两个高脚杯，还有一瓶红酒。他听见江意的话，不由得一笑，说：“我跟经理打过招呼，这套房间给你留着，随时可以过来。”

江意回头，盛言臻晃了晃手里的酒瓶：“我的私人收藏，寄存在这里的，要不要尝尝？”

盛言臻手上这瓶红酒出自一个很有名气的古老酒庄，酒液是漂亮的深紫色，剔透如昂贵的宝石。两人各执一杯，轻轻一碰，浆液翻卷起细微的波澜。

江意酒量不好，只敢喝一点，红酒入口饱满细腻，余韵里交织着松露、黑莓还有淡淡的焦糖气息，丰厚绵长。

盛言臻肚子里有很多故事，借着这杯酒，还有窗外的风景，同江意说起他在国外巡演时的经历。他只挑好玩的说，江意却知道，这份游刃有余、鲜花着锦背后，是日复一日的坚持与苦练。

他吃过的苦，让他配得上一切称赞，一切荣誉。

气氛这样好，本该聊些风花雪月，江意觉得自己可能是一宿没睡困迷糊了，也可能是酒劲上头不清醒，问了个颇为扫兴的问题："傅清源为什么会被邵老除名啊？"

"因为他撞了我一下。"盛言臻浅笑着，说，"我站在梯子上，被他撞得摔下来，右膝关节部分软骨破裂。出事那年我十八岁，一个月后，就是瑞恒剧团的封箱演出，我是邵老钦定的柳梦梅。"

这件事竟然发生在封箱之前……

那场救活了瑞恒剧团的封箱大戏！

江意震惊得险些打翻手上的杯子："你是带伤上台的？"

"是啊，时间有限，"盛言臻扶住江意的手腕，顺势挑开她滑到身前的长发，仍是那副云淡风轻的样子，"容不得我把伤彻底养好。好在当时伤得不算太重，不影响走路。"

带伤上台，一路忍痛，即便如此，他依然拿到了一座"金梨园"。

盛言臻的语气越是从容，江意眉头皱得越深，她抿了抿唇，赌气似的质问："留下后遗症了吧？天气不好或是站得久了，膝盖是不是会疼？"

盛言臻被江意气鼓鼓的样子逗笑了，伸手按在她头顶，揉了两下，像是在安慰发脾气的小朋友。

江意哪肯让他这样搪塞过去，扭头躲开他的手，接着问："这是故意伤害吧？你没有报警或是起诉他，给自己讨个公道吗？”

“傅清源当时不满十六岁，他说是在打闹时被人推了一下才撞上去的，推他的人也说并非有意。”盛言臻耐心地解释，“后来，傅家出面私了，赔了钱，又给了剧团一笔捐赠。”

江意仍是觉得不满，眉头紧皱。

盛言臻叹了口气，只能把话说得更直白一些：“珞珞，当时瑞恒举步维艰，和公道相比，我更需要那笔钱，剧团也需要钱。”

江意看着他，眼眶慢慢红了，心头似乎积压了很多情绪，每一种都万分沉重。

盛言臻神情中铺满温柔的底色，他用手指勾着江意的下巴，去看她的眼睛，将声音压得极低，故意问：“心疼我啊？”

江意扭过头，不肯给他看。

盛言臻在她耳垂上捏了捏，笑着说：“不必心疼，那些经历成就了今日的盛言臻，别人如何夸我捧我，我都不觉得心虚，因为那是我应得的。”

天光已经大亮，晨风里有草木清冽的味道。

江意看见朝阳映在盛言臻眼睛里，将那双纯黑的瞳仁侵染得越发深邃，似汪洋，似旷野，自由而强大，恰如他的灵魂。

“傅清源出身梨园世家，他的叔叔和父亲在业内小有名气，原本他也是要走这条路的。”盛言臻把玩着手中的高脚杯，继续说，“不过傅家兄弟再有名，加一块也比不上邵老德高望重。邵老公开将傅清源除名，相当于断了他在行里的前程，傅清源只能另寻出路。”

傅清源说过，他叔叔是瑞恒剧团的现任团长。傅家同盛言臻算得上积怨甚深，傅家长辈做了剧团的主事人，盛言臻的日子一定不好过。江意想，这应该就是盛言臻离开瑞恒另外挑班的原因。

姓傅的自作自受在先，挟私报复在后，居然还敢造谣说盛言臻背弃恩师、忘恩负义，他可真好意思张嘴！

江意脱口而出：“上一次我应该用开水泼他，而不是果汁！便宜姓傅的！还有那个孙秋秋，蛇鼠一窝，都不是什么好东西！”

能把小仙女逼到骂人，想必是气得很了。

盛言臻看着江意，忽然张开手臂，将她抱住。

盛言臻的两条手臂都环在江意背上，抱得很紧。江意有种呼吸困难的感觉，却没有挣开，而是垂下头，将脸颊埋在盛言臻的肩膀上。

这是个分外柔软的姿势，两个人互相依靠着，都很放松，也都觉得很享受。

“从小到大，无论发生什么，我很少觉得委屈。”盛言臻偏过头，他闻到江意身上的味道，香香的，温暖甜蜜，“有人疼的孩子才会委屈，有人哄的孩子才会难过，这两种情绪对我来说太奢侈了。我没有那么多时间，也没有那个条件。”

盛言臻叹了口气，呼吸间充盈着女孩子身上的馨香，继续说：“可是现在，我竟然觉得有点委屈，还有点难过。”

据说，有两种反差是最为致命的，一种是忠心者的背叛，另一种是强悍者的落寞。

盛言臻有多强大，从那句“昆曲之雅，可见言臻”便能窥见。他的外表有多儒雅，内心便有多坚韧，这样的人，却说他从不觉得觉得委屈，因为无人在乎他的委屈。

江意的心都要被揉碎了，她的手搭在盛言臻的腰上，触摸着那处细窄的线条，小声说：“以后，我会哄着你的，把别人亏欠你的那些都补回来，好不好？”

盛言臻——

你相不相信，这个人就是你涉过一切苦海后，所收获的那份甜，也是你不忘初心，应得的圆满？

我信。

爱意不分先后，只言深浅。

我会努力，比你爱我更爱你。

Chapter.06 你笑一下，我就沦陷了千百次

（57）

江意看过日出才在酒店的房间里睡下，相当于熬了一个通宵，这一觉睡得又深又沉，醒来时已经是下午四点。窗帘挡住了天光，床头亮着一盏昏黄的小夜灯。

盛言臻把带观景台的套房留给江意，自己另开了一间休息。江意不愿穿酒店的浴袍，身上还是昨天的衣服，沾了江边的风又沾了晨露，看上去皱巴巴的。她正要打电话给家里的阿姨，让她安排司机送些贴身的东西过来，手机铃声响了。

斯霖的声音里带着三分笑意，听上去很亲切，她问江意醒了没，说盛言臻让她买了一些换洗衣服，江意若醒了，她现在便送过来。

斯霖准备的东西很全，内衣外衣都有。江意还从小盒子里找到一对耳钉，正是她昨天戴过的那一款，有一只在秦书恒的别墅里弄丢了。

斯霖看出江意的惊讶，笑着说：“这是盛老师要我准备的，他跟我说了品牌和大致的样式，我去专柜找到的。”

江意莫名觉得耳根发热，她用手背贴了贴额头，掩盖唇边抹不平的笑窝。

“裙子的款式也是盛老师挑选的，他说江小姐穿上一定好看。”斯霖笑眯眯的，“不过，尺码是我挑的。江小姐试试吧，看合不合身。”

棉质长裙，裙摆和领口处用了贝壳边剪裁，廓形上带有复古格调，很衬江意的肤色，简洁干净，看上去十分柔美。

江意记得自己在品牌官网上见过这条裙子，今年发布的新款，价格不菲，她还和沈珈玥讨论过，纯白的色调会不会太稚嫩。

款式漂亮，尺码也合身，斯霖打开窗帘，江意和白裙子一并陷落在阳光里，熠熠如故事书中的小公主。

斯霖笑起来：“盛老师眼光真好，江小姐穿着果然很漂亮！”

这句称赞倒是勾起了江意的小心思，她转过身，问斯霖：“盛言臻一直都是这样细心吗？”

会为女生挑选衣物，眼光独到，还能记住首饰的品牌和款样。

他都给谁挑过这些东西啊……

“盛老师的确心细，教养很好，”斯霖说，“与人交往时也很有分寸，拿捏尺度，不会做让人误会的事。他若主动待一个人好，处处体贴，不设防，就证明他很在乎这个人。”

江意站在镜子前戴耳钉，忍不住捏了一下斯霖的脸，玩笑道：“好会说话的小助理！”

斯霖立即摇头，诚恳道：“我不是有意奉承老板，而是真心觉得盛老师是个好人。”

“我知道的，”江意轻笑，“他是很好的人。”

他应当幸福安康。

斯霖告诉江意盛言臻在餐厅订了位置，她换好衣服，可以直接过去。

这间酒店不单观景台建得好看，餐厅也漂亮，一整面巨大的玻璃幕墙，对应着外头的叠水假山、金鱼池和一丛郁郁葱葱的佛肚竹。

餐厅里，侍者引江意走进来时，盛言臻正在翻菜单，他在页面更迭的间隙里看到她。

江意没化妆，薄薄地涂了一点唇釉，眉眼干净秀丽。她的裙子和皮肤都是暖调的白，灯光落在上面，显得分外柔美。

盛言臻依旧是衬衫和长裤，衣袖折上去，露出骨节分明的手腕和深色表盘的腕表。他看着江意一步步走过来，目光寸寸温和，想着，他挑的裙子果然很配他的人。

餐厅是西式的，盛言臻向江意推荐这里的沙拉。江意摸了摸肚子，小声说："盛老师，你能请我吃肉吗？我睡了一天，真的很饿，对菜叶子没兴趣！"

小姑娘委屈兮兮的模样实在可爱，盛言臻被逗笑了，说："吃什么都可以，盛老师请客。"

饭吃到一半还碰见个熟人，方禹成挽着一个穿缎面长裙的美女，见盛言臻也在，也不管这边是什么气氛，闹着要拼桌，盛言臻拦不住，只得随他折腾。

方成禹就是个成精的话口袋，他说他把孙枕秋拉黑，从朋友圈里踢出去了，那女的大脑皮层没长褶，言臻哥你别跟她一般见识。

昨天那些人都围着方禹成转，他表了态，其他人自然不会再给孙枕秋好脸色。

盛言臻脸上没什么表情，说："一码归一码，又不是小孩子拉帮结伙，没必要这么做。"

"那可不行，我这人护短呢！"说着，方禹成扭脸看向江意，又开始喋喋不休，"之前我和言臻哥也不熟，他跟我大哥关系好。有一次我在港城捅了娄子，㞞得不敢跟家里说，是言臻哥帮我的忙，还借钱给我，特别仁义！我长这么大，除了我哥就服言臻哥，年纪轻轻一身真本事，待人接物即通透又有分寸。现在不流行结拜了，不然，我肯定当场起誓要跟言臻哥死在一块。”

这话说得……

江意和方禹成带来的长裙美女对视一眼，都有些哭笑不得。

“张口就触霉头，你那舌头是垃圾堆里培育出来的吧？”盛言臻也被气笑了，直接下逐客令，“别处找地方坐，我这儿不欢迎你！”

方禹成转了转眼睛，视线在江意和盛言臻之间溜了一圈，问：“你们在交往吗？”

江意料到会有此一问，正要解释，就听盛言臻淡然开口：“没有。”

他否定得太干脆，不留余地，连粗神经的方禹成都愣了，尴尬地搓了搓鼻梁。

盛言臻搁下酒杯，越过插着花束的白瓷瓶看向江意，神色逐渐温和，轻声说：“我在等小女孩长大，等她长大了，由她来选择要不要和我在一起。”

盛言臻的目光犹如实质，将江意妥帖包围，似乎还带着温软的触感。

江意感觉到心跳在加快，耳朵都红了。周遭的一切，声息人影皆淡去，只有盛言臻仍停在那里。

只有他一人是清晰的。

她看着他，也只能看到他。

耳边似乎响起风铃摇动时悦耳的脆响，留声机播放出悠远的歌谣。

这一切都是心动最好的证明。

江意想，你不是我的选择，而是我的注定。

是命运不可避免的安排，我甘之如饴。

盛言臻的话初听平平无奇，越琢磨越觉得撩人。

同方禹成一起来的那个美女用手背贴了贴脸颊，笑着说：“天哪，我都要心动了！”

“难怪女神不乐意跟我玩，”方禹成“啧”了一声，“原来是对手太强大。”

盛言臻挑眉，神色里难得露出几分狷介，对方禹成说：“你才几斤重啊，跟我做对手？话既然说到这里，我也警告你一句——之前的事儿，我不跟你计较，往后，人是我的，你别惦记，懂吗？”

方禹成一个愣头青，在盛言臻面前，自然只有完败的份儿。他一面嘟囔着肉麻兮兮的真受不了，一面牵着美女灰溜溜地走了，走之前还不忘朝盛言臻做个鬼脸。

好好一顿饭，叫方禹成搅和得七零八落，盛言臻叹了口气：“真是个活宝！”

江意笑了，说：“小活宝很崇拜你呢，盛老师。我第一次见你时，也觉得你很有魅力。”

“不要把我想得太好，珞珞，”盛言臻勾了勾唇，笑意却很淡，“我不是圣人，没有那么多慈悲心肠。当初，我会帮方禹成，是因为我知道方家有一栋新建的商厦。我用这份人情在里头换了个商铺，稳赚不赔的铺面。那种好位置根本不会放出来公开竞标，都是给自己人留的，明白吗？”

江意没说话，盛言臻抬起眼睛，看向她：“外头骂我的那些话未必全是假的。我这一身的骨头早就被‘人情世故’四个字泡透了。我不担心别人把我想得太坏，却担心你把我想得太好，我怕有一天，你会失望。”

（58）

开了几个小时的车跑过来，总不能只看场日出就回去。盛言臻问江意要不要在山里多玩两天，酒店的配套设施不错，温泉、泳池一应俱全，景色也很漂亮。江意翻了下课表，她周一没课，周一晚上再动身回去也不迟，于是点头说好。盛言臻自然不会把她一个人扔在这里，推了几个应酬陪她在山里看风景，权当放假。

郑决平日里就是长在盛言臻身后的一条尾巴，寸步不离，连着两天都没见到盛言臻的影子，给他打语音电话也被挂断，干脆拨了通电话过来，咋咋呼呼地问：“哥，你到底干什么去了？饭局推了，人也不露面，李总问起来，我该怎么解释啊？”

盛言臻正陪着江意沿小路散步，随口说：“有什么不好解释的？你就说我去相亲了！”

郑决傻了：“相……啥？”

盛言臻瞥了眼旁边的江意，笑着说：“相——亲——传统民间婚俗，你是哪个字听不懂？”

郑决终于反应过来，“啧”了一声：“初生牛犊不怕虎，还是小姑娘本事大啊，能让铝合金的老树抽条儿冒新芽！不过，我劝你最好先看一下对方身份证，我总觉得那小丫头片子还没成年！”

盛言臻接听电话时，江意的手机也收到新消息，教务处通知课程安排有变，物理系星期二的课程临时暂停，补课时间另行通知。班级群里跳出来好长一串小人鼓掌的表情，接龙似的，江意也跟风发了一个，然后切换界面，在朋友圈里看到桑桑刚刚发布的一条动态。

这家酒店配有小型的室内射击馆，会员制运营，很少对外开放。馆内的墙壁和地面都是冷色调，玻璃墙隔出一个个独立射击位，电子屏幕显示着实时数据。

桑桑六七十发子弹打出去，几乎全部脱靶，只有一次碰到了一环的环线，还不作数。后坐力震得手臂发酸，桑桑气得直接摔了隔音耳罩，说："沈祁东，你带我来这儿就是为了看我闹笑话是不是？"

沈祁东站在她身后，苦着脸讨饶道："你可冤枉死我吧，是你说不想逛街、看电影，也不想游泳、唱K、玩密室，更不想闷在家里，我才带你来这找乐子的。大小姐，我鞍前马后，一片忠心，天地可鉴！"

桑桑在沈祁东面前任性惯了，也不在乎形象，忽然听见身后一阵笑声："桑小姐，你可太能欺负老实人了！"

江意和盛言臻一前一后走进来，毫不意外地收获了桑桑一个惊讶的表情。

沈祁东不认识江意，但他认识盛言臻，摘了护目镜过来和他握手，笑着说："没想到我们会在这儿碰上，缘分真奇妙。"

桑桑终于回过神，又变成了一只活泼的兔子，拉着江意的手说："正愁没人陪我玩呢。我给你介绍，这是沈祁东，我发小，从小同尿一张床的钢铁友情！"

"你可给我留点面子吧！"沈祁东笑着伸出手，"沈祁东，祁连山的'祁'，桑桑的朋友，也是盛老师的朋友。我有家拳击馆，盛老师常去打拳，有时间让他带你一块来，我那好玩的东西挺多的。"

江意也伸出手，和他握了握："江意。"然后有些惊讶地看向盛言臻，"你喜欢打拳？"

盛言臻笑了笑："随便玩玩。"

"谦逊过头就是虚伪了，盛老师。"沈祁东在社交场上一向吃得开，笑得热情又不会显得太过殷勤，对江意说，"有个学员在我那儿练了快三年，以为自己是大师兄级别的，跟盛言臻打了一场就被打哭了。盛老师虽然体型偏瘦，力量一般，但是灵活性好，敏捷度很高，看上去文质彬彬，动起手来凶得很。"

盛言臻打拳——江意实在想象不出那会是什么样的情形，盛言臻一眼读懂她的表情，微微偏了下头，低声说：“有机会我打给你看。”

江意抿了下嘴唇，感觉像是被喂了一颗糖，有点甜。

这家射击馆玩的是仿制手枪，距离二十五米，胸环靶，每次五发子弹。

沈祁东丢给盛言臻一副防护手套，下巴一扬，说：“比一场吗？盛老师。”

盛言臻抬手接住，反问了一句：“有彩头吗？”

听见这话，沈祁东“哎哟”一声，故意拖长了尾调以示起哄。

沈祁东和盛言臻认识好几年，经常在拳击台上互殴，从未一起玩过射击类的游戏，他还真猜不准盛言臻是什么水平。不过，沈祁东上学的时候就经常在游戏厅里玩电子枪，赢回来的小玩偶堆满了桑桑卧室里的小沙发。基于这一点，他还真没把温文尔雅的盛老师放在眼里。于是他一拍大腿，豪放道：“输了原地蛙跳五十下，怎么样？”

江意险些笑出声音，桑桑是个火暴脾气，压不住火，兜头给了沈祁东一记栗暴，说：“你还能再丢人一点吗？多大的人了！”

沈祁东身高一米八七，肌肉扎实饱满，看上去气场很足，在桑桑面前却憨厚得像只大狗，挨了一记栗暴也不生气，揉着后脑好脾气地笑。

“俯卧撑吧，五十个。”盛言臻摘下腕表递给江意，将衣袖折了折，笑着说，“有女孩子在场，给你留点面子。”

这话说得越琢磨越有意思，好像咬定了沈祁东必输。

沈祁东哭笑不得，抬手对着盛言臻比了个开枪的动作，说：“愿赌服输，不许耍赖！”

盛言臻笑而不语，白衬衫上映着些灯光，看起来温文儒雅。

（59）

射击馆配备了专业教练，盛言臻和沈祁东哪里需要别人指导，各占了一个射击位，然后拿起隔断上的耳罩戴好，全透明的护目镜压住鼻梁，有种英俊的机械感。

两人都用了单手据枪的射击姿势，侧身跨立，上臂和肩膀之间是一个近乎完美的漂亮角度。腰背绷得笔直，双腿分外修长，那感觉郑重而倨傲。

两处射击位上同时响起枪声，桑桑和江意下意识地屏住呼吸。五发子弹，中间几乎没有停枪的时间，流畅得如同一场绝妙的表演。

沈祁东率先搁下手枪去看身侧的电子屏幕，靶纸和环数都显示在上面，三发 9 环，一发 8 环，一发 10 环，共计 45 环。

非常漂亮的成绩。

沈祁东神色雀跃，正要打个响指，就听桑桑压着嗓子惊呼："四发 10 环，一发 9 环，我的天哪，盛老师，你到底是什么牌子的小天才？穿雀氏纸尿裤长大的吧？"

盛言臻头回碰见这么夸人的，有点无奈。他摘下耳罩和护目镜，朝沈祁东扬了扬眉毛，笑着说："9 环那一发，我打在环线上了，不然，也该是 10 环的。"

沈祁东被对手秀了一脸，只能暗自咬牙，腮边肌肉绷起一条坚硬的线。

这些人里最惊讶的还是江意，短短一天时间，她似乎见到了一个不一样的盛言臻。

他不认为自己是好人，说自己精于世故，可是，连方禹成那么顽劣的家伙都被他折服。他不善张扬，却总能一鸣惊人，连射击这么小众的运动，也能做到最好。

成就和实力让他有高傲的资本，教养和本性又让他平和，谦逊、稳重、不跋扈、不狷介。

所谓君子，知可为与不可为，涉深渊，渡苦海，千帆过尽后，向善而行。

桑桑是真的佩服盛言臻，跟在他身后问了好几个问题，盛言臻很耐心，一一回答说：“我有个朋友是专业的射击运动员，拿过好多金牌，他教过我。再加上有段时间压力很大，心情不好，就靠射击和打拳排解，练得多了，准度也就高一些。”

桑桑还要再问，沈祁东脸都黑了，扯着她身上小挎包的带子把她拎到一边，说：“你是问号成精吗？哪儿来那么多问题，帮我计数，五十个俯卧撑！”

沈祁东愿赌服输，直接趴在地板上做起了俯卧撑。盛言臻在拳击台上被沈祁东一拳 KO 撂倒过无数次，总算扳回一局，扬眉吐气。他用手机录了一小段视频，笑着说：“留个纪念。”

沈祁东身形一僵，动作越发利落。

桑桑百无聊赖，蹲在旁边帮沈祁东计数，还不忘刺他两句，说：“沈祁东，你真的太笨了，到底什么时候能聪明一点啊？”

沈祁东心里憋着股倔劲儿，动作很快，五十个俯卧撑不到一分钟就做完了，然后靠在墙角休息。他出了些汗，喉结滑动，胸膛起伏，手臂上的肌肉形状越发鲜明，流畅如奔跑中的雪豹，英俊的样子让人不敢直视。

桑桑想和沈祁东说什么，目光瞥过去，不由得一怔，恍惚间竟些走神。

这个读幼儿园起就跟在她身后，帮她打架给她擦眼泪，说要娶她回去当媳妇的浑球，好像已经长成顶天立地的大人了。

时间真的好神奇。

江意眼看着桑桑在沈祁东面前从咋咋呼呼到慢慢安静，不由得露出一点笑。桑桑比江意大了两岁，骨子里却比江意更像一个小女孩。

盛言臻见江意一直看着桑桑，低声说：“我了解沈祁东，人品不错，别担心。”

江意笑了笑，拉着盛言臻的手，将腕表扣回到他腕上。

盛言臻身形清瘦，手也生得好看，指骨细长，关节匀称。江意帮他戴上腕表，又将衣袖拉下来，抹平皱痕。盛言臻顺势握住她的手，掌心紧贴她的手背，那是一个介于保护和包容之间的姿势，带着饱满的安全感。

“那段时间我觉得压力大，是因为工作室刚刚成立，既忙碌又混乱。”盛言臻轻声说，“邵老过世，我失去了唯一的庇护，瑞恒也不再是我的家。四面八方皆是风雨，我不仅要顾全自己，还要照顾那些信赖我的人，比如阿决。”

盛言臻实在太通透，有些话，不等江意问，他已经主动给出答案。

他在江意面前总是很温柔，连语气都是细致的，带着岁月打磨后的豁达与平静，轻轻地落下来，落在指尖、心上。

“现在，工作室的运营已经走上正轨，我不再是一无所有的少年，”盛言臻看着江意，“也学会了用更好的方式去排遣压力和控制情绪。珞珞，我比你大了十岁，先你一步经历过很多事情。那些经历不全是灾难，也有可取之处和宝贵的地方，所以，不必过于心疼我。”

江意很喜欢盛言臻凝眸注视她的样子，深色的瞳仁令人沉溺，似乎镌刻着很多情绪，将她包围，将她托起，让她看见更美的风景，也看见更盛大的星空。

“你说过，一段好的感情，应该是彼此扶持，两个人一同拥有向上的人生。”盛言臻屈起手指，在江意下巴上勾了勾，浅笑着说，“同样的，一段好的感情也不该是一方一味地心疼另一方，那会让感情失衡变质。你只要记住现在的盛言臻是什么样子就好，他意气风发、年轻有为，过去的事，不必追究，更不必介怀。”

这个人啊……

江意很慢地眨了下眼睛，鼻尖有些泛酸。

她怎么会不明白盛言臻的言外之意——你是饱受宠爱的小公主，应该快乐地活着，不必为了我而沾染悲伤的情绪。

别难过，他不想看见她难过。

江意想起当初质问盛言臻是不是自卑时的情形，她自以为看透了他，能洞悉他的全部想法。却不知，她之所以能看到他自卑的样子，不是因为她足够聪明和通透，而是因为盛言臻把爱情给了她，只给她。

他甘愿露出最柔软的骨骼，允许她看见风光之下他的所有狼狈。

越过盛言臻的肩膀，江意看见沈祁东正和桑桑说话，两个人的注意力都不在这边，场馆内也没有其他人。江意抬手勾住盛言臻的脖子，将他拉到近前，然后亲了亲他的喉结，亲在她之前咬过的地方。

江意的嘴唇有些湿润，触感沁着凉意，像一片飘落的雪花。她仰头看着盛言臻，声音轻轻软软，说："下一次过生日吹蜡烛时，我要许愿让盛老师从此只爱我一个人，你说，我会不会梦想成真？"

盛言臻与江意对视着，深色的眼睛格外专注。半晌，他轻笑了一下，温声说："既定事实，何必再去许愿？白白浪费一个向神明讨要好运气的机会。"

（60）

桑桑是个爱闹的，玩过了射击，又想去泡温泉。

酒店的露天温泉建在山中，要坐接驳车过去。私密性很好的数个独立院落，推开门能看见不规则形状的砖砌池子，热气轻盈缭绕，被灯光映成各种颜色，旁边还有供休憩的小木屋、叠石景观和一丛长势繁茂的金丝竹。

江意和桑桑在一起，盛言臻带沈祁东去了隔壁。

换衣服时江意看见木屋里的屏风后面摆着架古筝，大概是造景用的，琴面上用银丝工艺刻出宝钗扑蝶的图案。江意伸手拨了两下琴弦，在铮铮琴音中想起，有个留小胡子的男人恭维盛言臻时说过，盛老师弹得一手好琴。

盛老师真像个宝藏啊！江意有些好笑地想，肚子里不晓得藏了多少好东西。

换好泳衣，江意披着大毛巾走到池边，先把小腿放进水中感受温度，莹白的皮肤细腻如瓷。桑桑已经浸到水里，只有肩膀以上露在外面。她拨开浮在水面装着清酒壶的小托盘，凑到江意身边，仰头问她："那个盛言臻，是你喜欢的人吧？"

江意对桑桑没必要隐瞒，笑着点头。

桑桑眨了下眼睛："你们在一起了？"

"还没，"江意将头发往后拨了拨，说，"等我再长大一点，到二十岁吧。"

桑桑"嗯"了一声："老男人还挺有分寸！"

江意哭笑不得，撩起水花泼了桑桑一脸："他才不是老男人，不许你这么说！"

"我本来打算撮合你和我哥的，"桑桑趴在池边的砖石上，摇头感慨，"谈小也迟来一步，时运不济。"

江意被桑桑天马行空的脑洞吓了一跳，岔开话题问她和沈祁东又是怎么一回事。

"你别脑补啊，"桑桑说，"我们是纯洁的发小情，才不像你跟盛言臻那样，动不动就眉来眼去！沈祁东比我大一岁，但是他上学晚，自幼儿园起就跟我同班。他小时候生活在乡下，口音重，土里土气的，有熊孩子嘲笑他，骂得可难听。我是谁啊，当代女超人，正义的化身，哪能坐视不理呢，就帮他打过几架，以一敌三，英姿飒爽，从那以后我就是沈祁东的偶像，他的人生向导！”

桑桑讲故事的水平不错，吹牛的水平更不错，当时的真实情况是，她伸张正义未成功，被几个熊孩子按在地上一顿揍，小辫子被扯得七零八落，脸上留下好几道指甲印，有一处甚至划在眼皮上。

她爸妈都气疯了，请了律师，把监管不力的幼儿园和熊孩子的家长全部告上了法庭。那时候谈也上小学，年纪小主意正，私下里买了几桶油漆，把熊孩子家的代步车泼得姹紫嫣红。

桑桑忘性大，这点小磕碰根本没往心里去，换了家幼儿园继续读书，又是一个正义女超人。这件事倒是在沈祁东心里埋了很久，后来，他念体校，学泰拳，练散打，身后跟着一票小弟，学校内外，没人敢惹他。

青春期的小男孩都躁动，爱惹事，沈祁东从不主动惹麻烦，每天准时守在重点中学的门口，接桑桑放学，送她回家。沈祁东的校服永远穿不好，拉链松散着，露出喉结和锁骨，还有脖子上的金属挂饰，有时候嘴上还要叼根烟，被桑桑骂过一次后，改成了叼棒棒糖。那副又痞又帅的德行，极招女孩子喜欢，天天有人打听，那个高高帅帅的男生是来找谁的？看校服是体校的学生，能跟他交个朋友吗？

沈祁东眼睛里就没别人，多漂亮的女孩子打他面前走过去，他都懒得看。他只对桑桑好，桑桑让他玩跳楼机不系安全锁，他都会老实照做，绝不多问一句为什么。

那是他从小就打定了主意要娶回家的女孩子。

江意和桑桑正在聊天，缭绕水雾中忽然飘出一缕古筝的声音，绵延悠长，衬着山中的风景、月色，格外诗情画意。

“好像有人在弹琴，”桑桑说，“好好听啊。”

“《渔舟唱晚》？”江意留心听了一会儿，喃喃，“是盛老师……”

之前在那家做潮州菜的饭店巧遇，他们一起听过这首曲子。当时，盛言臻说他多年未弹，技艺都荒废了，如今各种指法却行云流水。

落霞与孤鹜齐飞，秋水共长天一色。

绝句与名曲，相映成趣。

江意学着桑桑的样子，转身趴在水池边沿的砖石上，乌黑的发丝散在水中，和花瓣一并随波摇曳。一枚竹叶垂在头顶，江意伸手拨了拨，拿起手机给盛言臻发了条消息：

“想听《春江花月夜》。”

片刻停顿后，铮铮琴音再度响起，这次描绘的不是夕阳下的渔船和碧波，而是江南风情的水乡景色。

春江潮水连海平，海上明月共潮生。

江意拢了拢半湿的长发，透过枝叶间的缝隙看见月亮挂在高处，忽然想起苏轼的一首词——千钟美酒，一曲满庭芳。

一行四人在山里多住了两天，沈祁东不知道从哪里搞来一堆仙女棒，燃烧时光芒四溅，像捧着一颗星星在手上，漂亮极了。

桑桑玩得很开心，拿着拍立得到处拍照，相纸用光了，就去找沈祁东。沈祁东的背包里装了好几盒相纸，都是专门给她带的。桑桑拍着沈祁东的肩膀说：“有心了，东哥！”

沈祁东的目光像黏在了桑桑身上，撕都撕不下来，她笑，他也笑；她稍稍沉默，他的眼睛也会暗淡。

江意看了他们两个一眼，转头对盛言臻说：“你知道量子纠缠吗？物理学中的一个概念。举例来说，就是两颗速率相同的电子朝相反方向移动，无论它们离得多远都会保持关联性，如果其中一颗被操控，状态发生变化，那么另一颗也会发生相同的状态变化。你看，他们两个像不像量子纠缠？”

盛言臻摘了朵不知名的白色小花，插在江意编成辫子的头发里。

夜色很好，星月都在，微风轻轻吹过，仿佛能闻见草木和林间雾气的味道。江意一手拿着一根仙女棒，在闪烁的光芒中笑得很甜。

盛言臻对物理了解不多，但他记得昆曲中的唱词——但使有情终不变，定能偿夙愿。

他将这一句念给江意听，江意仰头看着他，仙女棒燃出夺目的流光，将她的眉眼映衬得分外清秀。她故意问：“是什么意思啊？”

不等盛言臻作答，带出来的仙女棒燃尽了，周围没有路灯，陷入一片沉沉的黑。沈祁东拿出强光手电筒，按下开关时亮度没有调整好，骤然爆起一束耀眼的白光，亮得刺目。

盛言臻反应很快，在这个时候伸出手，捂住了江意的眼睛。

他吹了半天山风，体温略低，掌心有些凉。黑暗覆盖了视线，江意有一瞬的屏息，接着，她闻到盛言臻衣袖间的香气，浅浅的，很淡，像某种古法香方的味道。

“晃到眼睛了吗？”他问她。

“没。”

江意摇头，眨了下眼睛，睫毛划过盛言臻的掌心，她想，那触感一定很痒。

“你还没告诉我，那句唱词是什么意思。”

“意思是，情至深处，海可尽，山可平，”盛言臻的手依旧挡在江意眼前，他语调略轻，用那把拿过两座“金梨园”的好嗓子说，“终成眷属，长长久久。”

永老无别离，万古常完聚，愿天下有情的都成了眷属。

岁岁年年，长长久久。

（61）

江意是在周一傍晚回去的，她跟桑桑要走的方向不一样，四个人分成两拨，在酒店的停车场告别。盛言臻的车算不上多奢华，但在学校里终究扎眼，她没让他开到校门，而是停在了离学校最近的一处公交车站。

盛言臻目送江意从副驾那侧下了车，自车前绕过去。他忽然按了下喇叭，江意回头，走到驾驶座那边的车窗前，问他：“怎么了？”

盛言臻伸手过去，拨动了一下她耳垂上嵌有水晶元素的耳饰，说：“这次别再弄丢了。”

江意笑得很乖，点头说：“好。”

目送江意走远，盛言臻收回视线，正要发动车子，手机上打进来一通电话，是盛槐林。

盛槐林大概感冒了，咳得很厉害，嗓子眼里总像卡了口痰，哑声说：“你不是说要跟我断绝父子关系吗？行，给我三千万，从此井水不犯河水。别跟我说你拿不出这么多，我找人问过，你现在的身价，远不止这个数！”

盛言臻没生气，甚至没有任何多余的情绪，这几年他的耐心已经快被盛槐林的胡搅蛮缠磨碎了，直接说：“三百万——我只拿得出这么多。”

“盛言臻，你是不是忘了自己姓什么？”盛槐林冷笑，“我告诉你，只要你还担着这个姓，你就是我儿子，天生就欠我的！”

盛言臻笑了笑，平静道：“我可以改掉它，随便什么姓氏都好，我不介意。”

“你放屁！”盛槐林暴怒，“喂不熟的小畜生，枉我把你养这么大……”

“教我唱戏，带我入行，”盛言臻打断他，“都是你的功劳，你居功至伟——三百万，要还是不要？”

盛槐林没说话，又开始咳，咳得撕心裂肺。

盛言臻皱眉："你是不是病了？有没有去做检查？"

"三千万！"盛槐林哑声说，"你要是真关心你爸爸，就给我三千万，少一分都不行！盛言臻，我说过，无论你飞得多高，我都有办法把你拽下来，你最好把我的话放在心上！"

盛言臻没兴趣再与他纠缠，挂断了电话。

回寝室的路上，江意接到谈也打来的电话。谈也说他在Z大附近，问江意现在有没有时间，她还欠他一个待完成的"食堂之约"。

名义上是食堂之约，江意不可能真的带谈也去食堂吃饭，她将学校附近一家粤菜馆的位置信息发给谈也，约他在那里见面。

谈也来的时候没背相机包也没拎相机，清清爽爽一身运动装。他的头发大概修剪过，依旧是张扬的灰蓝，长度比之前短了一些。

服务生递来菜单，谈也边翻看边开了句玩笑，说："说好了Z大食堂呢，怎么改粤菜了？"

江意从旁边的空位上拎起一个袋子，里面摞着几个外卖餐盒。她将袋子推到谈也面前，笑着说："这个时间食堂的饭菜都冷了，不好吃。不过，榴梿酥、南瓜冻和果酱糍粑还算新鲜，这几样小点心是我在蔷薇园的小食堂打包的，也哥带回去当消夜吧，味道很不错。"

"你想得还挺周全。不过，我也不是为了蹭饭才跑来的。看看这个——"谈也从外套口袋里掏出一个小首饰盒，推过去，"是你的吧？"

江意微微一怔，将盒子打开。

"聚会那天，我在你坐过的那张沙发上捡到的，你提前走了，我没来得及叫你。"谈也说，"我记得当时你戴的就是……"

话没说完，谈也注意到江意今天戴的耳钉同盒子里的一模一样，他一时没反应过来："这个不是你掉的吗？"

江意莫名有些尴尬，下意识地摸了摸耳朵。

谈也停顿半晌，嗤笑一声：“我懂了，有人已经买了新的给你，是我多此一举了。”

江意连忙开口：“才没有多此一举呢。耳钉的确是我的，当时不晓得掉在哪里，还以为弄丢了，所以……”

谈也没作声，目光却一直停在江意身上，神色淡淡的，看不出情绪。

她的话只解释了他的后半句，却没否认前半句。

的确有人买了新的给她，那个人是谁呢？盛言臻吗？

这问题太唐突，想想便罢，哪能真的问出口，自找难堪。

“既然是你的，就好好收着，”谈也轻描淡写，将话题终结，“别再弄掉了。”

有这样一个开端，这顿饭的氛围难免沉默。江意和谈也的生活交集有限，她正搜肠刮肚地想话题，谈也适时开口，问她周末是不是去山里了，他看到桑桑在朋友圈发的定位，还有和她的合照。

提起山里，江意立即想到盛言臻的琴声和那句“终成眷属”，眼睛里浮起笑意和暖光。她向谈也介绍那家酒店，说服务和风景都不错。

“盛……我朋友说，冬天的雪景也很美。”江意称呼改得仓促，险些咬到舌头，咳了一下才继续说，“也哥可以去采风，准能拍出好片子！”

谈也喝了口水，到底没压住心里那股冲动，问了一句：“聚会时和你一道离开的人叫盛言臻吧？昆曲代表性传承人？几个月前我看过一场他办的展览。”

提起盛言臻可聊的就太多了，江意眼神一亮，近乎雀跃地说：“你也看过那场昆曲艺术展吗？是不是很漂亮？场馆设计和舞台布景都妙极了！我前后看过三次，每一次都有不同的感受。盛老师说那些戏服看上去飘逸精致，其实沉得很，一双厚底靴足有五斤重。武生的一副大靠将近二十斤，他小时候力量不足，扎上大靠路都不会走。”

她一口一个盛老师，神情里的亲昵几乎要满溢出来，谈也越发觉得自己像个笑话，从头到尾都可笑得很。

话题牵扯到盛言臻，江意心情好，胃口也好，吃得很香，排骨好吃，龙虾好吃，牛肉丸子也好吃！谈也本来没什么食欲，看江意吃饭硬是看饿了，又多喝了一碗汤。他中途出去过一次，再回来时身上带着烟草的味道。江意隐约觉得谈也有心事，他之前不怎么抽烟的。

吃过饭，江意去买单，服务生却告诉她和她同桌的那位先生已经付过钱了。

江意有些不好意思：“说好了我请客的嘛。”

谈也晃了下手里的袋子：“你请我吃 Z 大的招牌小点心，我还你一餐粤菜，礼尚往来。”

谈也的车没停在餐馆这边，江意要回学校，他们要走的刚好是完全相反的方向。江意在路口和谈也道别，谈也一手插在口袋里，忽然迈步朝江意走近。

他个高腿长，透出一种带有侵略性的气场，江意像是嗅到危险，瑟缩着向后退了两步。

谈也觉察她的抗拒，停在距离江意一臂远的地方，说：“我下周要拍一套片子，主题是‘郁金香和少女’，一直没找到合适的女模特，你能不能帮我个忙？”

江意有些犹豫，没有立即回答。

谈也又解释了两句：“取景主体是郁金香，只需要拍一些你的背影或局部，不会露出五官。照片只发在我的微博上，不作商用。我会根据拍摄时长支付薪水，你考虑一下。”

说完，谈也没再去看江意的反应，也没等她回答，转身融入准备穿过街道的人群里，沿着斑马线走远了。

（62）

江意回到寝室时已经是晚上，三个室友都在。小桌上摆了几盒卤味，董辛辣得吸气，挥手招呼江意过来吃。

江意笑着说你们不减肥了，手机忽然响起一串提示音，谈也在微信上发来好多照片，都是运动会开幕式上拍的。

谈也的技术不是校报记者能比的，他镜头下的江意青春气息十足，简单调色后的照片比发布在学校官博上还掀起了一阵骚动的那张要好看很多。明亮的色调里，少女五官精致，每种模样都俏丽，每种表情都惊艳。其中还夹杂着董辛跳舞时的抓拍，江意挑拣出来转发给董辛，立即收获一串惊呼。

“这是哪位高人，如此厉害，把老夫拍得这般貌美？”董辛说，“江小意，你一定帮我好好谢谢人家，他肯定花了不少心思，用心了！”

江意被“用心了”三个字刺了一下，有些发愣。

她在微信上回复谈也：“照片收到了，都很好看，谢谢也哥。”

谈也回复得很快：“所以，你能帮我的忙吗？”

谈也的手指悬在屏幕上，迟迟没落下。

Z 大物理系课业向来繁重，江意只在周五有些空闲时间，谈也发了个定位给她，是城郊的一处洛可可式庄园。

事先说好了不拍脸，江意没化妆，一副素颜，她穿了件绣着小樱桃图案的连衣裙，头发长了一些，随意用皮筋扎起来，在脑后轻轻垂荡。

这座庄园是某位富商名下的产业，只开放了部分草坪、几间起居室和一间宴会厅，用以租借或举办婚礼和聚会。江意赶到时，起居室里已经支起了打光设备，谈也背对着她站在电脑前，白 T 恤牛仔裤，干净挺拔，像个没毕业的大学生。

一个短发女生走到江意面前，隔着浅茶色的美瞳打量她，眼神不算客气，有点傲，扭头招呼谈也：“也哥，你找的模特来了，要补个妆吗？五官有点素。”

谈也循声看过来，不等他开口，江意说：“不必，主题是‘少女和郁金香’，化一脸姹紫嫣红干什么？我素颜靠得住，不会给修图师添麻烦。”

这话底气十足，旁边有人听见，偷偷打量江意，不由得一叹——人家确实有这个资本。

谈也走过来，随手递给短发女生一个U盘，让她收好，目光却一直落在江意身上，说：“妆就不用化了，但是要加一点小配饰。”

他一手插在口袋里，一手伸到江意面前，掌心朝上，说：“手给我。”

短发女生边冷眼旁观，边拿起一个苹果，咬下去，“咔嚓”一声，极脆。江意迟疑着伸出手，下一秒，她腕上多了一条白色的蕾丝。

蕾丝腕带大约三指宽，略长，谈也帮她挽了个结。勾缠间，谈也的小指碰到江意的手腕，那个有脉搏跳动的地方。

窗子开着，有风吹进来，蕾丝和裙摆一并轻轻飘动。说不清是她的肤色像雪，还是蕾丝更像，总之，都白得耀眼，近乎圣洁。

摄影上，谈也一直是剑走偏锋的路数，江意原以为这一次他也会搞出些离经叛道的东西，没想到却意外的平和，画面构架上甚至透出几分温暖的味道——

嵌在木质镜框里的镜面倒映出洛可可式房间的一角，奢华瑰丽，少女腕上系着蕾丝腕带，手指细白，穿过阳光，碰触着一朵盛开的黄色郁金香。

这一张是手部特写，谈也端着相机弯腰靠过来，江意听到接连不断的快门声。

闪光灯明灭的间隙里，谈也的眼睛离开取景框，瞥向江意，低声说：

“在洛可可时代蕾丝是浪漫和理想的象征，而浪漫和理想是一个摄影师永生不死的追求。你身上就有一种学术性的浪漫，很美好，也很吸引我。”

江意一怔，抬眼看谈也，他却收回目光，沉默地走到一旁更换镜头，好像从未开口过。

第二套片子谈也要抓拍一个定格式的瞬间，黑白相间的棋盘上躺着碎裂的水晶酒杯，郁金香自高处坠落下来，停在半空。失了焦距的背影中，少女拎着裙摆赤脚走上木质楼梯，手腕处有一条随风飞起的蕾丝飘带，似要逃离某种束缚。

这种氛围感不是谈也惯有的风格，有种欲言又止的颓丧气息，同时，又温柔得近乎刻骨。

谈也让助理准备了一根钓鱼竿，将郁金香绑在鱼线上，垂放在特定的位置，营造出一种掉落感。江意趴在楼梯扶手上看了一会儿，朝谈也竖了竖拇指，说：“办法总比困难多！”

谈也仰头看她，发梢上凝着些许阳光，他说：“好玩吧？你不是喜欢摄影吗？有时间的话，可以常到我的摄影棚来，我教你更多有意思的东西。”

这摆明了是个邀请，江意没应，客气地笑了笑，说：“大三一整年我几乎天天满课，单是应付老师布置的作业都要满头包了，业余爱好恐怕得暂时放下。”

拒绝得很明确，谈也点了点头，没有多做纠缠。

第三套片子的画面也很美，几枝郁金香散落在昂贵的长绒地毯上，少女坐在一旁，铺展的裙摆覆盖了部分枝叶，一束阳光照过来，照亮了其中一朵。镜头会扫到一点江意穿着白色鞋子的脚，以及纤细的脚踝。

谈也将片子导到电脑上，给江意看效果，边看边给她讲一些打光、构图之类的东西。

认真工作的男人身上有一种独特的诱惑性，专注、严肃，目光里都带着禁欲的味道。谈也又长了张足够惹眼的脸，蹙着眉头讲话或思考的样子，简直可以拍下交给主编图漫做下一期的杂志封面。

几个助理嘀嘀咕咕地咬耳朵，说：“也哥这是转性了？以前没见他这么有耐心啊。之前有个模特上赶着跟他聊，结果他让人家多拍照，少说话，实在闲着难受可以嚼嚼口香糖。模特脸都绿了，说咱也哥不是脑袋有问题，就是身体有问题！”

有个助理是新来的，头回听说这些故事，捂着嘴偷笑。短发女生站在一边，握着个苹果上下抛玩。当她又一次把苹果扔到半空，正要伸手去接，余光瞄见一道陌生的人影自门外走进来。她似乎怔住，手上的动作慢了一步，苹果掉在地上。

江意听见动静转过头，刚好看到一个人穿过阳光和暗影走向她。

（63）

盛言臻的衣着一如往昔，黑衬衫，袖口半折，露出一块表盘深蓝的腕表，唯一不同的是，他架了副无框眼镜。衣色深黑，皮肤瓷白，对冲间撕扯出一种惊心动魄的气场，英俊、冷淡、沉静，天生的距离感，足以镇住一切目光，一切窥探。

相貌和气质太出众，谈也身边的几个小助手忍不住多看了盛言臻几眼，互相用眼神传递消息——这位是明星吗？谁认识？歌手还是演员？哪个公司的？

盛言臻停在距两人几步远的地方，不等他开口，江意已经丢下谈也跑过去，声音里是藏不住的雀跃：“你怎么来了？”

盛言臻握住江意的手，动作亲昵而自然，拉着她走到谈也面前，说：“珞珞跟我说今天要来庄园这边拍照，这附近有点偏，我怕她打车不方便，所以过来接她。不请自来，没打扰你们工作吧？”

谈也拿起手边的水瓶灌了口水，目光仍落在电脑屏幕上，一边慢吞吞地拧着瓶盖，一边说：“拍摄完成，我自然会将江意平安送回去，盛老师专程跑这一趟，是信不过我？”

这话语气有点冲，谈也会有这样的态度，盛言臻并不意外。那日在秦书恒的别墅里第一次见面，盛言臻就感觉到这个年轻人看他的眼神不太客气，甚至带着打量和挑衅。他和谈也并不认识，唯一的交集就是江意，年轻人肚子里那点小心思，他瞥上一眼就能猜透八分。

所以，当江意告诉他今天的拍摄跟谈也有关时，盛言臻就上了心。他可以对江意无限纵容，无限隐忍，但是旁人不行。不出来露个面，总有人不把他放在眼里，蠢蠢欲动地想踩进他的地盘，惦记着跟他抢人。

盛言臻笑了笑，云淡风轻：“我这人小心惯了，不太容易相信别人。”

谈也这时才看他一眼，脸上浮起点笑，眼睛里却没有，故意说：“江意的朋友盛老师也信不过？太过谨慎就是控制，控制欲太强，不好。”

“朋友也要分门别类。”盛言臻语气平淡，无框眼镜后一双琉璃似的眼睛明亮而机警。他笑了一下，说，“有些人值得信，有些人不值得，还有一些明摆着心思和想法都不正，我不得不谨慎。”

话说到这地步，彻底没法聊了，谈也几乎要被那句“心思不正”给堵死。

没错，他的心思的确“不正”。

故意撩拨，却又不点明，似是而非的，不肯彻底撕下那层颜面，怕难堪，又不甘心悄无声息地退场。拧巴着，别扭着，狼狈着。

想抢，又明确地知道自己没有胜算。

“秦书恒老师跟我提过你几次，”盛言臻话锋一转，笑着说，“他说你有思想，也有才华，最难得的是不浮躁。如今遍地名利，不浮躁的年轻人太难得了。就像总有人替我惋惜，放着电影电视剧那些能赚大钱的项目不做，非要守着一个快要被送进博物馆的古老剧种，白白浪费一副皮囊。”

谈也没想到盛言臻会跟他说这个，一愣，抬眼看盛言臻。

“你跟他们聊热爱，聊追求，他们笑你天真。小朋友才会计较爱不爱，大人要赚钱。可是，会赚钱的人还不够多吗？把一身筋骨折断了论斤卖的人不够多吗？我偏偏要做天真的那个——谈老师也有这种想法吧？”

盛言臻高而瘦，却不枯弱，骨相很好，以一个摄影师的角度看，极适合上镜。他一手牵着江意，一手插在口袋里，谈笑间神色沉静从容，洒脱的感觉从骨子里透出来。

理性、通透，既有艺术家与生俱来的纯粹性，又不缺硬骨和傲气。

“我不过是个刚毕业的学生，离‘老师’二字，还差得很远，不敢当。”谈也用食指关节顶了下额角，语气也松了下来，“盛老师可能误会了我的动机，我请江意来帮忙，是真的想拍出一套好片子。郁金香和少女——江意的气质很符合这个主题，足够干净，有我想要的氛围感。”

这话里已经带了让步的意思。

盛言臻瞄了眼屏幕上的照片，忽然说：“你想要什么样的氛围感？也许，我可以帮你。”

话音落下，连江意都愣了愣。

谈也眯了下眼睛，说：“邪恶——下一个要拍的主题是‘邪恶’，江意身上并没有太多邪恶的味道，我在想要怎么拍。”

“巧了，”盛言臻摘下眼镜，搁在桌面上，“我身上最不缺的就是邪气。”

盛言臻扫了一眼，看见江意的手袋，问她有没有带口红。江意拿出一支递过去，盛言臻推开盖子，用手指蘸了点口红，指腹压在颧骨上，一抹，涂出一条红色的线，像血迹，像吻痕。接着，他退后几步，从地上捡起一朵被助理丢掉的枝叶残缺的郁金香，夹在两指中间，指尖在花冠处一弹，像弹一支香味醇浓的雪茄。

做这个动作时，他故意朝江意看了一眼，只是一瞥，却犹如火苗跳跃。

江意的耳朵都被烧红了。

场地中央，江意背对着相机镜头站在盛言臻面前，四目相对，盛言臻略略俯身，抱住她，下巴抵着江意的肩膀，拿着郁金香的那只手压在她背上的肩胛附近，掌心碰到骨骼的形状。

那是个充满保护意味的姿势，万分暧昧，又莫名缠绵。

谈也站在三脚架支起的相机后，冷眼看着，神色晦暗不明。

然而，下一刻，盛言臻猝然抬眸，视线笔直地看向镜头，也看向镜头后的谈也。

纯黑的衬衫和眼睛，瓷白的皮肤，颧骨处血迹般的红痕，还有枝叶半凋的郁金香。

盛言臻脸上没有多余的表情，不言不笑，一双眼睛便足以道尽一切情绪。高冷、阴郁、戾气与睥睨，邪骨天成，恶意十足。

邪恶。

氛围感与张力悉数拉满，戏台上长大的人，只要他愿意，他可以有千百种模样，一个眼神就能控制全场。

谈也听见身边响起轻微的吸气声，小助理叠声感叹."绝了，绝了！"

他下意识地按动快门，镜头将那个邪气得近乎妖艳的画面捕捉，封入内存。

那一刻，谈也心里忽然有一种感觉——盛言臻这个人，即便没有走上戏曲舞台，成为首屈一指的传承人，他也会通过其他方式成名，大红大紫，没人能拦住他的路。

他就该站在灯火绚烂处，享受掌声与崇拜。

（64）

照片导入电脑，放大，那种逆锋般的倨傲感越发明显，扑面而来，逼得人呼吸发紧。

江意不由得惊叹，在她背后，在她看不到的地方，盛言臻竟然可以有如此邪恶的表情，似妖精，又似鬼魅。

谈也轻轻叹了口气，朝盛言臻伸出手："盛老师不愧是名家，镜头感太好了，希望以后有机会我们能正式合作。"

离开镜头，盛言臻又恢复成从容温文的模样。他接过江意递来的纸巾，擦掉脸上的口红印子，也伸出手，和谈也握了握，浅笑着说："那会是我的荣幸。"

拍摄进行到这里已经接近尾声，盛言臻和江意先行离开。江意将手腕上的蕾丝解下，随手放在了电脑旁边。

临走前，谈也叫住江意，似乎有话要说。他用食指关节顶了下鼻梁，犹豫半晌，说出口的只有一句"路上小心"。

今天的情形和秦书恒组织的那次聚会似乎有某种微妙的重叠，依旧是他们三个人，依旧是谈也站在原地，目送着那两个人慢慢走远。

光芒明亮处，一双璧人。

短发女生在旁边整理道具，随手把江意解下的那条蕾丝扔进杂物袋，准备丢掉。她走开了一会儿，再回来时，发现那条蕾丝不见了，不知道被谁收了起来。

盛言臻的车停在庄园外，一个僻静的角落。上车后，他没有立即发动车子，偏头看着副驾上的江意，问她："你有话想跟我说吗？"

"有，"江意点头，"你等我捋捋，从哪里开始交代。"

盛言臻和谈也像两只开屏的花孔雀，当着她的面斗了一回法，她脖子上就算顶的是个玻璃球，也该反应过来了！

修罗场啊！她居然经历了一把修罗场！

"交代"两个字似乎碰到了盛言臻的笑点，他很轻地笑了一声。

“我初中的时候开始喜欢摄影，”江意揉了下脸颊，“也哥是我关注了很久的新锐摄影师。我在他的影展上认识了桑桑，而桑桑恰巧是也哥的妹妹。听起来特别魔幻吧？好像全世界的巧合都让我碰上了！”

盛言臻没说话，单手搭着方向盘，手指在上面有一搭没一搭地轻叩。

短暂停顿，不过一两秒，江意继续说：“我对也哥的确有崇拜的成分，但仅止于崇拜，就像那些追星的小女孩，买一些偶像的专辑，画一画偶像。我是真的没想过，他会……”

盛言臻冷静地接话：“他会喜欢你。”

就像被泼了一身狗血，黏腻得难受，江意磕磕绊绊地说：“也算不上喜欢吧，他可能……就是有点那个意思。但是——”话音一转，她忙不迭地表忠心，“我对他绝对没有任何意思！在我眼里，盛老师才是最帅的，我永远是盛老师粉丝，永不放弃！”

“当着你盛老师的面聊别的男人，”盛言臻笑了笑，语气轻飘飘的，“还一口一个‘也哥’，你就是这么当‘唯粉’的？真当我七情断绝，不会吃醋？”

江意转过头，有些震惊地看着他：“吃什么？”

盛言臻单手摘下眼镜，搁在旁边，然后扣住江意的后脑将她按向自己。

两人距离太近了，鼻尖几乎相碰，呼吸间满是对方身上的味道。江意只觉心跳骤然加快，胸口起伏明显，像是脱离了掌控。

这个姿势，再稍稍靠近一点，嘴唇便能贴合，却谁都没有再近一步。

两个人几乎同时将呼吸放轻，透过浓密的睫毛去看彼此的眼睛，看见那里面有情愫在起伏。

“谈也有句话说得没错，”盛言臻喉结滑动，声音压得很低，近乎气音，“越谨慎的人控制欲越强，我就是这样。我不喜欢谈也靠近你，也不喜欢听见你叫他的名字。”

“我从未对别人动心过，珞珞，你是唯一。”盛言臻语速很慢，一字一句，分外透彻，“我以为我能够克制，等你再长大一点，再成熟一些，如今看来，我高估自己了。”

时值傍晚，天色渐暗。车窗降下些许，有风吹进来，江意身上的裙子太薄，她觉得冷，鼻尖泛起一点红。

“我说我身上最不缺的就是邪气，这不是一句挑衅，而是事实。一直以来，你看到的这个盛言臻——温和、从容、成熟沉静，都是假的。我心里有只野兽，它出生在我六岁那年，下着大雪的日子，那天我主动离开了我的生母。”

盛言臻的手指顺着江意披散的长发滑下来，滑到她耳边。他单手捧起她的脸，目光深深地看进她眼底，像是要打上某种烙印。

“我眼看着那只野兽长大，它时常嘶吼，面貌刻薄凶残。它是怪物，我也是。它的血是冷的，我也是。生母讨厌我，我就离开她，从此只字不提。养父薄待我，他闹着要跳楼，我都能冷眼旁观。傅清源撞了梯子让我摔下来，我收了傅家的补偿款，说好了不再追究，可我转头就逼着邵老将他除名，断送他的前程，权当是赔我受伤的腿。厌弃我的人，我也同样厌弃他们！

“这才是真实的我——阴暗、冷血、睚眦必报、控制欲强烈……真实的盛言臻容不下别人对你有乱七八糟的想法，更容不下他们靠近你。谈也不行，任何人都不行。刚刚拍照的时候，我脑袋里涌出很多想法——一个刚刚有点名气的年轻摄影师，根基不稳，我想切断谈也的路，让他摔下去，摔到尘埃里，就再也配不上你了。”

盛言臻的呼吸略过江意的唇，车厢里像是起了雾，影影绰绰，潮湿朦胧。

“珞珞，我是个怪物。”他喃喃，“是个很可怕的人，很可怕……”

（65）

一口气说了太多的话，嗓子涩得发疼，盛言臻停下来，很轻地叹息。

风仍在吹着，江意觉得越来越冷，冷得眼睛发酸，睫毛上像粘了水汽。她伸出手，挑开他黑色衬衫的扣子，伸进去，贴在他胸口。

他的心跳在她掌心下，一下一下地跳动着，蓬勃而炽热。

盛言臻闭上眼睛，任由江意入侵他的世界，露出所有狼狈和脆弱给她看。

“盛言臻，”江意叫他的名字，语气偏柔，却不弱，问他，“你会因为嫉妒或者气愤而伤害我吗？解开那只凶兽的锁链，放它出来，咬伤我，你会这样做吗？”

盛言臻毫不犹豫地回答：“当然不会。”

江意的手离开他的胸口，攀上他的脖颈，感受到动脉炽热地跳动，继续问：“永远不会？”

盛言臻偏了偏头，下巴蹭到江意贴在他颈侧的手：“永远。”

江意又问：“为什么？”

盛言臻声音沙哑，不再避讳给出答案：“因为我爱你。”

“怪物只会毁掉一个人，”江意说，“并不会爱上一个人。盛言臻，不要被那些黑暗的情绪蛊惑了，你很好，并不是什么怪物。”

天光寸寸暗下去，车厢里有浅淡的香气在飘浮。天边滚过雷声，快下雨了。

盛言臻慢慢靠过去，额头与江意相抵，他似乎很累，睫毛无力地垂下去。

“我说过要等你长大，可真实的我远没有看上去那么自信。”盛言臻沉沉地呼吸着，声音里似乎弥漫着潮湿的水汽，“珞珞，我很怕你会不要我。”

别不要我。

这是盛言臻六岁时就想说出口，却一直没能说出口的话。

对那个生下他的女人说，对将他带进瑞恒剧团的邵梦甫说。

我会很努力，努力做一个好孩子，努力学戏，你们别不要我。

纵然时光已经向前走过许多年，但他一直没能逃离那个大雪漫天的日子。

他心里的野兽算什么野兽，不过是一道不肯愈合的旧伤口。

江意没说话，只是将嘴唇贴上盛言臻的额头，吻了吻他。

盛言臻依旧垂着视线，重复那一句：“别不要我。”

“不会的。”江意让他靠在自己肩膀上，手指穿过他黑色的头发，“我不会不要你，可我也希望你能在爱我的同时，学会相信我，相信我的感情，相信它是坚定不移的。”

又是一声闷雷，雨终于落下来，势头很急，在车窗上砸出凌乱的声响。

江意慢慢地开口，声音同气息一样轻缓，她说：“爱情不是乞讨，求着别人多爱你一些，而是奔赴，双向的奔赴。两个人看着彼此的眼睛，坚定地走向对方。我跨过山川，你越过河流，一起成长为更好的样子。盛言臻，你愿意为我改变吗？就从今天开始，从此刻开始。”

到处都是雨声，车厢里反而安静。沉默半晌，江意听见盛言臻声音沙哑地应答：“好。”

“没有人是完美的，”江意说，“我会包容你的情绪，就像你迁就我的任性，爱情的美好之处就在于互相体谅。我不会因为你有一些缺点就不喜欢你，同样的，你也不可以因为一些似是而非的东西就怀疑我，甚至伤害我。”

江意手指细白，拨开盛言臻散在额前的发，看着他的眼睛，说：“我不会离开你，但是我也有底线——你要保护我不受伤害，更不能做那个伤害我的人。爸爸把我捧在手心里疼爱了十八年，不是为了让我在其他男人那里受亏欠的。盛言臻，我不会离开你，前提是你不可以让我难过。”

“我怎么会伤害你……我怎么可能舍得那样做……”盛言臻眼底渐渐泅出一线深重的红，空气湿冷，喉咙却发干，他喃喃，“再亲我一下吧，好不好？我喜欢你靠近我。”

这一次，江意吻的不是盛言臻的额头，而是嘴唇。极安静的贴合，连辗转都温柔，两个人的呼吸缠在一起，先是细密，而后是滚烫和灼烧。

江意的长发同后颈一并被盛言臻扣在掌心里，是她先开始的，节奏却没能由她来掌控。谁的背后凝了汗，肩胛凸起单薄的形状。

外头大雨倾盆，车窗上水痕遍布，两人交叠的身影融在里头，纠缠成一幅色调朦胧的画。

（66）

雨下得实在太大，江意没有回寝室，而是去了盛言臻那里。

盛言臻在璟竹名苑有套房，将近三百平方米的大平层，现代风内饰，主色调是白和灰，很干净，也很空旷。

璟竹名苑这两年升值得厉害，毗邻青溪市的商业中心，地段好，户型也好，随便拎出来一套，价格都是千万起步。住宅区的停车场堪比车展，一辆挨着一辆，全是豪车。江意这时候才知道，盛言臻的车库里居然还有一辆乔治巴顿。高大厚重的超级越野车，大概是很少开出门，车上套着防尘罩。

踏进玄关，灯光落下来，江意才感觉到身上的裙子有些潮，湿冷湿冷的，很不舒服。

盛言臻指了下客卧的方向，说：“那里有浴室。前天保洁来打扫过，之后一直没人用，很干净。你去洗个澡，别感冒。我这里没有女孩子用的东西，你需要什么可以告诉我，我去买。”

江意想了一下，说：“我有点饿，想吃碗面，但是，不想吃外卖。”

盛言臻笑了笑，点头说好。

客卧里有个小衣帽间，盛言臻告诉她柜子里有睡衣和浴袍，都是新的，可以拿出来穿。江意洗过澡，吹干头发，在衣架间挑挑拣拣。她没动那些新衣服，而是选了件吊牌被剪掉的旧 T 恤和家居服的裤子，都是男款，裤腿太长，她挽了几折，堪堪卡在膝盖的位置，露出一双白似霜雪的小腿和脚踝。

江意在浴室里耗了将近一个小时，盛言臻不仅煮了面，还用冰箱里仅有的食材弄了清炒莴苣和香菇菜心。食物的香味飘出来，冷清的大房子也多了层暖意。

外头天色已经黑透，雨声浓烈。客厅灯火明亮，盛言臻站在厨房里，低头给面汤调味，侧脸镀着暖色光晕，英俊之外，更添温和。

江意忽然有一种感觉，好像她已经在这栋房子里住了很久，吃过很多次早餐，看过很多场日落。她走过去，自身后抱住盛言臻的腰，她的手指探到他的衣摆底下，触摸到腹肌线条，清晰而紧实，手感很好。

“玄关鞋柜上有备用的电梯卡，你拿着，”盛言臻说，“我不在你也可以过来。”

江意把脸贴在他背上，感受着衬衫之下的温度，问他：“你还把电梯卡给过别人吗？比如郑决和斯霖？”

盛言臻笑了，说：“电梯卡又不是传单，哪能见人就发。斯霖手里倒是有一张，我不在的时候，她要给保洁开门。”

江意“哦”了一声，听不出是什么情绪。盛言臻逗她：“你介意吗？”

“理智不介意，”鼻尖发痒，江意在盛言臻的衣服上蹭了蹭，闷声说，“感情上有一点。”

盛言臻没说话，回头往她嘴里塞了片切好的杨桃。

江意咬了一口，皱眉：“好酸！”

盛言臻抽出张纸巾擦干手上的水，转过身扳着江意的肩膀，在她嘴角处贴了一下，一双深色的眼睛安静地看向她，笑着问：“现在呢？”

江意下意识地抿唇，眼睛里透出笑意：“甜的！”

一顿饭吃得温馨而安静。盛言臻从小独立，手艺不错，面煮得滋味适中，蔬菜也很爽口。吃过饭，盛言臻去洗澡，进浴室前给江意指了指书房的位置，那里有电脑和书，江意如果觉得无聊，可以随便看看。

半个小时后，盛言臻从与主卧相连的浴室里出来，他身上穿了一套条纹睡衣，扣子没扣全，敞开的领口露出锁骨，洁净而清爽。他抬眼便看见江意坐在主卧的大床上，手里拿着一本他看了一半丢在床脚处的书。

江意捋了一下拂过肩膀的长发，朝后拢，笑着问：“我能睡在这里吗？”

盛言臻打开床边的落地灯，在浅色的光晕里看她，反问：“那我去睡客卧？”

江意摇头，声音与眼神毫不胆怯，说：“不，你也睡这儿！”

她晃晃手上的书，又说：“你正在看的这本小说我看过很多遍，可以给你讲讲后面的情节，当睡前故事！”

盛言臻终于被逗笑了。他走到床边坐下，江意从身后靠过去，脑袋枕着他的肩膀，长发散了两人一身。盛言臻屈指弹她的脑门，轻声说：“别闹我，这种气氛下，闹出事情，你收不了场。”

江意哼了一声，不服气似的嘀咕：“我又不害怕。”

“我怕，”盛言臻笑了笑，“说好了等你到二十岁。”

“到时候我就牵着你的手，告诉每一个认识我的人——”江意的手臂圈住盛言臻的肩膀，半是撒娇半是玩笑，“这个又帅又温柔的家伙是我男朋友，是我主动追来的！”

“哪里需要你追，”盛言臻语气温和，神色却郑重，“你笑一下，哪怕只是招招手，我就沦陷了千百次。”

（67）

第二天是周六，江意没课，生物钟依旧准时叫醒了她。她刚醒来，脑袋有点迷糊，看一眼床边柜子上的小闹钟，六点一刻。

盛言臻似乎被那点布料摩擦的声音弄醒了，含糊地说：“还早，再睡会儿。”

他的胸口紧贴着江意的背，一条手臂伸到江意脖子底下，让她枕着，另一条则从她身上绕过去，隔着被子搭在她小腹上。

这是一个完全包容的姿势，她整个人彻底被纳进他怀里。

江意握了握他的手，笑着说：“盛老师学坏了，会赖床了。”

窗帘不透光，卧室里光线昏暗，静谧，也温馨，有种饱满的踏实感。每一下心跳都落在温热处，整个人被一种融洽的感觉浸透了，骨骼发酥，连指尖都是软的。

盛言臻太喜欢这种感觉了，闭着眼睛说：“春宵苦短，从此君王不早朝——懂不懂？”

又睡了不到十分钟，盛言臻的手机响了，郑决打来的，说八点钟来璟竹名苑这边接他。

明年三月青溪市要举办戏曲文化周，盛言臻近几年发展迅猛，名声太大了，几乎成了主心骨，这种官方性的大型活动盛会，都少不得他居中协调，今天他要去拜访的就是圈子里几位德高望重的老前辈。

“什么时候能退休啊？”盛言臻翻了个身，大概有点起床气，皱眉道，“想待在家里，哪儿都不去！每天在外面到处跑，还要应付酒局，身心都累。”

盛言臻一贯四平八稳，很少露出这么稚气的一面。江意失笑，哄他说：

“能力越大，责任越大。盛老师是超人，地球的安全和人类的未来都靠你了，穿好战甲去战斗吧！”

“有人哄的感觉可真好啊。”盛言臻笑着在江意脸上捏了一把，然后掀开被子站了起来。

江意听见浴室里传来水声，还有吹风机和剃须刀的声音。她几乎能想象出盛言臻这时的样子，半弓起的腰背，沾了水光的眉眼，还有抹掉泡沫时手指随意地一滑……

多奇怪，明明两人相识不久，却好像已经共枕了许多年，知晓对方的每一个小动作。

从衣帽间出来，盛言臻已经穿戴整齐，衬衫、西装，还有金沙石袖扣。他从床边路过，撩了一下江意微卷的长发，说：“今天如果没什么安排，就待在这儿吧，晚上我来接你，去见几个朋友。房间里的东西随便用，有缺失，可以打电话给斯霖。”

江意握住盛言臻的手，放在脸颊边贴了一下。她笑得很甜，点头说好。

昨晚雨下了一整夜，这会儿天气依旧阴沉。江意热了杯牛奶当早餐，然后从书房里搬出一台笔记本电脑，登录邮箱接收资料，顺便查看一些专业网站。进度条加载的间隙，江意用手机看微博，她一刷新，谈也的最新动态就跳了出来，图片分享，一共三张，没有文案，正是她之前拍的那套片子。

穿过阳光触碰郁金香的手；破碎的水晶酒杯和木质楼梯；铺在长绒地毯上的裙摆。

动态下评论和转发数都增长得很快，其中一条点赞数量很高，一度跃居热评第一——

@省略号在线省略：没人觉得这三张图的氛围不对劲吗？第一张手指碰到郁金香，是小心翼翼地靠近；第二张酒杯破碎，郁金香掉落，佳人离去，是不可挽留；第三张裙摆覆盖郁金香，是埋葬。明显的爱而不得啊……灰蓝老师，你怎么了？？？

这条留言一出，评论区更热闹了，几乎成了“看图说话”游戏现场。

有一条评论更露骨，直接说：“为什么这次‘谈神’分享的照片风格与之前大相径庭，因为他在拍最喜欢的花和心上的女孩子啊！都是心尖尖上的，怎么可能不温柔！”

江意没有再看下去，直接注销了那个关注谈也并且因为“运动会举牌照”而被网友围观过的私人微博。之后，她在微信上找到谈也，问谈也能不能把盛言臻那张充满邪恶感的照片发给她。半小时后，江意收到一张原图，还有一个问题。

谈也：喜欢他？

江意回复：是，很喜欢。

“正在输入”的字样在屏幕上方闪了闪，谈也似乎有话要说，然而，同昨天一样，说出口的只有一句——很般配，祝福你们。

有些话说得太清楚反而难堪，点到即止便好。留下余地，再见面还能继续做朋友。

成年人的世界，体面比心动更重要。

谈也几乎忙了一夜，咖啡喝了四杯，工作台上凌乱地散着几十张照片，有黑白的、彩色的，还有曝光过度的废片，贴墙放置的玻璃柜里一排金光闪闪的奖杯。白色的蕾丝系在工作台的灯架上，尾端轻轻飘起，似乎有风涌来，带着雨后湿润的气息。

手机扔在桌角，屏幕亮了亮，江意回复他：谢谢。

他给了祝福，言不由衷；她还他感谢，真心实意。

谈也搁下手机点了一根烟，只抽了一口，又按灭在烟灰缸里。

烦躁、憋闷，心里摞满了不痛快。

桑桑敲门进来给他送早餐，叮嘱他不要太累。

谈也在妹妹脑袋上揉了一把，忽然问：“你见过盛言臻吗？”

桑桑笑起来：“你也知道盛老师和江意的事了？小丫头一点都藏不住心事。”

谈也看着窗外迟迟不晴的天色，又问：“你觉得他们怎么样？”

桑桑靠在桌边思考半晌，给出两个字——般配。

论样貌都是少见的精致漂亮，论成就，一个是少年班出身的物理天才，一个是地位大过声望的代表性传承人、年轻艺术家，肩上扛着半个行业。

无论从哪个方面看，两人都是相配的。

最重要的是，他们彼此喜欢。

“这两人随便对视一眼，都能冒出满地的粉红泡泡，”桑桑笑着说，“恨不得长出条尾巴来冲着对方摇一摇，本单身贵族实打实地受到了伤害。”

谈也端起杯子喝了口豆浆，没接话。

他手机里有一张照片，女孩子微笑的侧脸，是运动会开幕式那天，他坐在江意身边时用手机悄悄拍下来的。

他很喜欢江意笑起来的样子，却也知道她的笑容与他无关，就像她的喜欢，也与他无关。

“喜欢”这东西，有多美好就有多残忍，因为它是唯一的，不可分割。

桑桑探头看谈也一眼：“哥，你有心事啊？”

谈也笑了笑："下个月国外有个摄影节，我在想该送哪套片子去参展。"

桑桑有点舍不得："你又要出差？"

"先参加摄影节，南非十三个国家里有几个我还没去过，"谈也捏了捏桑桑的耳垂，"这次一并去看看，找点灵感，我会给你带礼物的。"

简单聊了几句，桑桑便出去了。谈也点开手机相册，指腹在女孩子带笑的唇边停留半晌，然后，点下了红色的删除键。

出差一趟，再回来的时候，希望已是雨过天晴。

得不到的都放下，所有遗憾都释怀。

Chapter.07 我遇见的每一朵玫瑰，都给你

（68）

早晨出门前，盛言臻说晚上要带江意去见几个朋友，都是关系很好的私交。江意让家里的司机送了件衣服和一些化妆品到盛言臻这边，她用主卧的浴室洗了澡，与主卧相连的衣帽间是盛言臻常用的，里面一水儿的男士用品，叠放区和挂衣区分类整齐，所有衣服都是按照色系收纳，完美治愈强迫症。江意站在衣帽间里的镜子前描眉、涂睫毛和口红。化完妆，本该将东西都带走，江意顿了顿，在主卧床边的柜子上留了一支口红，还有两枚扎头发的发圈。

——我这里没有女孩子用的东西。

现在不就有了。

晚上，盛言臻回来接江意，车停在地下车库。

雨后温度偏凉，江意依旧穿裙子，裙摆下小腿素白如雪。她戴了盛言臻送的那对耳钉，口红是复古感的玫瑰色系，厚涂有种港风的味道，浓丽明艳，很衬气场。

盛言臻牵过她的手，搁在自己的腿上，用力地握了握，说：“你穿这么少，冷不冷？”

江意笑眯眯地说：“穿得少一点，才可以名正言顺地征用你的西装外套呀！”

盛言臻叫她笑得心尖发软，有些无奈地斥了一句：“胡闹。”

聚会的地方是间清吧，人不多，也没有乱七八糟的东西，几杯酒，几个老朋友。舞台上，女歌手抱着吉他弹唱着一首小众的英文民谣，声音清澈空灵。

路上堵车，盛言臻到得晚了些，一露面便被人拽住，打趣说：“现在想见盛老师一面可太难了，天底下数他盛言臻最忙！”

说话的人是这间清吧的老板，盛言臻点了那人一下，对江意说：“这位你该认识——方靖卓，方禹成的大哥。”

方靖卓看上去比盛言臻大了几岁，长相不算英俊，倒也周正，江意伸手与他握了握。

落座时，江意挨着盛言臻，盛言臻抬起一条手臂搭在江意身后的椅背上，这是个护短的姿势，在场的个个是人精，还有什么看不明白的。

江意看得出这几个人里盛言臻和方靖卓是核心，其他人或多或少都要看这二位的脸色。她也没觉得害羞或不安，大大方方地坐着，偶尔向后靠一靠，脊背碰到盛言臻的手臂。长桌上摆了几瓶酒，盛言臻扫了一眼，叫住路过的服务生，让他再送些气泡水和低糖低卡的小零食过来。

方靖卓在盛言臻的鞋尖上踢了一下，故意问：“小朋友不能喝酒？”

盛言臻看江意一眼，笑着说：“不能，她还在上学呢，喝酒影响小朋友拿奖学金。”

这话一出，在座的都笑了，顺势聊起江意在哪所学校读书。有个眼镜男一拍大腿，说：“巧了，我表妹也是 Z 大的，法律系，江小姐方便加个微信吗？回头我介绍你们认识，都是校友，校里校外的能互相照顾。”

江意点开微信二维码，眼镜男边扫边说：“微信昵称就是我名字——许衡一。”

这两句话看似客套，实则代表着一种接纳，接纳江意融入盛言臻的社交圈。

爱情可以源于冲动，但稳定而长久的关系需要坦诚。盛言臻很清楚这一点，所以，他心甘情愿地向江意交付了全部底牌，包括他的生活、他的朋友，甚至是他的创痛和狼狈。

博尔赫斯有句诗是——我给你一个从未有过信仰的人的忠诚。

都是老朋友，聊起天来没拘束，江意听见方靖卓对盛言臻说："最近傅清源不安分，好像在搞什么小动作，你跟傅家有过节，多留心。"

盛言臻并不在意："一只蟑螂，除了恶心我一下，还能干什么？"

江意在外人面前一贯话不多，果盘里的水果还算新鲜，她用小叉子扎了块苹果，一口咬下去，酸得皱眉。盛言臻探身过来，握着江意的手腕凑到唇边，把剩下的半块苹果叼走吃了。

方靖卓离他俩最近，看得分明，指了指盛言臻，对江意说："我一直以为这家伙天生六根清净，无心红尘，现在我才明白过来，他就是开窍晚！"

几句话让周围的人都笑了。

盛言臻喝了口酒，语气平淡地说："要不是遇见了对的人，我现在依然不开窍。"

这话说得暧昧，众人又是一阵起哄。

方靖卓打趣："看见了吗——老房子着火，烧起来更要命！"

江意的耳朵都烧红了，背着众人睨了盛言臻一眼，透出点羞恼的味道。

众人说说笑笑，许衡一忽然开口："老段呢？他可是盛哥的头号小迷弟，又爱凑热闹，今天怎么没来？"

旁边有人解释："老段正忙呢。他不乐意听他爸的安排，自己弄公司接了个小成本的电影项目，还专门从港城请了个文艺片出道的影后，打算冲击明年的电影奖。”

许衡一对这些花边八卦很感兴趣，追问：“哪位影后？”

“洛筝，”有人说，“早些年她红过一阵，后来嫁去港城就很少接戏了。最近有几家媒体爆料洛筝谎报年龄，出道前未婚生子，靠勾搭已婚经纪人换来出道的机会，为了多加些戏份，媚眼飞遍半个剧组，品性十分下作。现在闹得沸沸扬扬，这点丑闻估计够老段忙上一阵了。”

盛言臻原本要去拨江意散在耳边的碎发，听到“洛筝”二字，他动作一顿，眉毛也皱了起来。江意觉察到他神色不对，提议去外面透透气。

（69）

酒吧外面有个小露台，夜风冰凉，盛言臻脱下外套罩在江意身上，顺手理了理她被风吹乱的头发。他们站的位置是商厦顶层，放眼望去，灯火煌煌，半座城市的夜景尽收眼底，街道陈列如棋盘。

盛言臻问江意是不是累了，如果觉得累，他可以先带她回去。

盛言臻的眼睛里浸着酒气和晚风的味道，莫名深邃。江意明明滴酒未沾，却有种微醺的感觉，像是醉在了他的声音和眼神里。

江意看了看远处日渐暗淡的群星，忽然张开手臂抱住了盛言臻。

盛言臻身上只有一件衬衫，面料很软。江意的脸颊贴着他的胸口，呼吸间嗅到一点酒气，还有一点淡香。

“别难过，”江意说，“虽然我不知道你为什么难过，但是我能感觉到你的情绪。”

她的手心贴在他背上拍了拍，像是安慰一个丢了玩具的小孩，声音又轻又软，不停地说：“别难过，别难过。”

身后的屋子里正在播放音乐，一首粤语老歌，歌词直白亦缠绵——

能同途偶遇在这星球上，燃亮缥缈人生，我多么够运。

……

盛言臻半倚着护栏，用脊背替江意挡住呼啸的风，同时，他的手臂圈住她的肩颈，将周身的暖意悉数渡给她。

“洛筝原名叫洛小宁，”屋子里飘出音乐声，婉转缠绵，盛言臻慢慢地说，“十岁时我拿到擂台赛冠军，在业内小有名气，港城一家电视台邀请我去录节目，隔壁演播厅有个电影剧组也在接受采访。后台化妆间里，我遇见一个女演员，漂亮极了。电视台的工作人员说她叫洛筝，在电影里演女配角，戏份不重，但是很出彩。我几乎不敢将眼前的洛筝和记忆里的洛小宁联系在一起，我试图朝她走过去，想握一握她的手，问她过得好不好，她却像白日见鬼，远远躲开，还让场务把我赶了出去，不许我和她共用化妆间。”

洛筝凭借那部电影拿到了港城电影环球奖最佳女配角的提名，还和电影投资人关系暧昧，对于一个出道不久的新人来说，堪称鸿运当头。访谈录制现场，主持人问起洛筝出道前的经历，盛言臻记得她已经三十岁，面对镜头却声称刚满二十五，她说她家境不好，为了凑留学的学费来港城打工，派发传单时被公司的经纪人看中，培训出道。

主持人又问她是否谈过恋爱，洛筝的五官很上镜，她瘦了很多，镜头下显得韵味十足，笑着说：“小时候家里管得严，书都读不过来，哪来的时间恋爱。现阶段我的规划是一切以事业为重，个人问题先不考虑了。”

十岁的盛言臻偷偷躲在演播厅的角落，听完了那段访谈。也是自那时起，盛言臻就明白，对过去穷困的洛小宁来说，他的存在是一种灾难；对荧幕上光鲜亮丽的洛筝而言，他又成了污点。他最好不要靠近她，除非，他想毁了她。

那天，节目录制完毕，准备离开电视台时，盛言臻又在地下车库碰见了洛筝。两个人乘坐的商务车停在同一侧，只隔了三个车位。洛筝身边簇拥着三个助理，脚步都急匆匆的，高跟鞋在地面上踏出空旷的余音。

盛言臻站在一旁，就那样看着洛筝。盛槐林催他快些上车，高声喊他的名字，洛筝不可能听不到，却连余光都没有往这边偏一下。

盛言臻有点想笑，偏偏嘴角僵硬，摆不出任何微笑的表情，于是他开口，高声说："自我介绍一下，我有名字了，我叫盛言臻——言说的言，百福齐臻的臻。记住这个名字，以后我们一定会再见面。"

地下车库宽敞空旷，少年的声音在其中微微回响，莫名刺耳。

说完，他没再去看洛筝的反应，转身上了车。

回酒店的路上，盛言臻的车被两辆黑色奥迪截停了。对面车上走下来四个年轻男人，个个人高马大，像职业保镖，领头的那个戴着银框眼镜，看上去有几分斯文。

那时候盛言臻没有签约经纪公司，身边只有一个盛槐林，盛槐林吓得几乎尿裤子。"银框眼镜"还算客气，将盛槐林从车上赶下去，说想和盛言臻单独谈谈。

盛槐林畏畏缩缩，盛言臻却笑了，他小小年纪就在名利圈里打滚，比其他孩子更聪明，也更老练，平静道："我爸胆子小，你们别吓他。你们放心，我不傻，知道什么话该说，什么话不该说。不该说的那部分，我会让它烂在肚子里。"

"银框眼镜"面露惊讶，多看了盛言臻两眼，半晌，也笑了。

他拍一拍盛言臻的肩膀，说："小鬼胆识不错，前途无量。"

"多讽刺啊，"盛言臻笑了笑，"我在洛筝身边时，她落魄得连房租都交不出，还要忍受白眼和闲言碎语。我离开了，她马上脱胎换骨，拍电影，拿奖，嫁得良人。或许，她说得没错，我的确是她命里的灾星，是阿灾。”

江意没说话，只是将他抱得更紧。

盛言臻穿衣服很有型，肩宽腿长，但他也很瘦，腰线紧窄，外表看着不明显，只有亲手抱一下，才能感受到他的单薄。

从小到大，他一直都单薄，学戏太累，根本胖不起来，要上台的人，也不能胖。他就是用这具单薄身躯支撑着，熬过那些苦涩艰难的日子，一步一步，成长为今天的模样。

“后来你有没有再见过洛筝？”江意抬头看着盛言臻，灯光下，睫毛像一对黑色的翅膀，轻盈扇动，“面对面的那种，让她知道你已经变成很厉害的大人！”

“见过。”盛言臻细白的手指穿过江意黑色的长发，画面美好得像是一件艺术品，他说，“五年前我再度受邀去港城演出，效果很轰动，大幅剧照刊登得到处都是。当时有个奢侈品品牌在港城举办慈善酒会，我也收到了邀请，酒会上，我遇见了洛筝。”

十多年后再见面，洛筝已经结婚，夫家家境殷实，但是公婆并不喜欢这个灰姑娘似的儿媳妇，对她多有刁难，丈夫也不算规矩，常有花边新闻被媒体曝光，可谓一地鸡毛。

盛言臻在酒会现场与洛筝迎面撞见，那一瞬间，两个人的神色都是复杂大过惊讶，仿佛早就料到他们无法彻底避开对方，终有一天会再见面，洛筝的耳边似乎还回荡着地下车库里少年尚显稚嫩的嗓音——

我有名字了，我叫盛言臻——言说的言，百福齐臻的臻。

洛筝年长，城府更深，短暂惊愕后，她收敛神色，朝盛言臻微微颔首，算是打了声招呼，便要走开。

盛言臻却拦住她，自报家门：“我姓盛，叫盛言臻。不知洛女士还记不记得，十几年前，我们在彩虹电视台的后台有过一面之缘，当时我只有十一岁。说来也巧，我母亲与洛女士同姓，她叫洛……”

两人站在宴会厅的角落里，灯火很暗，却遮掩不住洛筝骤变的表情。

“闭嘴！”洛筝咬牙，眉眼之间透出恼怒的味道，“不该说的都会烂在肚子里——这是你亲口说过的话，你不记得了吗？”

“记得啊。”盛言臻笑了笑，“就是因为记得太清楚了，所以才能一眼就认出你。或许，我们应该换个地方聊聊？”

“不必，”洛筝拒绝得很干脆，“我与盛先生无话可说。”

“无话可说？”盛言臻玩味似的念着这几个字，轻笑着，“真绝情啊。没想到十几年过去，你不仅容貌未改，心肠也和当年一样狠绝。”

洛筝脸都黑了，她将声音压得很低，语速却快，急声道：“我不知道你来找我是抱着什么样的目的，要钱还是要扶持，但我可以坦白地告诉你——你什么都得不到。港城不是你的地盘，由不得你胡来，你敢威胁我，我会让你付出无法估量的代价！”

说完，她恨恨地看向盛言臻，却是一怔。

不知哪里亮了盏灯，灯光刚好落在盛言臻脚边，他个子很高，一身大牌高定，气场十足，英俊得近乎危险。

洛筝这时才后知后觉地意识到，当年孱弱卑微的小男孩长大了，已经能撑起一方天地。

盛言臻目光很淡，慢条斯理地开口：“以我今日的声望，你觉得我会稀罕你给的那点钱或扶持吗？你不要太高看自己。我只是想提醒你，你丈夫做生意时龌龊手段用得太多，快要被反噬了。你那些旧账早晚会被翻出来，要给自己留好退路。”

洛筝面无表情道：“我的事轮不到你操心！”说完，她撞开盛言臻的肩膀，径自走过去。

洛筝穿了条曳地长裙，年近天命，身材却不输当年，脖颈和手指上一水的奢华珠宝，雍容华贵，再也找不见半点当年落魄无助的影子。

擦肩而过时，盛言臻听见洛筝说了句话。

她说：“洛小宁和她的孩子早就死了，两个死人的旧账是掀不起什么风浪的，除非活着的人不安好心，挟私报复！”

高跟鞋的声音渐渐飘远，盛言臻站在原处，良久未动。

满室的笑声、香槟、礼服和珠宝，年轻男女们衣着精致，互相碰杯，说着客气或是恭维的话。有人走过来与盛言臻攀谈，他亦微笑回应，表情和仪态都很完美，心里却空得没有半点声音，仿佛寒风过境，将灰尘和纸屑统统吹扬起来，旋转着扑向灰色的天空。

盛言臻在港城停留了将近两个月，离开前，他以工作邀约的名义联系过洛筝的个人工作室，想与她再见一面，洛筝拒绝了。去机场的路上，盛言臻收到一条陌生号码发来的信息，只有一句话——当年无须相送，今日不必重逢。

他回拨过去，提示电话无法接通，过几分钟再拨，就成了空号，大概是注销了号码。

盛言臻搁下手机，闭上眼睛休憩养神。助理拿了条小毯子盖在他身上，他的神色和心情十分平和，没有任何波动。

因为他知道，这样处理是对的。

当年的洛小宁和阿灾都已经死了，活下来的是盛言臻，是洛筝，是体面又毫无交集的两个人。既然从未有过交集，自然不必相送，更不必重逢。

他三番五次找她，想见一面，并没有什么筹谋，只是想再叫一声“妈妈”，而洛筝显然不愿再与他有任何牵扯，他优秀也好，落魄也罢，都与她无关。

很久以前，盛言臻曾在电视上听过一首老歌，其中一句歌词写得很好——

千山我独行，不必相送。

（70）

“我跟洛筝其实是同一类人，”盛言臻的下巴抵在江意的额头处，她看不见他的表情，只能听到他的声音，“说文艺点叫生性凉薄，说白了，就是自私、心狠。我能头也不回地离开她，她也可以坦然地抛下我，既然凑在一起没有出路，不如各奔前程。”

盛言臻的声音顿了顿，接着又问：“我这样子是不是很可怕？”

江意没回答，而是拉着盛言臻的衣领，让他低下头，然后在他唇上很轻地碰了碰。

“大概每个小孩在受委屈时都发过同样的誓——”江意用自己的额头抵着盛言臻的，说，“以后要变成很可怕的坏人。你只是受了委屈，并不是真的可怕。”

盛言臻收拢手臂，将江意抱得更紧，笑着说：“我真的很好奇，江总整日老成持重、不苟言笑，为什么能把女儿养得这么可爱？小江意到底是吃什么长大的？”

“爸爸告诉过我，要敢于表达真实的想法，”江意仰头看着他，眉眼温润有光，“让爱意明确而坚定，你喜欢的人才能感受到自己正在被爱着。”

江意敲了敲盛言臻的胸口，那个有心跳的地方，笑着问：“盛老师感觉到了吗？”

据说无论多冰冷的人，一旦被爱，都会变成温顺的小猫，好似有了靠山，柔软的感觉由内而外地透出来。

盛言臻像是被什么暖了一下，心口隐隐发烫，不由自主地开口：“那天在酒会上，我原本是想告诉洛筝，若夫家待你不好，或是生意垮台拖累你，你可以离开，净身出户也没关系，有我呢，我长大了。可惜，她没给我开口的机会，也让我明白，她从未在乎我。”

心事和盘托出，人反而轻松下来，像是脱掉了沉重的旧冬装。

盛言臻再度将江意抱紧，他的声息很轻，在她耳边缓慢响起：“她不在乎我，没关系。我有心爱的女孩子，我在抱着她，这就是最好的圆满。”

那天的聚会，盛言臻没有留到最后，带着江意提前离开了。车是代驾开的，江意坐在车厢后排，拧开一瓶纯净水，小口喝着润喉。盛言臻靠在一边，他的外套盖在江意的膝盖上，身上只有一件衬衫，领口和袖口处有些松散，透出几分跅弛不羁的味道。

江意边喝水边瞄了盛言臻几眼，盛言臻张开手臂，让她靠过来，挨着他的肩膀，她笑着问：“看我做什么？”

江意也笑，没说话。

这时，车子经过一处小广场，广场舞的舞曲声节奏强烈，盛言臻让代驾停车。江意不明所以，透过车窗看见盛言臻下车走到路边，和卖气球的小贩说了几句话，再回来时，手上多了一枝玻璃纸包裹的红玫瑰。

车门一开一关，透进些许寒气，盛言臻将玫瑰递给江意，说：“玫瑰是偶然碰见的，心意不是。”

盛言臻背着光，眉眼陷落在暗影之中，显得分外深邃，英俊而浓烈。

他伸出手，指尖碰了下玫瑰的花瓣和枝叶，接着，又碰了碰江意的鼻梁和嘴角，笑着说：“你之前送红色的扶郎花给我，说红色是最像玫瑰的颜色，所以，用红色借代浪漫送给我。现在，我不必借代了，可以正大光明。”

她说过的话，他都记得。

车厢里有融融的暖光，花香、音乐和心上人的温和眉眼。

江意听见心跳怦然作响，强烈而悸动。

“以后，我遇见的每一朵玫瑰，都给你。”盛言臻看着她，“我的心意，也给你。”

那个吻是在玄关处开始的，房门合拢的瞬间，盛言臻的外套掉在地上，江意踩到它，脚趾踢到冰凉的金属衣扣，微微瑟缩。

她向后退，两只手腕被盛言臻握住，举起，贴在墙壁上，呼吸好似被截断了，不由自主。

没开灯，周遭光线混沌，心跳却越发清晰。这时候江意才有一点害怕，膝盖发烫，盛言臻却停下来，额头发烫，贴在她颈侧。

“今晚你睡主卧，我去客卧。”他说，“你好好休息，不许来闹我！明天上午你有课对吧？一早我送你回学校。”

“下一次我要带些衣服过来，”江意说，“总不能一直穿你的，尺码也太大了。卧室和书房里要换上我喜欢的香氛，窗帘和地毯的颜色，也要我来选。”

若喜欢一个人，连她偶尔的骄纵和小小的霸道都觉得可爱。

盛言臻点头，笑容柔软：“好好，都听你的。”

（71）

江意赖在盛言臻这里过了个十分悠闲的周末，到了工作日，两个人就要拧紧发条，为工作和学业奔忙了。

周一上午，江意的课程在第二节，九点半开始。盛言臻不到六点就醒了，先慢跑热身，然后在健身室练早功，圆场、撕腿、回腰、前桥后桥，身形松弛却不会发软，脚步不晃不颤。

江意也早起，洗漱完毕，拿了个抱枕靠坐在健身室的墙边，边看盛言臻练功，边背单词。盛言臻快速翻了一组“串小翻”，伸臂、甩腰、仰翻、抬腿，一招一式行云流水，周身肌肉绷起，带着美妙的力量感。

江意是个彻头彻尾的外行，即便是外行也能看出盛言臻的基本功有多扎实，游刃有余，炉火纯青。江意的目光绕着盛言臻来回打转，背单词的效率直线下降，看他紧窄的腰线，笔直修长的腿，汗水顺着脖颈蜿蜒而下，没入领口，打湿了身上的黑色练功服。

盛言臻停下来调整呼吸，撩起衣摆抹掉下巴上的汗。他朝江意看了一眼，故意问："你想什么呢？眼神都直了。"

江意走神得厉害，脱口而出："Dreamboat！"

Dreamboat——最理想的爱人。

盛言臻并不惊讶，抬手将汗湿的额发推上去，露出一双带笑的眼睛。

江意后知后觉，脸颊红了几分，逃避似的低头去看放在膝盖上的iPad。她先是听到几声脚步，接着，眼前一空，盛言臻抽走了她手上的iPad。在她仰头看过来时，他俯身吻了一下她的额头。

阳光自窗外透进来，满室明亮，多惬意的早晨，处处生机盎然。

早餐是两个人一起动手做的，简易的牛油果三明治。江意在砧板上切牛油果和草莓，边切边偷吃。盛言臻看不下去，伸手在她腰上拍了拍，江意就把最后一颗草莓喂进了盛言臻嘴里，两个人不知想到什么，同时笑了。鸡蛋和香肠都煎好了，白面包单面烘烤，香气在厨房里飘散，整间房子都跟着温暖起来。

他们都知道，美好的感情不能依赖一方全权照顾另一方，而是互相体谅，共同分担。

降温了，盛言臻在衬衫外加了一件及膝的大衣，颜色墨中泛蓝，看上去分外清绝。他送江意去学校，将车停在校门口，降下车窗同江意挥手告别，看着她小跑着越过校门，束成马尾的长发在身后轻轻垂荡，连背影都透着开心的感觉。

一片火红的枫叶掉下来，盛言臻伸手接住，忽然很想放下所有工作，走进教室，坐在江意身边，和她一起上完一整天的课。

大概是秋色太迷人，盛言臻笑着想，连他都跟着惫懒。

接下来，江意几乎天天满课，早上八点到下午四点半，晚上还要泡两个小时图书馆，做一些特级难度的物理题，为读研做准备。

江意忙，盛言臻也忙，越到年底演出活动越多，真人秀的项目也已经构建好雏形，等待着下一步的推进，“戏曲文化周”的各项筹备工作已经提上日程，他还要抽出时间拍摄一部戏曲题材的公益宣传片。

宣传片的取景地在 D 市下辖的一个小县城，盛言臻要出差几天。江意吃过午饭，正沿着林荫小路散步消食，她下午还有两节专业课要上。

手机开着视频通话，盛言臻给她看整理好的行李箱，江意忽然说："盛老师，你有一样很重要也很宝贵的东西没有带！"

盛言臻怔了怔，低头检查。

江意开口："我啊我啊！你没有带上我啊！"

盛言臻好脾气地笑，说："等你放寒假，我一定挪出时间带你出去玩。想滑雪吗？还是去国外的山间木屋度假？我在瑞士有套小房子，面积不大，复古式的装修风格，收藏了不少有意思的古董，带你去看看吧。"

林荫小路笔直寂静，偶尔有银杏树叶落下来，金灿灿的。江意沐浴在午后的阳光里，眉眼精致温和，她点头说好，说去哪里都可以，只要是和你一起。

又乖又甜的模样，任谁看了都很难忘记。

盛言臻赶时间，让助理订了夜间航班，凌晨起飞，清晨抵达，不会耽误白天的拍摄。

江意发消息给他，说："盛老师，辛苦了！"

盛言臻回了条语音："努力工作，赚钱养家。"

收到消息时，江意正在寝室“头悬梁”。她被一道题目困住了，想不出思路，索性用小皮套把头发扎成“冲天辫”，绕着阳台转了一圈，说这样能接收到来自宇宙的信号，获得解题灵感。董辛险些笑疯，拍了江意的小辫子照发到朋友圈，文案里写着——什么是友谊？你智障多年，我不离不弃。

江意趴在阳台的栏杆上，问盛言臻：“也包括养我吗？”

盛言臻回得很快，他说：“主要是养你——你永远都是无忧无虑的小江意。”

江意隐隐觉得脸颊发烧，舌尖上像是落了一滴浅琥珀色的葵花蜜，清甜绵软。她用手撑起下巴，看见群星在头顶晶莹闪烁。

（72）

盛言臻出差的第二天，江意上完课和董辛一道回寝室，远远就看见有个年轻男生抱着一大束红玫瑰站在大门外。女生寝室，来来往往的都是女孩子，对红玫瑰有种本能的喜爱，吸睛效果非常显著。

“这是要表白吗？”连董辛都多看了两眼，笑着说，“还是给哪位小仙女准备的惊喜？”

话音未落，只见男生拿出手机拨了个号码，紧接着，江意的小挎包里传来了手机铃声。

江意接了起来，听见眼前抱着花的男生和手机听筒里的人同时说：“您好，请问是江小姐吗？有一束玫瑰需要您本人……”

董辛快步走过去，在男生肩膀上拍了拍，笑着说：“江小姐就在你身后！”

送花小哥不仅负责送花，还带了句话，他说：“盛先生让我转告您——养在瓶子里的玫瑰花期总是很短，但是不要难过，当玫瑰开始凋零，他就回来了。”

很平淡的一句话，没有任何暧昧的字眼或撩人的形容，听在耳里，却足够让心跳躁动。

董辛忍不住竖起拇指，言简意赅：“会撩！”

进了寝室，脱下大衣，不等董辛“升堂三审”敢背着她谈恋爱的江小意，江意的手机又响了。

谈也即将动身飞往国外，桑桑打电话过来，约江意吃火锅，给谈也饯行。桑桑订了一张四人桌，她和江意坐在一边，对面是沈祁东和谈也，鸳鸯锅在中间冒着热气腾腾的气泡。江意隐约觉得谈也似乎在躲避她的视线，打招呼时都没有抬头，一直看着手机屏幕。

桑桑在熟人面前一贯话痨，她忙着说话，沈祁东将煮好的蔬菜和肉分类码在桑桑的餐碟里，又往她杯子里添了些柠檬水，十分周到细致。

江意顾着听桑桑聊天，有些分神，被刚捞上来的虾滑烫到，忍不住吸了口气。就在这时，一罐插着吸管的冰可乐出现在她面前，她抬起头，不期然地，跌入一道视线里。

剔透，深邃——这几乎是今天江意与谈也的第一次对视。

江意道了声谢，接过可乐却没喝，起身说去一下卫生间。

火锅店一贯吵闹，江意洗完手，绕到店外透气。云层压得低，大概要下雨，隐约能看见飞机飞过时闪烁的光点，江意仰头看了一会儿，回身时，看见谈也正站在她身后。

江意愣怔一瞬，叫了声：“也哥。”

“这次我出国的时间会比较久，大概半年后才能再回来，”谈也站在台阶上，风吹动衣摆，他继续说，“那时候已经是春天了吧？”

江意抿了抿唇，没作声。

谈也笑了笑：“你不准备送一句祝福给我吗？一路顺风、旅途平安之类的。”

江意想了想，说：“祝也哥能在飞机上看到布罗肯奇景吧。”

这不是个常见的概念，谈也挑了下眉。

“是一种光学现象。”江意解释，“简单来说，就是阳光经过云雾反射，再加上云雾中水滴的衍射作用，形成一圈彩虹光环。在高空出现时，你不仅能看到虹光，还能看见飞机本身的倒影也落在虹光之中，很奇妙的景象，出现的概率也很低。我只看过图文介绍，并没有亲眼看到过。”

夜风静静吹着，江意站在矮一级的台阶上，仰头看向谈也，对他说：“美妙而珍贵的东西，都是罕见且不可预测的，比如布罗肯奇景，比如两心相悦，希望在这次旅途中你能看到真正的布罗肯奇景。”

希望你能看到真正的布罗肯奇景，希望你能遇见属于自己的两心相悦。

这是江意没说出口的话，但是谈也不会不懂。

他低下头，很轻地笑了笑。

多聪明的女孩子啊，多通透的女孩。

时至今日，他依然无法后悔曾经为她心动过。

夜风冰凉，吹扬着江意的长发和裙摆，她朝谈也伸出手，眼瞳清透温润，不带半分烟火气，柔声说：“一路平安，早点回来。”

谈也抬起眼睛，火锅店开在路边，江意身后是川流的马路和溶溶月色，他的目光在她眉眼间停顿，某一瞬间，他真切地感受到了难过，心如刀绞。

然而，城市永远热闹，有些故事却只能不了了之。

他收敛起一切不该外露的表情，很平淡地握了手，很平淡地告了别。

再见面，也许是春天，也许是遥远的盛夏。

像刘若英唱过的那首老歌——

永远不会再重来

有一个男孩爱着那个女孩

……

（73）

火锅局快要结束时，谈也接到一通图漫打来的电话，有重要工作要和他面谈。谈也只能先走，离开前叮嘱沈祁东把桑桑和江意送回家，多留神，别大意。说这话时，谈也多看了江意两眼，江意没有躲，平静地看着他，两个人对视半晌，自此彻底告别。

谈也走出火锅店，风瞬间将他身上的衣服吹了个透，掠起一阵刺骨的凉。他迈步朝停车的地方走，路过垃圾桶时，将什么东西丢了进去。机动车道上开过来一辆通身漆黑的越野车，前灯照亮路面，也照亮挂在垃圾桶上的白色蕾丝。

吃完饭，女生寝室已经落锁，家又离得太远，江意索性去了盛言臻那里。刷卡开门，换上睡衣，扎头发的小皮筋还放在主卧的小桌上，一切动作都顺畅自然，清冷的大房子慢慢融入属于女孩子的甜香气，有了柔软温暖的感觉。

洗过澡，把穿过的衣服丢进洗衣机，江意去厨房拿饮料，看到盛言臻留在冰箱储物格上的便利贴，他亲笔写下的字，让她少喝饮料，多吃水果，落款还有一个行云流水的签名。

江意脑海中跳出一个书上看来的句子——究竟是有多喜欢，才能温柔到这种地步。

是啊，究竟有多喜欢，才能让他细腻至此。

江意放下饮料，拿了瓶纯净水，又给自己切了些草莓和猕猴桃，摆了个小果盘拍照发给盛言臻，撒娇似的问：“我听不听话？”

发完消息，江意搁下手机用书房的电脑看项目资料。直到她觉得困了，仍没有收到盛言臻的回复。江意没多想，只当他拍摄太忙。临睡前，她看了一下取景地的当地天气预报，发消息给盛言臻提醒他注意保暖，近几天会大规模降温。

第二天，江意早起赶回学校上课，她在路边拦了出租车，边等红灯边拨盛言臻的号码。忙音一直在响，无人接听，半分钟后自动挂断了，再拨，依然是这种情况。江意有点担心，上课都心不在焉，频频走神，被任课老师点名批评了几句。

勉强挨到下课，铃声一响江意就跑了出去，寻了个僻静的角落拨小助理斯霖的电话，这次总算有人接听了。

斯霖声音压得很低，大概是怕人听见，她先叫了声江小姐，叹息着说："我就猜到你一定会来问，盛老师就不该瞒着你。"

江意唇色有点白，她控制着，让声音镇静，问斯霖："出什么事了？"

"之前拍夜景的时候，盛老师淋雨发烧了，他不愿意耽误剧组进度，忍着没说。"斯霖声音沙哑，"候场的时候他在置景棚里睡着了，棚里有一些拍爆炸戏的道具，道具组没处理好，起火了，盛老师被困在里头……"

"我不要听经过！"江意感觉到自己在发抖，把拇指放在唇边狠狠咬了一口，努力让声音保持镇定，"直接说结果！他受伤了吗？什么程度？"

"没有烧伤，但是他吸入了大量刺激性的浓烟，"斯霖的声音越发沙哑，"现场温度又过高……"

听到这里，江意几乎有一种身心皆沉到了海底的错觉，无限的冰冷，无限的恐惧与慌乱，她喃喃："他的声带出问题了，是不是？"

"声带严重水肿，"斯霖终于哭出来，哽咽的声音压抑至极，"呼吸道和肺部都有不同程度的烫伤和感染。他咯了好多血，胸前的衣服都湿了。医生说，要做好心理准备，可能……可能没有办法完全恢复。”

“怎么办啊，江小姐？”斯霖哭得几乎呛住，断断续续地说，“盛老师以后要是真的再不能唱戏了，上不了台了，可怎么办？他那么热爱这一行，付出了那么多心血，别说抽烟，平时他连辛辣刺激性的食物都不碰，怎么办啊？”

怎么办?

没人能给出答案，江意也不能。

江意站在走廊的护栏前，六层楼的高度往下看，眩晕的感觉格外强烈。

她想起第一次见到盛言臻，江铭宵向她介绍时说过的话——昆曲名家，业内鼎鼎大名的“金嗓子”，代表性传承人。

行里有句话叫“昆曲之雅，可见言臻”。

你知道我为什么要给自己取名叫盛言臻吗?

“臻”字的本意是达到美好境地，小时候，我的生活太苦了，我想向老天讨一点好运气，让它放过我。

命运终究没有放过他……

斯霖的眼泪几乎止不住，太难受了，盛老师明明是那么好的人，为什么越是好人，越要承受苛待。

“救救他……”

那哭声好像是斯霖的，又好像是江意的，在风中不住地盘旋、回荡，如同凋零的树叶。

救救他……

（74）

事故发生后，盛言臻被送进了D市的中心医院，待情况稍稍稳定后，立即转院回到青溪，接受更加系统的治疗。

江意又隔了两天才见到盛言臻，那两天，她几乎做完了这辈子所有的噩梦。魑魅魍魉，妖魔鬼怪，无数具象化的怪物张着血盆大口朝她扑过来，她在恐惧中哭着惊醒，然后陷入漫长的失眠，看着天色一点点变亮。

董辛什么都没问，爬到江意的床上，钻进被子里抱住她，江意这才慢慢睡着。

宣传片摄制组对外封锁了盛言臻受伤的消息，也派出了律师和言臻昆曲艺术工作室接洽，商谈赔偿，但是拦不住风声走漏，有媒体闻讯而至，想要采访涉事的相关人员。江意不愿让一些媒体以“唱衰”的语气提起盛言臻，谈论他的声带，索性从江铭宵那里借来了一队私人保镖，留在医院二十四小时看守，防止有媒体或其他人趁机混入。

这也是江意第一次同江铭宵谈起盛言臻。

她坐在父亲那间异常宽敞的书房里，阿姨端来泡好的新茶，热气淡白如烟雾，轻轻缭绕。

“爸爸，”江意先开口，神情郑重得近乎严肃，慢慢地说，“我爱盛言臻。自华庭苑第一次见到他，我就心动了。我很希望自己能够再强大一点，强大到可以保护他。”

江铭宵站在窗前，一手撑着玫瑰木的手杖，掌心压住杖头轻轻摩挲，斟酌着开口：“珞珞，我不是想阻拦什么，只是觉得……”

“觉得我年纪尚小，容易冲动，感情用事？”江意笑了，眼神如月光般温柔，“这些话，盛言臻也说过。他让我慢一点做决定，他说他会等我到二十岁，若那时我的选择依然是他，他会给我他能给的一切。盛言臻是个好人，他值得我喜欢，甚至付出。”

江意太过坦诚，坦诚得江铭宵一时有些无言。

盛言臻在行里什么名声，江铭宵比江意更清楚，老先生们提起他，个个赞不绝口，有天赋，有功底，肯吃苦，最重要的是心术正，纯善而真诚。年轻一辈的更不用说，“盛言臻”三个字就是金字招牌，昆曲之雅，可见言臻——这话不是白说的。

江铭宵在窗前的阳光里站了很久，他背对着江意，神色不明，半晌，很轻地叹了口气。他撑着手杖走过来，另一只手的掌心按在江意头顶，揉了揉，温声说：“为人父母，最大的心愿不过是儿女能健康快乐、平安顺遂。珞珞，你记住——若有一天盛言臻伤害了你，你或许会原谅他，但是我不会，永远不会。”

与江铭宵一番交谈，让江意在感动之余，又多了一份底气。正如盛言臻所说——家境优渥，头脑聪慧，长辈敦厚而包容，这几件东西一件比一件难得，她却全都有了。

江意是世界上最幸运的小江意，现在，她想把这份幸运分给盛言臻一些，让他不要那么难过。

肺部感染，呼吸道烧伤，盛言臻还不能离开ICU，江意向医生讨来了一点探视的时间。她经过全身消毒后才允许进入，看见盛言臻躺在白色的被褥里，氧气面罩几乎挡住了整张脸。

他醒着，睫毛颤动如落叶，隔着透明的面罩露出一个浅笑，虚弱却温暖，生死线上走过一遭，不见半分阴暗或怨怼。

江意的眼泪瞬间涌了出来，大颗大颗地落在手背上，暖得近乎灼热。

声带水肿，盛言臻不能说话，用眼神示意江意靠近些，然后弯了弯手指，细白冰冷的指尖划过江意的掌心，江意低下头，看见他一笔一画地写——

别怕。

别怕，我最爱的人。

即便躺在这里，即便可能没办法再登上钟爱的舞台，盛言臻依然不绝望，反而安慰她——

别怕。

江意轻轻呼吸，竭力控制，不许眼泪再掉下来，用最镇定的声音对盛言臻说：“我不怕，我陪着你。等你好起来，带我去滑雪，去国外的山间木屋度假，去看瑞士的那套小房子，看收藏在那里的有意思的古董。”

氧气面罩里起了雾，隔着雾气，江意看见盛言臻在笑，那样温和，眼中波光粼粼。他手上没有太多力气，依然坚持着在她手心写出一句完整的——

想你了。

“想”字笔画复杂，他没有丝毫省略，固执地将每一笔都写得清清楚楚。

由心而来，谓之想念。

江意合拢手指，将盛言臻亲手写下的“想念”握入掌心，心口处一片柔软，又一阵酸楚。

然而，盛言臻需要面对的波折，还不止这一桩。

七天后，他情况稳定，刚刚转出ICU病房，就收到一个出乎所有人预料的消息——盛槐林死了。

（75）

盛槐林半年前就检查出罹患肺癌，已是末期。他没有告诉盛言臻，也没有住院接受治疗，而是卖掉了家里所有值钱的东西，连房产证都抵押了，通过网络赌博将积蓄全部挥霍，最终因肺部严重栓塞，猝死在老房子的卧室里。

第一个发现尸体并报警的人更加出人意料，竟然是傅清源。

得知盛槐林的死讯时，盛言臻愣了很久，他半躺在病床上，眼底是孩子般的茫然。

江意被那种近乎无措的眼神刺痛了，她合拢双手，将盛言臻冰冷的手指握入掌心。她想说什么，却又觉得任何语言都是苍白无力的。

生老病死，宿命轮回，谁都逃不过。

郑决在病房外徘徊良久，还是忍不住推门进来，对盛言臻说："哥，现在跟你说这个，你可能会觉得我冷血，但我真觉得事情不对头。"

"第一个发现尸……发现叔叔过世的人，不该是傅清源。"病房里没有外人，郑决用手指蹭了蹭鼻尖，低声说，"傅清源向来和你不对付，你走得越高越远，他越眼红，巴不得你栽进泥里爬不起来！他是什么时候找上叔叔的？他们为什么会认识？凑在一起都聊了些什么？叔叔有没有留下对你不利的东西？哥，你得有个准备……"

声带水肿尚未消退，盛言臻还不能说话，他拍了拍郑决的手背，做了个噤声的动作。

死者为大，莫言是非，而且，总要入土为安的。

盛言臻的身体稍稍好一些，便着手处理盛槐林的后事。盛槐林生前没什么朋友，老家的亲戚也都断了联系，葬礼很简单，遗体火化后，埋在了一处高级公墓里。位置是盛言臻亲自选的，四周花草茂盛，环境很好。

盛言臻坐在墓碑前的空地上，单独和盛槐林待了一会儿。一场事故，盛言臻瘦了不少，他穿着黑衣，发色和眼睛也是黑的，英俊之外又生出一种刀裁般的锋利，让人忍不住想多看他两眼。

"我真的没想到，你找我要三千万那次，竟然是我们父子最后一次通话。”盛言臻的嗓子还哑着，只能发出一点微弱的气音，他说得很慢，一字一句，几乎听不真切，“我的声带也出问题了，你说这算不算报应？”

天气很好，秋日阳光灿烂，草木在风中摇曳。

“生命的最后一刻，你在想什么？”盛言臻转过头，看着墓碑遗像中的盛槐林，那是他年轻时的样子，眉眼周正，有点内向和阴郁，“你将积蓄挥霍一空，什么都不愿留给我，是因为恨我吗？收养我，把我养大，你后悔吗？”

盛言臻有很多问题想问，可是这些问题永远都不会有答案了。

近几年盛槐林刻薄得像个疯子，父子之间闹得几乎水火不容，非要等到其中一个入了土，才能心平气和地说上几句话。可是生死离别横亘在那儿，聊与不聊，都没了意义。

“洛筝和我恩断义绝，你也走了，”盛言臻的声音又轻又哑，慢慢地说，“我身边再没有亲人了。”

他真的是孑然一身了。

其他人都走了，郑决和江意留了下来，在墓园的休息室里，透过半开的窗子，隐约能看到盛言臻的侧影。

郑决拿起一瓶纯净水递给江意，很细心地拧松了瓶盖，问她：“我哥是不是从来没跟你说过我是如何认识他的？”

江意双手拢着水瓶，摇了摇头。

郑决朝窗外看了一眼，说：“我是家中长子，底下有一对弟妹，老爸去世得早，老妈独自拉扯三个孩子，日子苦得没眼看。她在戏校门口支了个早餐摊，卖点灌饼、茶叶蛋，我每天不是在摊上帮忙，就是在家里看着弟妹，九岁了都没能上学，家里穷，也需要帮手，我实在走不开。”

戏校上课时，郑决就坐在教室外的小花坛上偷听，拿捡来的粉笔在水泥地上默写戏本子里的台词。门卫吃了他送的灌饼和茶叶蛋，睁一只眼闭一只眼，只当没看见。郑决身上总带着早点摊的油烟味，脏兮兮的，没人看得起他，也没人跟他说话，只有盛言臻走了过来，问他：“你想学吗？”

那时候盛言臻已经拿过奖，在学校无人不知，是众人关注和仰慕的对象。冬天，天气干冷，他在练功服外罩了件大衣，腿长背直，五官秀气干净，皮肤上像是镀了层瓷质的釉色，英俊得近乎虚幻。

郑决没想到盛言臻会主动和自己说话，蹲在地上仰头看他，眼睛里全是震惊和崇拜。

盛言臻双手插在大衣口袋里，用脚尖点了点郑决在沙地上默写的戏词，又问：“你想学戏吗？坐在教室里，站在练功房里，好好学，想吗？”

郑决想点头，又不敢，磕磕绊绊地吐出一个含糊的音节：“想。”

从此，除了老妈和弟妹，郑决的生活里又多了个大哥，出钱供他上学的大哥。

（76）

“那时候，我哥十三岁，我十岁，一个十三岁的孩子用参加比赛得到的奖金供一个十岁的孩子读书，”郑决笑了一声，“神奇吧？”

“不仅如此，”郑决说，“他还出钱给我妈看病，供我弟和我妹上学，我们一家子都是他救活的。”

情谊深厚到一定程度，反而说不出口，全压在心里，沉甸甸的。说那是亲情，太单薄，说它是恩情，又太笼统，一种打断骨头还连着筋的存在，只要盛言臻需要，郑决甚至不介意替他去死。

“我是他资助的第一个学生，”郑决说，“但不是最后一个。自从工作室走上正轨，开始盈利，你知道他捐建了多少所希望小学吗？”

纯净水的瓶子握在江意手里，触感冰冷，心底却泛起烧灼般的炽热，灼得眼圈泛红。她看着郑决，等待他说下去。

“他捐建了整整三十所希望小学，”郑决说，“都是在很穷很偏僻的地方。我问他为什么不直接捐建戏曲学校啊，他明明那么热爱这一行。我哥说，人可以不学戏，但是不能不读书，对那些穷苦出身的孩子来说，读书真的是唯一的出路。”

“我哥多好啊，”郑决揉了下鼻梁，眼底红得可怕，喃喃着，“那么好的人，却没碰见过几件好事。”

有什么东西滴落在手背上，郑决反手抹去。

他清了清喉咙，继续说：“邵老去世后，我哥离开瑞恒剧团独立挑班，当时不少人戳他的脊梁骨，说他忘恩负义。邵老把他从嗓子倒仓的阴影里拽出来，给他铺路，他扭头就抛下瑞恒单飞了。那些只会说风凉话的浑蛋，哪知道我哥在瑞恒过的是什么日子！

“邵老去世，傅清源的叔叔傅筠尧接任团长一职，叔侄两个狼狈为奸，一心想把我哥踩下去！我哥演出多了，他们说我哥只惦记自己出风头，不顾同门；演得少了，又说我哥居功自傲，摆谱。”

提起往事郑决的声音里全是恨意，他用袖口蹭了下眼睛，力道太重，蹭得眼角猩红一片。

“我哥指导团里的小孩练功，他们说我哥想给师弟当师父，越俎代庖。我哥没办法，只能跟瑞恒解约。合同还没处理完，姓傅的就在行业散谣言，说我哥是戏霸，德行有亏，撺掇同行排挤他。那时候工作室刚成立，我哥也才二十出头，压力如山一样摞在他肩上，一步难，步步难。”

“我以为苦难都过去了，以后剩下的全是好日子，”郑决别过头，揉了下眼睛，缓了好一会儿才重新转过来，继续说，“现在又成了这样。我不知道傅清源在打什么鬼主意，他跟盛槐林到底在计划什么，总之，他再敢来招惹我哥，我跟他死磕到底！”

透过休息室的窗子，江意看见盛言臻站了起来，阳光灿烂，他逆着风，一袭黑衣，背影透出孤介的味道。清瘦，却挺拔，修长如扎根于峭壁的竹。

江意想起盛言臻躺在病床上朝她微笑的样子，四周皆是刺目的白，他却依旧神色温和，眼底莹莹有光。在他身上好像永远都感受不到绝望，一种无形的力量支撑着他，由内而外。

胆识、气魄、才华与坚韧，他应有尽有。

苦难总想将他击溃，他却始终站立着。

一身钢浇铁铸般的硬骨，铮铮作响，永远不会卑微，也永远不会屈服。

千磨万击还坚劲，任尔东西南北风。

窗外，盛言臻转过身，阳光落满他肩膀，一片明亮。

天地间空旷寂寥，江意看着他走过来，背后是高蓝的天空和流云变幻。

那一刻，江意忽然不再害怕。

就算声带真的出问题了，没办法恢复如初，又能怎么样。

那是盛言臻啊，只要他选择站立，就没有什么能将他击垮。

他救了郑决，救了郑家兄妹，他救过那么多人，怎么可能救不了自己。

江意推开休息室的门，踩着满地散碎的阳光朝盛言臻跑去。盛言臻似乎顿了一下，接着，他张开手臂，任由江意扑进他怀中，将他抱个满怀。

“别难过，”江意的掌心覆在他的背上，拍了拍，一如他向她说起洛筝的那个夜晚，“你并不是孤身一人，我陪着你，我爱你。”

盛言臻干涸已久的眼眶似乎有了潮气，微微湿润着。他声带还在恢复，不能说太多的话，他握着江意的手，十指相扣，牢牢握住。

阳光灿烂处，人间秋末，有人温暖相爱。

（77）

肺部感染的人最怕吹风着凉，也忌讳情绪起伏过大，这两样盛言臻全占了。盛槐林的葬礼一结束，他就开始发烧，不得不再次入院。

高烧再度引发声带水肿，情况不容乐观，主治医生一脸严肃地警告他：“盛老师，如果你还想保住你这把业内鼎鼎大名的‘金嗓子’，就请你放下一切工作和杂事，专心静养。”

盛言臻需要静养，有些人却偏不让他如愿。

几天后，一篇帖子在网络上广泛流传，控诉文艺界某代表性传承人翻脸无情，抛弃重病缠身的养父，致使养父含恨而终，如同一只身着华服的白眼狼！

帖子里不仅有事主的CT检查报告单，还有一封遗书。遗书里详细讲述了一位单身父亲如何含辛茹苦地将养子养大，助他成才成名，最终却惨遭遗弃，可谓字字血泪。

末尾的一句尤其戳心——

“我多希望我的孩子能回来抱抱我，就像小时候我抱他那样。”

帖子没有指名道姓，通篇以“才子”代称，将其中的关键词提炼合并，矛头立即指向了昆曲一行的标杆性人物——盛言臻。

不到一天的时间，帖子被多次转载、搬运，在各个知名网站上大规模流传，还有许多带有营销性质的账号宣传，似星火燎原，舆论一片哗然。盛言臻受伤入院的消息也被曝了出来，多家媒体纷纷报道年轻艺术家盛言臻声带不保，恐怕难以重回昆曲舞台。

一时间众说纷纭，有人痛骂，有人惋惜，有人说“天理昭彰，报应不爽”，还有说盛言臻的水平也不过尔尔，一般得很。

原来，盛槐林不是什么都没留下，他写了遗书，甚至录了音频，却选择交给傅清源，当作刺伤盛言臻的武器。

郑决心里憋着火，抬脚踹翻一张木椅，咬牙道："这帮人不去写小说，冲刺诺贝尔文学奖，真是委屈死他们了！盛槐林才上过几天学，他能写出那么文艺的东西？这背后没有推手，我'郑'字倒过来写！"

江意拿着水杯要递给盛言臻，椅子撞到墙壁，"砰"的一声，她吓了一跳，杯子险些脱手。盛言臻一边接过，一边不悦地看了郑决一眼。

郑决的气还没撒完，继续说："含辛茹苦？盛槐林哪里辛苦？一直是我哥赚钱养他！供他吃供他喝，还要供他投资打水漂！他怕我哥长胖，上台不好看，饭都不让我哥吃饱。我哥现在只吃素，不吃荤，就是因为小时候饿坏了肠胃！临死都要反咬一口，他可真是个好父亲！"

郑决越说越气，盛言臻不得不开口，哑声道："你说这些干什么，传出去，别人还以为我要卖惨！"

郑决受了训斥，恹恹地住了口，垂头丧气的，看上去竟有些委屈。

盛言臻无奈，让郑决过来，伸手在他脑门上弹了一下。

郑决蹲在盛言臻身边，眼睛发红，小声说："这事绝对是傅清源干的，找不出别人！他和盛槐林联手想毁了你！他们这么干，说白了，就是嫉妒！嫉妒你的才华，嫉妒你的运气，也嫉妒你的为人和担当！自己是蟑螂，就见不得别人光鲜！"

郑决都能想明白的事，盛言臻怎么会不懂。

他少年成名，身上有太多光环，戴上光环很难，需要天时地利，需要十年苦功，摘下光环却很容易，一则丑闻，一点流言，都能让他万劫不复。

亲情一直是盛言臻最薄弱的地方，为了把盛言臻从高处拽下来，盛槐林不惜跟外人联手，在盛言臻最薄弱的地方捅了一刀，要他疼，要他痛，要他饱受折磨。

“他说，无论我飞得多高，他都有办法把我拽下来，原本我没放在心上的。”盛言臻很轻地笑了一下，单薄而无奈，喃喃，“他究竟有多恨我，才会阴险到这种地步？那份遗书，他准备了多久？他在背后又算计了我多久？”

那样的语气和神情，让人只觉心酸。

事发突然，盛言臻的确有些狼狈。百善孝为先，“不孝”二字斗大一顶帽子，沉甸甸地压下来。盛言臻是年轻一辈中的领军者，行里常说“昆曲之雅，可见言臻”，傅清源和盛槐林大概都恨极了这句话，他们筹谋良多，想毁掉的不是盛言臻身上的商业价值，而是那份“雅”那份“传承性”和“代表性”，让他跌落神坛，泯然众人。

争议缠身的盛言臻，还配得上那句“昆曲之雅”吗？

蛇打七寸，杀人诛心，不过如此。

盛言臻名誉受损，不得不放弃一些工作，比如戏曲文化周的筹备。综艺节目的录制，还要面对合作方的索赔，但是，这些并不足以让他伤筋动骨。

盛言臻成名多年，根基深厚，不是一篇帖子、一封遗书和几句流言就能打倒的，他身后有一支厉害的公关团队，处理起这类情况游刃有余。言臻昆曲艺术工作室的官方账号也贴出律师函，表示将通过法律途径维护自身权益。

公告一出，再度引发讨论，有人声援，有人唾弃，事情的转折，发生在洛筝身上。

（78）

洛筝于深夜在个人社交账号上发布了一篇长文，讲述了一个十几年前的小故事。

她说当时她是刚出道的新人，在彩虹卫视演播厅的后台偶遇过一个小男孩。小男孩戏曲大赛出身，天赋好，性格也好，陪在他身边的监护人却恰恰相反。她亲眼看见小男孩因为多吃了一颗糖，被监护人踹翻在地，拧掐脊背和大腿，在不易被外人觉察的地方留下一道道青紫色的伤痕，所作所为，十分狠毒。

长文末尾处，洛筝沉沉叹息——那孩子是真的优秀，也是真的可怜。

洛筝并未提及姓名，更何况，十几年前的旧事，真假难辨，但是有看客循着时间点，找到了彩虹卫视当年的节目单，的确有一期盛言臻的专访，陪他一同出镜的监护人正是养父盛槐林。不仅如此，盛槐林还在节目上公然表示，他相信“棍棒之下出孝子”，吃得苦中苦，才能成为人上人。

视频一出，加上公关团队的刻意引导，舆论风向骤变，从唾弃盛言臻不孝，转而同情他被监护人控制利用，临死都不忘从他身上剜下一块带血的皮肉。还有一些自媒体浑水摸鱼，开始讨论“原生家庭对个人发展的影响”。

洛筝发布长文后，还有一个人也站了出来，远在国外的摄影师谈也难得发布一次文字动态。他说他和盛老师有过工作交集，对方不仅业务能力一流，性情也十分温和谦逊，望公众不要偏听偏信。

自盛言臻再度入院，江意总想留在医院里，一刻看不到他都觉得不安心。别人生病，都有父母亲人小心照料，盛言臻什么都没有，还要面对指责和控诉，甚至被陌生人窥探隐私。

江意实在难过，也很无力。

盛言臻的心态一贯稳定，他让江意安心上课，周末再来看他。

江意攒了满肚子心疼，表情都皱了。她掀开被子挤到病床上和盛言臻躺在一块，耳朵贴着他的胸口，听心跳的声音。

“洛筝说的都是真的吗？”江意问盛言臻，“盛叔叔曾那样对你？”

盛言臻的声带还在恢复期，不能说太多话，他用手机打字给江意看——

“假的。盛槐林虽然算不上体贴，但也不至于在外人面前动手，落人口实。”

江意起先有点惊讶，很快便反应过来——盛槐林和傅清源能联手泼盛言臻一身脏水，利用的无非是舆论对逝者的同情，洛筝能将脏水反泼回去，利用的也是一个“死无对证”。

其人之道，冤冤相报，也说不清哪一个更卑劣。

江意将盛言臻抱得更紧一些，小声说：“无论如何，她终于保护了你一次。”

作为母亲，洛筝终于给了盛言臻一个迟到了二十年的保护，也许有一天，他们可以心平气和地坐下来，喝一杯茶，聊一聊过往。

午后阳光安静，江意趴在盛言臻胸口，闻着他身上浅淡的香气，渐渐有些困了。

盛言臻拉高被子盖住她的肩膀，手指长而细白，穿过她黑色的长发，停顿片刻后，又在手机上输入了几行字——

“想要创口彻底愈合，必须先剜掉腐烂的肉，不然，它只会反复感染、发炎，日夜折磨。这一次，就当是将伤口彻底清洗，待风波过去，我也可以和过去彻底告别，从此，两不相欠。”

洛筝也好，盛槐林也罢，都将作为已读的旧书页，被彻底翻过，心里那头圈禁多年的凶兽，也将随着往事的封存而彻底死去。

他将开始新的生活，和心爱的人一起，好好活下去。

盛言臻将录入了文字的手机搁在江意枕边，让她醒来便能看到，然后，躺在她身边，与她一起午睡。

窗外满地晴光，小花瓶里，几枝新插的扶郎花颜色正浓。

重病一场，盛言臻似乎找回了几分童趣，学会黏人了。江意切了些橙子，让他先去洗手，洗了手来吃水果。盛言臻眨了下眼睛，示意，你扶我过去。

江意一愣，笑着说：“盛老师，你伤的是肺和嗓子，不是腿，要不要这么娇气？”

盛言臻不说话，只是看着她，那表情分明在说——没错，盛老师就是娇气。

江意既无奈又好笑，牵着盛言臻的手领他进了卫生间。洗手液搓出白色泡沫，到这时两人相牵的手都没有松开，四只手一并凑到水龙头下冲洗着，指尖互相触碰，勾缠，如同一场暧昧的游戏。

江意故意撩起一串水珠，洒在盛言臻脸上，笑着说：“幼稚鬼！”

她笑，盛言臻也笑，用微弱的气声说：“小时候，没人对我好，也没机会幼稚。现在，有人疼我了，当然要加倍幼稚。”

听到这样的话，谁能不心软。

郑决在这时跑进来，顶着满头热汗，带来一个消息——瑞恒剧团的现任团长，傅清源的叔叔傅筠尧，因严重违法违纪被立案调查了，其中，似乎还涉及与异性的不正当关系。

傅筠尧与邵梦甫师出同门，在行业内也算颇有名望，如此一来，可谓声名狼藉。

傅筠尧的夫人是位作词人，极温柔的水乡女子，得知此事后心脏病发作，连夜送往医院抢救，情况危急。

盛言臻不爱穿病号服，身上是质地柔软的长裤和白 T 恤，阳光薄薄地落了一层，眉眼水洗一般挺秀清绝，他并不惊讶，只是点了点头。

“腐烂的肉要被挖掉，该处理的人，也要处理，”他说，“不然，都以为我是好欺负的。”

傅清源在背后盯着盛言臻，频繁搞小动作，甚至败坏他的名声时，难道盛言臻就没有盯着他？只看谁的把柄更多，更致命了。

“我原本不想让你看到这些不开心的东西，”盛言臻拿起一枝扶郎花，放在鼻端嗅了嗅，然后抬头看向江意，目光深邃如星月皆无的夜空，泛着海洋般的温柔，“我很担心你会觉得我可怕，但是，我也想让你知道，我有能力保护自己，有能力保护我深爱的人。”

Chapter.08 愿他余生平安，无忧无怖

（79）

傅筠尧被立案调查的同时，网络上，那些关于盛言臻的争议也在逐渐平息，甚至消失。公关团队陆续放出盛言臻捐建多所希望小学的消息，还有他投资医疗援助的事，对冲掉了很多负面评价。

又过了几天，江意回学校上课，不在医院，傅清源倒是来“拜访”了。他神色狼狈，吵着要见盛言臻，被郑决拦了下来。

若不是周围有外人，郑决恨不得扑上去咬他一口，冷笑说：“盛老师需要静养，不便见客，傅先生请回吧。”

傅清源大概很久没有睡过一个好觉了，脸色白得骇人。他与郑决对视半晌，膝盖一软，“咚”的一声，跪了下去。

“我认输，”傅清源的嗓音听上去比盛言臻的还哑，“也认错，我不该跟盛老师作对，都是我的错！你们放过我叔叔吧，他年纪大了，不能坐牢！”

“傅筠尧先生触犯的是法律法规，”郑决一字一句，冷漠透骨，“与盛老师有什么关系？再者，你有时间跪在这里，不如去请个靠谱的律师，兴许能让傅筠尧先生少蹲几年大狱！”

“你们够狠！”傅清源眼睛红得像要滴血，大喊，“盛言臻，你够狠！”

“嘘——”

郑决竖起一根手指，做了个噤声的动作。

跟在盛言臻身边久了，那人身上雍容的冷漠感，郑决也学了个皮毛，他压低声音，似笑非笑，说：“公共场合呢，不要大吵大闹。念在与你同门一场，我哥让我提醒小傅先生一句——你名下那家小公司与瑞恒剧团有多宗业务往来吧？账目干净吗？手段干净吗？你猜傅筠尧先生为了自保，会不会把你供出来？”

傅清源愣怔半秒，神色浮起近乎毒辣的恨。

“小孩子才会通过骂街来泄愤，”郑决看着他，微微一笑，“成年人都是直接索命的。”

几天后，上完上午的课程，江意忽然想去城郊的寺庙拜个佛，为盛言臻求一张平安符。她没让家里的司机送她过去，而是乘坐了一班直达城郊的公交车。

车厢很空，摇摇晃晃的，有阳光落进来，晒出一地明媚的浅金色。

有个戴着棒球帽的年轻人是跟在江意身后上车的，他径自走到最后一排，不玩手机，也不抬头，弓着脊背安静地坐着。

寺庙里人不多，佛乐声隐隐入耳，青石板上带着些水汽，殿外立着宝鼎，风将宝鼎里的香灰吹扬起来，沉静而寂寥。

正殿飞檐翘角，大而空旷，长明灯幽幽燃烧，穿着旧海青的僧侣站在莲花宝幡下，聆听众生宏愿。

江意双手合十，闭着眼睛，在佛像前站了很久。

她没有许很多心愿，但是，每一个愿望都与盛言臻有关。

她第一次这样纯真而炽烈地爱一个人，她希望他的余生能平安顺遂，无忧亦无怖。

寺庙的后山是一片树林，少有人去，十分清净，能看到尾巴蓬松的小松鼠。江意拜过佛，买了些喂松鼠的坚果，离开主路往一条小路上走，想找个更安静的地方。

周遭环境清幽，江意习惯性戴着耳机，她看见树梢上落着一只毛色鲜艳的小鸟，想拍下来发给盛言臻看，没能觉察有人正在靠近她。

那人自江意身后靠过来，用蘸了麻醉剂的手帕捂住了她的口鼻。江意被那人的一双臂膀牢牢控制，无法挣脱，甚至来不及发出一点声音。

失去意识前，江意隐约看到那人戴了顶鸭舌帽。

（80）

绑架是傅清源干的，他走投无路，已经疯了。

盛言臻先是把他叔叔送进了监狱，现在，又想来对付他。

他名下的公司不仅税务有问题，还涉嫌恶意竞争，以及侵权。而他曾以雇模特走秀为借口欺骗过一些女孩子，侵害了她们。他想不通，盛言臻究竟从哪里找到那么多证据，还有照片，明明每一次他都做得很干净，很隐蔽。

可能是他小看了盛言臻，那个一无所有的穷小子，远比他想象中的要强大；也可能是应了那句老话——多行不义，必自毙。

麻醉剂药效有点强，江意一直没醒。她穿着质地柔软的半身裙和毛衣，腰带嵌出清瘦的腰部线条，干干净净的女孩子，那么漂亮，发梢上有很好闻的甜香气。

傅清源脸上带着不正常的癫狂，他嘿嘿笑着，眼底赤红，伸手握住江意的腰带，挑开上面的金属搭扣。

盛言臻想毁了他，毁了整个傅家，那么，他拼死也要从盛言臻身上挖掉一块肉。

他要姓盛的痛苦一辈子。

就在这时，一辆悍马直接撞破旧仓库的门，凶兽一样冲了进来，后面还跟着许多辆车，前灯打开，将昏暗的旧仓库照得一片雪亮。

江意失踪不到三个小时，盛言臻的人找到了这处废弃的旧仓库，速度快得吓人。

不等车子停稳，盛言臻直接跳了出来。他一身黑衣，脸部线条硬得像石头，眼底光芒森冷。

傅清源根本没有像样的武器，手里只有根小臂粗的木棍子。他被车子撞开仓库门时发出的巨大声响吓坏了，有点神志不清，拎着根木棍子乱挥乱舞，语无伦次："都不许动！不要过来，否则，我就杀了她！杀了姓盛的！杀光你们所有人！"

江意躺在傅清源身后的空地上，头发和衣服都有些乱，看不清楚有没有受伤。

郑决动作利落，一脚踹在傅清源肚子上，将他踹倒，然后抓着傅清源的头发迫使他抬头，反手就是重重的一个耳光。

傅清源被打得几乎吐血，却又嘿嘿地笑起来，神色狰狞，嗓音沙哑，乱七八糟地喊着："盛言臻，只要我活着，你就别想有好日子过！小时候我能把你从梯子上推下去，现在我也能把你从神坛上推下去！都是从小学戏，都吃了那么多苦，凭什么你能拿奖，你能被邵老眷顾拜遍名家！还有邵梦甫，老不死的！我明明比姓盛的更优秀，你为什么看不见我！老不死的！你为什么不睁开眼睛看看我？为什么，你们都看得到盛言臻，却看不见我？为什么啊？"

那声音似哭似笑，梦魇一般，可怕极了。

郑决想堵住傅清源的嘴，却听傅清源又说："你知道置景棚为什么会起火吗？好端端的，怎么就起火了呢？偏偏就把你困在里头？我干的！我找人在你的水里放了安眠药……哈哈哈……我要烧死你，我要你再也上不了台！没想到你命大还活着，所以，我才用了后面那些手段……盛言臻，我要你不得好死……还有你的女人……统统不得好死……”

“畜生！”

郑决眼底酸涩发红，巨大的恨意挤在胸口，连喘气都疼。他捡起傅清源掉落的木棍子就要往姓傅的脑袋上砸，这一下若砸实了，怕是要当场闹出人命。

有人自身后扑过来，一把将郑决抱住，劝他放手。

四周一片混乱，各种嘈杂的声音。盛言臻像是什么都没听到，那些莫名施加在他身上的蛮不讲理的恨、那些卑劣的伤害和算计，什么火灾，什么仇恨，都与他无关。

他眼里只有一个人。

盛言臻绕过傅清源，走到江意身边，脱下外套披在她身上，然后单膝着地，小心翼翼地将她扶起来，将她抱在怀里。

“珞珞。”

声带肿得厉害，盛言臻拼尽全力只发出一点微弱的声息。他拨开江意散在颊边的碎发，手背贴上她的额头，很轻地碰了碰。

“你醒醒啊，吓坏了吧？哪里难受吗？告诉我。”

江意的呼吸很轻，身体也软绵绵的，像是虚弱极了。

傅清源还在嘶吼，又哭又笑，盛言臻皱了皱眉，并不看他，只对郑决说：“把他弄走！”

郑决狠狠地抹了把眼睛，抹掉泅在眼底的泪水，随便拿过什么东西堵住傅清源的嘴。他盯着那张涕泪横流的脸看了半晌，同傅清源说了最后一句话。

他说：“永远不要跟我哥相提并论，你不配。以前不配，现在更不配。”

有人走过来，似乎想摸一摸江意手上的脉搏，盛言臻骤然警觉，目光凶狠地看着对方，声音低沉沙哑：“别碰她！”

同时，身后传来极威严的一声：“你也不许碰她！”

盛言臻没有抬头，只看着怀里的江意。

江铭宵神色如冰，冷得透骨，也带着一票人赶了过来。他居高临下，看着半跪在地上的盛言臻，目光阴沉到了极致，一字一顿道：“我女儿曾亲口告诉我，她有多喜欢你，可你给她带来了这场灾难。盛言臻，这笔账我算在你头上！”

（81）

麻醉剂的药效持续了四个多小时，江意醒来时觉得头脑昏沉，很累，像是睡了一场多梦的午觉。医生给她做了些检查，只验到一些磕碰出来的擦伤，并没有受到其他侵害。

傅清源被警察带走了，他身上背了太多案子，需要充足的时间去调查。

单人病房宽敞安静，小茶几上摆着玻璃花瓶，里面插了几枝蝴蝶兰。

江意觉得思维有点迟钝，一时想不起都发生了什么。小护士见她醒了，柔声问她要不要喝点水。

江意摇了摇头，不等她开口，小护士主动告诉她：“盛言臻先生有点事要处理，等他忙完了，就会过来看你的，很快的，你等等他。”

听见这个名字，江意觉得心安。她似乎想起了什么，虚弱地笑了笑，说：“完了，我爸爸一向记仇，肯定要找他算账，盛老师恐怕要挨打。”

盛言臻的确受了些皮肉苦，在江意被送进急诊室做检查的时候，江铭宵身边的黑衣保镖拽着盛言臻的衣领将他拖进了一处安全通道。

这是家私立医院，环境很好，楼梯间里也打扫得干干净净。郑决等人见江铭宵的保镖先动了手，顿时双目发红。盛言臻抬手将他们拦住，嗓音沙哑，却很镇定，说："阿决，你先出去，我想单独跟江总说几句话。"

郑决一贯听话，凶狠地瞪了对面的保镖几眼才转身出去。江铭宵见状，也挥手遣散了跟在身边的保镖，闲杂人一走，楼梯间里显出几分空旷。

盛言臻来不及开口，江铭宵已经扬起手里那根玫瑰木的手杖。

手杖裹挟着凌厉的风声，落在盛言臻的肩膀处，极重的一下。盛言臻没躲，身形狠狠一晃，额角冒出细密的冷汗。

"这一下，是替我女儿讨的！"江铭宵白手起家，向来心机深沉，若不是被人在心尖上剜了一刀，绝不会这样疾言厉色，他咬着牙，继续说，"好端端的，路路为什么会跑到寺庙去拜佛？她是为你去的！我捧在手心里养大的宝贝，她咳一声我都悬着心，你却让她落在傅清源手上。今天如果没有及时找到她，你知不知道会有什么样的后果？"

什么样的后果？

盛言臻不敢去想，越想越怕。

他说不出辩驳的话，只是弯折了一贯笔挺的脊背，低下头，用沙哑的声音艰难地说："不会再有下一次，绝不会再有，我发誓。"

楼梯间里气氛压抑，仿佛连空气都凝固了。

江铭宵比盛言臻矮了些许，此刻，他却有种居高临下的感觉，他看着眼前的年轻人，心里闪过许多念头，也闪过许多情绪。

他想让这个年轻人离开青溪，滚到他再也看不到的地方，远离路路，也远离她的生活。

可保护不是控制，爱更不是。他不能打着所谓的"为你好"的旗号，把自己的想法强加在珞珞身上。

他的女儿，在她很小的时候，他就教育她，要有独立的人格，不要自卑，不要懦弱，更不要轻易妥协和动摇。

他把小江意教养得太好，给了她善良也给了她勇气，所以，她才能如此真挚地爱一个人。

早知道，他就把她养得自私一点，任性一点，不要那么坦诚，那么纯真而热烈。

江铭宵压抑着心底逐渐泛滥的情绪，扬起手杖对着盛言臻的肩膀又是一下，依旧风声凌厉，又沉又重，毫不留情。

盛言臻稳稳站着，仍是不躲不闪，额上的冷汗似乎又密集了几分。

“这一下，是替我自己打的！”江铭宵看着他，声音压得很低，沉甸甸的，“蛇打七寸——这道理没错，但是，折别人软肋之前，要先藏住自己的弱点！你的命不值钱，可以随便拿去跟别人拼，我女儿不一样。只要她还喜欢你，你就要护着她，好好护着，除非她不要你了，到时候你能滚多远给我滚多远！”

盛言臻猝然抬头，似乎有些不敢相信。

经历过这样的事，他以为江铭宵不会再允许他靠近江意。

江铭宵目光和神色都有些复杂，他很轻地叹了口气，说：“我不阻拦你们继续交往，是因为珞珞喜欢你。她坚信你是好人，而我不想看见自己的女儿难过。但这并不代表我原谅你——今天发生的事，我永远不会原谅。”

寥寥数语，一字一句，皆是父亲对女儿深沉的爱。

那是一种不动声色的温柔，一面不肯原谅，一面又选择包容。

一瞬间，盛言臻湿了眼眶。

他从小失去生父，后来又与养父闹得水火不容，“父亲”这个形象在他的生命里，一直是缺失的，如今，江铭宵的出现似乎弥补了这处空缺。

江铭宵让他感受到了一个父亲的愤怒，同时，也让他看到一个父亲的宽容。

眼前浮起隐约的雾，盛言臻觉得鼻腔发酸，他应该说些什么，可是，这一刻，任何保证与承诺又都显得浅薄。

语言终究苍白，他需要的是竭力去做到，做到给江意最好的爱。

因为，她是他涉过一切苦海后，收获的那份甜，也是他应得的圆满。

她是他最终的圆满。

（82）

麻醉剂失效后，江意又留在医院观察了几天。这期间，江铭宵的保镖一直守在病房门口，不许任何人探视，江总本人直接大马金刀地往病床前一坐，面色黑如钟馗，十分不善。

瞎子都能看出来江总正在气头上，江意也不敢轻易触老爹的霉头，躲在被子里偷偷给盛言臻发消息，提醒他先别来探视，来日方长，不急一时。

盛言臻也确实不方便露面，江铭宵老当益壮，不输当年，两记手杖砸得结结实实，险些打断盛言臻的骨头。他肩膀肿得厉害，衬衫都穿不上，需要时间休养。

傍晚时，小护士进来给江意送药，顺便把插在花瓶里的蝴蝶兰换成了扶郎花。

扶郎花对江意来说可谓意义非凡，当初她一口气给盛言臻送了整整七天，不由得多看了两眼。

小护士背着江铭宵冲她使眼色，指着花瓶用口型做了个“盛”字。

江意眨眨眼睛，忽然笑起来，唇边旋出一粒浅浅的笑窝，甜美极了。

江铭宵只当没看见两个姑娘的小动作。

于是，住院观察的时间里，早晚各一束盛开的扶郎花，按时送进了江意的病房。

小护士偷偷问江意，扶郎花的花语是什么，江意告诉她，是互敬互爱，不畏艰难。

出院后，江意被江铭宵派车直接接回了家。

这几天江意被关在医院里，缺了太多的课，她急着回学校去赶进度。江铭宵则心有余悸，只觉处处都是危险，甚至想让江意暂时休学，等傅清源的案子处理干净了，再去上课。

父女俩都是倔性子，针尖对麦芒，不可避免地吵了一架。

江意脾气上头，把自己关在别墅的卧室里，谁也不理。家里的保姆阿姨得知小江意居然被坏人绑架过，吓得险些晕过去，握着江意的手哭得稀里哗啦。

阿姨都如此后怕，更何况是江铭宵。江意忽然理解了父亲的感受，亲手煮了碗鸡丝汤面送到书房里，给江铭宵当消夜。

面条虽然煮得马马虎虎，还有点咸，但是小江意漂亮啊！她弯着眉眼，笑得乖巧又温顺，一双眸子清透明亮。

江意主动向江铭宵道歉，恳切地说：“我知道错了，爸爸别生气。”

她笑得那样好看，叫人心头发软，天大的火气也给她笑没了。

不等江铭宵作声，江意又说：“爸爸，你别怨恨言臻，在这件事里他也是受害者。我不怪他，你也不要怪他，好不好？”

江意一边解释，一边观察着父亲的神色，动作和声音都万分小心，战战兢兢的。

江铭宵叹了口气，沉默良久，对江意说：“你回学校之前，让盛言臻来家里吃个晚饭吧。”

盛言臻等肩膀上的红肿消了一些，才敢登江家的大门，他不想被江意看出来，在江家父女之间埋下心结。

江意跟家里的阿姨交代了一下盛言臻的口味，他最近在养声带，胃也不好，忌辛辣忌油腻，菜一定要做得清清淡淡。

阿姨被江意念叨得直笑，往江意嘴里塞了个洗干净的草莓，让她到客厅去玩，不要在厨房里到处转悠，瞎添乱。

那天天气极好，傍晚时分，夕阳浓烈。

江意站在别墅前的台阶上，看见盛言臻的车在门前停下，然后，他从车上走下来。

双腿修长，身形挺拔板正，五官英俊至极，气质偏冷，眼神却温柔而绵软——

因为，他看见了江意。

盛言臻带了很多礼物，最醒目的是一大束扶郎花，被他抱在怀里，颜色干净又浓艳，恰如他放在心上的那个女孩。

江意忽然想起初识盛言臻时，她同他打过的那个赌——

“不如，我们来打个赌吧。”

“赌什么？”

“就赌你请我吃饭那天会不会是个好天气。”

“我猜那天一定会下雨。”

“为什么？”

“坏天气让人懒得出门，只想待在家里，但是，和盛老师吃饭例外。”

如今看来，她似乎输了一个赌约，但是，赢回了想要的人。

这样好的天气，这样喜欢的人，她都拥有了。

多幸运。

（83）

傅清源的案子牵连颇广，单单是姓傅的就被逮捕了三四个，其中还包括傅清源的堂弟、傅筠尧的亲儿子。郑决恨傅清源恨得咬牙切齿，冷声说：“傅家就此绝后才好，也算少了一窝祸害！”

盛言臻哭笑不得，抬手弹了一下郑决新剔的大光头！

小助理斯霖最喜欢跟着郑决，她偷偷往郑决手里塞了一颗糖，小声安慰他：“别生气啦，决哥，恶人有恶报，坏人一定会有报应的！”

江意作为绑架案的当事人又去警局做过几次笔录，后续发展她没有继续关注，只是偶尔会在软件推送上看到一些报道，她不愿详读，滑动关闭了。

盛言臻的声带彻底遭了一回罪，在火场里烫伤之后，又反复发炎水肿，需要雾化治疗和长时间静养。

自成名以来，盛言臻身上有多少光环便肩负着多少责任和压力，一步一步地走到今天，每一件事他都竭力做到最好，无愧于行业，也无愧于恩师邵梦甫的庇护与嘱托。

也该停一停了，他需要休息，也需要一段清净的时间去思考和整理，以及规划。

就像当初他对宋楹说的，不忘初心，必果本愿。

宋楹现在是言臻昆曲艺术工作室的当家花旦，前景很好。她断了对盛言臻那点微妙的心思，一心扑在工作上，学新戏、练底功，都十分刻苦，做事老成稳妥，不失风骨，隐隐也有了几分艺术家的样子。

她一直记着盛言臻的那句话——机会可遇不可求，给你了，千万要抓住。

行里的老先生同盛言臻聊天，说起宋楹，都赞不绝口，说：“不愧是你带出来的人，那股子拼劲儿和执着跟你一模一样。”

末了，他沉沉地感慨：“后辈如此，行业之幸！言臻，你功不可没。”

盛言臻礼貌地躬身，嗓音还有些沙哑，安静道：“晚辈愧不敢当。”

春天时，盛言臻带江意去了一个位于群山环绕中的小村落。

村子里常住人口不多，大部分是老弱妇孺，没有像样的超市和医院，只有一个小卖部和一间设备简陋的卫生所。唯一的医生是上一代村医的独生子，大夫矮矮胖胖，戴着副黑框眼镜，腼腆地笑着，说：“我们这叫世袭。”

盛言臻的车在一排红砖房前停下来，房子里传来阵阵读书声，应该是所学校。透过车窗，江意看到入口处的校牌，白色牌子上烙着黑色的字迹——言臻希望小学。

同小卖部、卫生所一样，这所学校，是村子里唯一能读书的地方，也是盛言臻捐建的第三十二所希望小学。

老校长年过百半，苍老而敦厚。这次赶来，盛言臻才知道校长的眼睛不太好，白内障，视力已经低于 0.3。盛言臻没说什么，直接带老校长去临近的县城做了手术。

起先老校长竭力推托，他说他老了，黄土埋掉半截身子的人，眼睛好与不好，有什么要紧。盛言臻没有多劝，只说：“您是学校里唯一的数学老师，您失明了，看不见，孩子们的作业怎么办？”

盛言臻带老校长去县城做手术，江意留下来，给孩子们做起了代课老师。

她给孩子们讲物理，讲天文，讲德语，在简陋的木质黑板上写下漂亮的板书，教他们唱那首众星合唱过的老歌——

> 让我们期待明天会更好。
>
> ……

学生们可太喜欢这个新来的小姐姐了，他们说江意不像老师，更像故事书上写的公主或者仙女，笑起来漂亮极了。

“江老师是公主，盛老师是王子，”有个泥猴似的浑小子起哄，笑着嚷嚷，“他们在搞对象，是一对儿！”

其他孩子都笑起来，边笑边红了脸。

学校里，很多学生都是从附近村子赶来的，山路太远，不好走，只能住校。充当寝室的两间旧平房是村民凑钱修的，十分简陋，这次来，盛言臻想帮他们重建住宿区，再修一间阅览室。此外，他还带来些物资，有崭新的校服和棉被，还有书籍。

小山村穷困贫瘠，景色却很美，漫山遍野的绿草和野花，溪流蜿蜒而过，清澈见底。

有个小姑娘梳着两根羊角辫，背上背着割猪草的大背篓，神情质朴羞涩，小心翼翼地递给江意一枚手编的花环。

江意将花环戴在头上，风吹过她的裙摆和长发，肺腑之中一片清明。天空无限湛蓝，犹如汪洋，云层流动着，时深时浅，好似油画。

她站在高处，俯瞰脚下开满野花的山谷，看见盛言臻朝她走过来。

她曾问过盛言臻，问他为什么要捐建这么多希望小学。

盛言臻将一朵小花别在江意耳边，妆点她黑色的发，他说：“因为生命从不公平，有些人生来就背负着苦难，唯一的出路就是自救，而读书是最有效的自救方式。”

自救……

江意忽然觉得眼眶潮湿。

是啊，他一直都在自救。

被生母厌弃，被养父苛待，被同僚刁难和排挤，盛言臻这一路走得万分艰难，也曾摔倒，周身狼藉，可他从未放弃，于创痛中竭力自救。

盛言臻低下头，解开结绳，摘下那枚一直戴在颈间的平安扣，搁在江意掌心。

平安扣剔透如水，传世的老坑玻璃种，市面上很少能见到。

它曾被邵梦甫卖掉，为了筹备一场封箱大戏，后来又被盛言臻辗转买回，如同一种见证，见证瑞恒剧团的绝境求生，见证盛言臻的逆风而起，扶摇直上。

盛言臻将平安扣交给江意，将颠沛的前半生交给她，也将余生的平安康乐，一并交给她。

从此他们并肩而行，是爱人，也是同路人，都有着纯正的信念。

Epilogue.

后来，又发生了许多故事，比如盛言臻客串的那部民国题材的电影异常火爆，上映的第三十天，票房已经超过二十五亿，登顶暑期档。

盛言臻在片中本色客串，饰演一名唱昆曲的当红小生，国难当头，大义为重，因拒绝为敌人演出，而被日本军官用烧红的烙铁烫毁了一张绝色面容。所有戏份加在一起，也不超过三分钟，时长虽短，却处处精彩，每一帧都是绝妙的艺术。

戏台上，风流俊俏的执扇小生，引万人倾慕。戏台下，风度翩翩的浊世公子，挑眉而笑，春光皆醉。容貌尽毁后，一把火葬送整个戏楼，火光浓烈处，最后唱一次柳梦梅——

近睹分明似俨然，远观自在若飞仙。他年得傍蟾宫客，不在梅边在柳边。

想天下姓柳、姓梅的，却也不少，偏偏小生，叫柳梦梅。

最终的这一幕，让多少观众哭得不能自已。

电影上映时，江意也去看了，前后看了三场，第一次是和桑桑一起，两个女孩子哭湿了半包纸巾，桑桑精心化好的眼妆都花掉了，立誓做盛老师的“事业粉”，谈小也都得靠边站。

第二次，江意把江铭宵拖去了电影院，让江铭宵见到一个全然不同的盛言臻，他对事业的热爱，他与生俱来的天赋和灵气。

第三次是和盛言臻一起，两个人选了个相对僻静的角落。暗淡的光线下，故事逐帧上演，盛言臻伸手过去，与江意十指相扣，他轻声问她：“电影好看，还是我好看？”

江意弯起一个甜美至极的笑，低声回应：“我的盛言臻最好看！”

电影轰动一时，盛言臻名声大噪，风头几乎盖过了一众主演。

戏妆太美，卸掉戏妆后的面容，又太过清隽，微博上甚至出现一个阅读量极高的热搜话题——# 人间难得盛言臻 #。

十八岁那年，在瑞恒剧团的戏台上，盛言臻第一次演《牡丹亭》，唱柳梦梅，一场轰动，自此扬名。十年后，他于大荧幕上再唱柳梦梅，为他钟爱的行业带来了全新的活力。

十年时光，艰辛漫长，有残酷，亦有救赎。

他终于收到命运馈赠的果实。

各家媒体蜂拥而至，影视邀约雪片般飞来，盛言臻统统推拒了，只在言臻昆曲艺术工作室的官方微博上简单留了几句话。

他说，他的事业是昆曲，他的初心也是，希望大家能以昆曲演员的身份记住他，多多关注这门古老而美妙的艺术。

人间难得盛言臻，更难得的是初心不忘。

不忘初心，必果本愿。

“于无所希望中得救”，引用自鲁迅《墓碣文》

“不忘初心，必果本愿”，引用自白居易《画弥勒上生帧记》。